真骨後弓

지리고한후개

진골후개 1

연하늘 新무협 판타지 소설

초판 1쇄 찍은 날 § 2007년 5월 18일
초판 1쇄 펴낸 날 § 2007년 5월 28일

지은이 § 연하늘
펴낸이 § 서경석

편집장 § 문혜영
편집책임 § 이재권
편집 § 최하나 · 문정흠 · 김동화

펴낸곳 § 도서출판 청어람
등록번호 § 제1081-1-89호
등록일자 § 1999. 5. 31
어람번호 § 제2-1207호

주소 § 경기도 부천시 원미구 심곡1동 350-1 남성B/D 3F (우) 420-011
전화 § 032-656-4452 팩스 § 032-656-4453
http://www.chungeoram.com
E-mail § eoram99@chollian.net

ISBN 978-89-251-0709-7 04810
ISBN 978-89-251-0708-0 (세트)

※ 파본은 구입하신 서점에서 교환하여 드립니다.
※ 저자와 협의하여 인지를 붙이지 않습니다.

지고후개 1

연하늘 新무협 판타지 소설

FANTASTIC ORIENTAL HEROES

도서출판  청어람

어릴 적의 난 이런저런 재주가 많았다.

그림 그리는 것을 좋아했고, 글 쓰는 것도 좋아했다. 뭘 만드는 것도 좋아했다.

그림 중에서도 빈 칸과 연필만 있으면 그릴 수 있는 만화를 좋아해서 내 노트의 반은 내가 그린 만화로 채워졌다. 글 쓰는 재주도 좀 있어서 이런저런 글짓기 대회에서 상도 많이 탔다. 고등학교 다닐 때는 친구들의 연애 편지 대필을 도맡아 했다.

그런데 아버지는 내가 법관이나 경찰관이 되기를 바라셨다. 공부도 좀 해서 시골 학교지만 수석을 놓치지 않던 내게 가문의 입지를 세울 기대를 가지셨던가 보다.

하지만 난 내가 가지고 있는 재주를 부리며 살고 싶었다. 그때 입고 다녔던 검은 학생복도 싫었고, 법복이나 경찰복 같은 제복이 너무 싫었다.

그래서 난 아버지의 뜻을 저버리고 만화가가 되었다. 그림 재주도, 글재주도 더불어 발휘할 수 있는 만화가가 된 것이다.

이십여 년 전 '대물', '쩐의 전쟁' 등으로 유명한 박인권 선생님 문하생으로 만화계에 발을 들였다. 지금은 만화 창작과니 애니매이션 학과니 만화를 다루는 학과들이 여러 대학에 널렸지만 그땐 만화를 전공할 수 있는 학과는 어디에도 없었다. 기성 만화 작가의 문하생으로 들어가는 것이 만화가가 되는 거의 유일한 길이었다.

당시 박인권 선생님은 당시 유행하던 기업 만화를 주로 다루었는데, 가까이에 무협 만화를 다루는 김영웅 선생님이 있었다. 그래서 두 유형의 만화를 함께 접할 수 있었는데 나는 무협 만화가 더 좋았다. 현실과 존재성이라는 틀에 갇히지 않고 마음대로 상상의 나래를 펼 수 있는 가상의 세계, 무협 만화가 좋았다. 그래서 난 무협 만화 쪽으로 마음을 굳히고 그쪽으로 그림을 그렸다. 칼을 휘두르고 장풍을 날리는 장쾌한 무협 만화를 신나게 그렸다.

그렇게 십여 년이 흘렀다. 당시 만화 작가로 이름을 걸진 못했어도 수준있는 데생맨으로 괜찮은 대접을 받고 있었으므로 생활에 문제는 없었다.

그런데 대생을 하려면 받게 되는 만화 콘티가 문제였다. 그 내용이 마음에 들지 않았고, 그걸 내가 써보고 싶었다. 내가 쓰면 이보다 재미있게 쓸 수 있겠다는 생각이 들었다.

결국 용단을 내리고 만화 스토리 작가를 전문적으로 육성하던 야설록 프로덕션에 들어갔다. 그간의 만화 경력을 모두 접고 백의종군하듯 시작한 일이었으므로 나름대로 어려운 점이 적지 않았다.

그 무렵 야설록 프로덕션에서는 무협 소설 작가들도 육성하고 있었고, 그때 공교롭게도 용대운, 좌백, 풍종호 등의 작가들과 한방을 썼다. 용대운의 태극문이 만들어지고 좌백의 대도오가 만들어지는 것을 옆에서 지켜보았다.

그들이 쓰는 작품을 틈틈이 보면서 품평도 했고, 그들에게 내가 습작하는 만화 스토리를 보여주면서 품평도 들었다. 소설을 써도 좋겠다는 권고도 여러 번 받았지만 '나는 만화가'라는 나름의 자긍심(?) 때문에 마음을 바꾸지 않았다. 하지만 자신들의 이름을 걸고 책을 내는 그들이 한편으로는 부럽기도 했다. 당시 정황상 만화 스토리 작가는 아무리 좋은 글을 써도 이름을 따로 걸 수 없었기 때문이다.

어쨌든 나도 그 방에서 만화 스토리 작가의 꿈을 이루었다. 그렇게 또 십여 년을 만화 스토리 작가란 직함을 지니고 살았다. 주로 무협 만화 스토리를 썼지만 더러 내 기호에 맞는 현대물도 썼다.

'세우거(細雨居)'라는 개인 사무실도 내고, 만화 스토리 작가로 왕성한 활동을 하던 중에 생각지 않은 병이 내게 찾아왔다.

강직성척추염이라는 난치병이었는데, 이 년여에 걸친 와병 생활과 재활 치료 뒤에 겨우 일터에 복귀할 수 있었다. 물론 완치가 어려운 병이었으므로 치료와 관리를 병행해야 했지만.

그런데 그사이 만화계는 걷잡을 수 없이 피폐해져 있었다. 특별한 경우를 빼고는 대부분 만화의 유통 구조는 총판과 만화방이었는데, 피시방에 밀리고 청소년 특별법에 치이면서 만화방의 수가 급격히 줄자 만화계 자체가 붕괴되어 가고 있었다. 만화방의 수가 더 늘 리는 없을 것이므로 기존의 체제에서 더는 희망이 보이지 않았다.

그래서 새 활로를 찾아보자고 마음먹고 기획한 것이 에세이 카툰 만화 '공주이고픈 女 영웅이고픈 男'이었다. 다행히 무가지 신문 AM7에 '연하늘'이란 필명으로 연재 기회를 잡을 수 있었고, 많은 독자들과 교류하면서 애독자 싸이 클럽도 만들어지고 단행본을 출간하는 결실을 얻을 수 있었다.

2년이 되어가면서 '공주이고픈 女 영웅이고픈 男'에도 소재의 한계가 느껴지기 시작했고, 더 이상 식상해지기 전에 연재를 끝내야겠다는 생각을 했다. 그리고 또다시 새로운 어떤 것을 기획해야겠다는 생각이 들면서 떠올린 것이 바로 무협소설이었다.

다행히 반 권 정도의 분량으로 청어람에서 출간 계약을 할 수 있었다.

무협이란 세계는 만화 스토리를 쓰면서 나름대로 많이 접하고 많이 그려본 세계이므로 생소하지는 않다.

하지만 만화 스토리는 만화를 그리는 사람에게 주는 각본 같은 것이므로 글 전체를 독자들에게 내보여야 하는 소설과는 많이 다르다. 만화 스토리를 쓸 때는 주로 대사에만 신경을 쓰고 지문 같은 부분은 별 신경을 쓰지 않았는데 소설에서는 한 문장 한 문장을 소홀히 할 수 없었다.

지금 생각해 보니 '잔재주가 많은 사람은 저녁거리도 없더라' 라는 말이 있는데 내가 그런 부류가 아닌가 하는 생각이 든다. 무엇이든 한 우물을 파야 성공하고 인정을 받기 마련인데, 지금껏 이것저것 수박 겉 핥기식으로 손만 대다 만 것 같기도 하다.

다만 한 가지, 살아온 인생을 통틀어 내가 일관되게 추구해 온 것이 있다면 그것은 '재미' 이다. 난 재미있게 살고파서 만화가의 길을 택했고, 그림을 그릴 때 콘티로 받던 만화 스토리가 재미없어서 재미있는 만화 스토리를 내 손으로 쓰고 싶다는 일념으로 만화 스토리 작가가 되었다. '공주이고픈 女 영웅이고픈 男' 은 청춘의 고뇌를 가진 청춘남녀들과 소통하고 교류하는 것이 너무 재미있었다.

또 다른 새로운 재미있는 일로 택한 것이 무협 소설이다.

만화 스토리를 쓸 때도 난 잘 쓰는 것보다는 재미있게 쓰는 것을 원칙으로 했으므로 소설을 쓰면서도 잘 쓰는 것보다는 재미있게 쓰겠다는 생각으로 썼다.

물론 읽는 사람이 재미있어야 하겠지만, 쓰는 사람이 재미있게 썼으니 읽는 사람도 재미있게 읽을 것이라는 나만의 소망(?)을 가져 본다.

새로운 것에 도전하고 새로운 것을 만들어내야 하는 것이 예술을 하고 창작을 하는 사람의 숙명이라면, 재미를 만들어내는 것은 창작자의 책임이라고 생각한다.

과연 독자께서도 재미있게 읽어주실지 모르겠지만, 어쨌든 난 끝까지 이 진골후개를 재미있게 쓰겠다. 용골대와 걸통을 들고 기연이사에 얽히며 사해를 누비는 이 작품의 주인공 유옥이 나인 듯 그렇게 들뜬 마음으로 쓰겠다.

언제나 연하늘이라는 이름을 연호해 주는 '공주녀영웅남' 싸이클럽 회원들과 소설가로 데뷔할 기회를 준 청어람에 감사드린다.

第一章

어린 거지와 늙은 거지

◉ 어린 거지와 늙은 거지 ◉

"그, 그, 그… 그때는 아, 안… 보였는데, 이, 있지, 그 쬐, 쬐끄만 새끼가 알고 보니 와, 왕초더라고!"

관제묘로 올라오는 가파른 언덕길을 꽤 급하게 올라온 듯 황태가 숨을 헉헉거리며 말했다. 원래 말을 더듬는 버릇이 있는 황태인데 급박한 상황이 되면 더 말을 더듬었다.

"그럼 그놈들 패가 다섯이라는 거냐?"

개삼 마을의 골목길에서 각설이타령을 하며 비럭질을 하던 때에 맞추어 세 사람을 들이친 것은 네 놈이었다. 그 네 놈이 다른 것은 몰라도 쬐끄만 새끼라는 소리를 들을 정도로 작은 덩치를 하고 있는 놈은 분명 없었으므로 유옥이 반신반의

의 어조로 눈을 부라리며 물었다.

"그, 그, 글쎄, 그… 렇다니까. 그, 그 왕초란 노, 놈은 상천교 다리 밑 우, 움막에서 꿈적 않고 들어앉아 있고 또, 또, 똘마니 네 놈만 비럭질을 나… 가더라구."

상천교 다리 밑의 움막 얘기가 나오자 유옥의 몸에서 뜨거운 피가 끓어올랐다.

상천교 다리 밑의 움막은 유옥이 배를 곯다 곯다 떠나온 고향 그 이후의 낙원으로, 이 년 세월에 걸친 낙원이었다. 지금 함께 거지 패거리로 지내는 황태와 봉옥의 똘마니로 지낼 때는 좀 힘들었지만 곧 그들을 제압하고 왕초가 된 후론 정말 부족한 것이 없는 낙원이었다. 추운 겨울에도 셋이 보듬고 누우면 추운 줄 몰랐고, 봄이면 물오른 버드나무 가지를 잘라 만들어 불던 버들피리가 재미있었고, 여름이면 상천의 시원한 물과 버드나무 그늘이 좋았고, 가을이면 하천을 사이로 나뉘어져 있는 상촌(上村), 하촌(下村)의 인심이 후해져서 좋았다. 정말 그곳은 다시 생각해 보아도 유옥에게 있어 더없는 낙원이었다.

바로 엊그제 불시에 침입해 온 정체 모를 거지 패의 패행만 없었다면 유옥은 평생을 그곳 낙원에서 등 따습고 배부르게 두 똘마니의 시중을 받으며 폼나게 지내게 될 줄 알았다.

상천교 다리 밑의 움막까지 빼앗기고, 일시로 피난해 온 마을 뒤 언덕의 관제묘 안에서 을씨년스런 관운상을 돌아보며 유옥은 절대로 그 낙원을 포기할 수 없다는 결심을 다시 한 번 다졌다.

"가자!"

불끈 두 주먹을 쥔 채 유옥이 일어났다.

"어쩌려고, 왕초?"

봉옥이 겁먹은 얼굴로 물었다. 이미 일단 한 번 붙어봤지만 그들 셋은 침입자들의 상대가 되지 못했다. 거기다 왕초라는 인물이 한 명 더 있다고 하지 않은가.

"그 대가리를 쳐야 해!"

아직도 시퍼렇게 부어 있는 눈탱이를 한 채로 유옥이 기세등등하게 관제묘 밖으로 나섰다.

유옥의 생각은 이랬다.

일단 패거리와의 싸움에서는 그 패거리의 대가리, 우두머리를 제압하는 것이 중요했다.

술병도 대가리가 부서지면 술을 마실 수 없고, 초롱도 대가리가 부서지면 심지에 불을 붙일 수 없고, 사람도 대가리가 부서지면 골로 가는 것이고, 군사도 대가리가 부서지면 패잔병이 되는 것이다. 패거리도 대가리가 부서지면 패거리의 제일 큰 장점인 결속력이 순식간에 와해된다.

이틀 동안 남에게 빼앗긴 상천교 다리 밑의 움막은 유옥의 패거리가 지내던 때와 변함없는 모습으로 가을의 정취, 그 가운데 자리하고 있었다.

움막 옆에 서 있는 커다란 버드나무의 잎은 가을이 깊어지면서 누렇게 변해 한 잎 두 잎 떨어져 바람에 흩날리고 있었고, 움막 앞으로 흐르는 냇물은 여전히 명경처럼 맑았으며, 어디선가 변함없이 개구리 울음소리가 들려왔다.

달라진 게 있다면 빌어온 음식 중에 먹지 못하는 것이 있었던지, 아니면 남은 것이었는지 음식 찌꺼기가 움막 옆에 버려져 쉰 냄새를 풍기고 있다는 것이다. 유옥이 있을 땐 쉰 냄새가 싫어서 절대로 움막 주변에 음식물 쓰레기를 버리는 일이 없었다.

다른 기척이 들리진 않았지만 움막 입구에 드리워져 있는 거적 앞으로 아무렇게나 놓여져 있는 한 켤레의 때에 절은 결상화(結相靴:삼으로 엮어 만든 신발)가 움막 안에 있는 인적의 존재를 알리고 있었다.

황태의 말대로라면 안에 있는 것은 쬐끄만 새끼, 놈들의 왕초일 것이다.

덩치가 작더라도 왕초라면 보이는 것 이상의 어떤 능력을 가지고 있을 터이지만 셋이서 한꺼번에 들이치면 충분히 제압할 수 있을 것이다. 그 다음에 네 명의 똘마니는 왕초를 제압한 기세로 밀어붙여 볼 양이었다.

유옥이 살금살금 발소리를 죽이고 움막 앞으로 다가갔다. 그의 손에는 구걸한 음식을 받아 담는 도구, 어떤 장수가 머리에 썼던 것으로 보이는 철갑으로 만들어진 투구가 삼으로 엮은 끈에 달린 채 옹골지게 잡혀 있었다. 투구 안에는 주먹만 한 돌덩이까지 몇 개 들어 있어서 곧 있을 육박전에 훌륭한 무기가 될 것이다.

움막의 입구를 가리고 있는 거적 옆으로 선 유옥이 두 사람을 향해 턱짓을 했다.

그러자 봉옥이 발 앞에 뒹굴고 있는 자갈 하나를 조심스레 집어서 거적을 향해 던졌다.

타악! 툭!

봉옥이 던진 자갈이 거적을 소리 나게 때리곤 바닥으로 떨어졌다.

그 소리를 듣고 쬐끄만 새끼가 거적을 들추고 나오면 유옥이 돌덩이가 들어 있는 투구를 휘둘러 쬐끄만 새끼의 머리통을 한 방에 날릴 계획이었던 것이다.

하지만 세상 대부분의 일이 그렇듯 그들의 계획대로 일이 진행되지는 않았다.

"아함, 뭐… 냐?"

거적을 들추고 나오는 대신 움막 안에서 하품 소리와 함께 짧은 한마디가 들려 나왔다.

대개 사람들은 그 사람이 내는 한마디의 소리만으로도 상대의 기도를 읽곤 한다.

하품과 함께 들려 나온 말로 봐서 쬐끄만 새끼는 기분 좋게 오수라도 즐기고 있었던 모양이다.

잠까지 깨웠다면 거적을 때리고 바닥으로 떨어지며 낸 소리로 그것이 누군가가 움막을 향해 돌팔매질을 한 것이라는 것을 쬐끄만 새끼는 알았을 것이다. 그리고 그것은 다분히 어떤 누군가가 자신을 도발하고 있다는 사실도. 돌팔매질이라는 것이, 더구나 안에 사람이 있는 것을 알고도 하는 돌팔매질이라면 그것은 다분히 싸움을 하자고 시비를 거는 행위였으므로.

그런데도 안에서 들린 음성은 조금도 흔들림이 없었다. 놀란 기색도 담겨 있지 않았고, 겁먹고 움츠린 기색은 더욱 없었다. 오수를 깨운 것에 대해 짜증이라도 난다는 듯한 가벼운 말투. 거기에서 유옥은 말의 임자가 자신보다 훨씬 더 험한 인생을 살아와서 자신보다 훨씬 더 험한 일들을 겪어본 만만치 않은 기도의 사내임을 느낄 수 있었다.

"나한테 볼일이 있어 온 놈들이면 이리 들어와. 일어나기 귀찮으니까."

다시 움막 안에서 들려온 말은 더 낮고 침착했다. 그만큼 안에 있는 쬐끄만 새끼는 마음의 동요가 없다는 것을 의미했고, 더구나 바닥에 누운 채로 일어나지도 않고 있다는 것을 알리고 있었다. 자기를 찾아온 무리를 무슨 쇠파리들이 날아왔나 하는 식으로 우습게 알고 있다는 거였다.

"이 좆만 한 새끼가!"

그 말에 유옥이 더 참지 못하고 입구에 늘어진 거적을 어깨로 밀어붙이며 안으로 튀어 들어갔다.

거적이 시선을 가렸던 탓에 안으로 돌진한 유옥은 자신의 발 앞가림을 제대로 할 수 없었다. 그 탓에 타악! 무엇엔가 보지도 못한 어떤 것에 발끝이 걸렸고, 우당탕! 꼴사나운 모습으로 바닥에 나뒹굴고 말았다.

움치고 뛰지도 못할 정도로 충격을 입은 건 아니었으므로 유옥은 최대한 빨리 방어 자세를 취하며 몸을 일으켰다. 언제라도 휘두를 수 있는 형태로 끈에 달린 투구를 불끈 움켜쥐고서.

"......!"

그 유옥의 바로 앞 발치에 황태가 말했던 쬐끄만 새끼가 있었다.

그 쬐끄만 새끼는 서너 평 남짓한 좁은 움막의 거적때기가 깔려 있는 바닥 가운데를 가로질러 때에 절은 목침 하나를 베고 반듯하게 누워 있었는데, 그 목침은 다름 아닌 유옥 자신이 쓰던 것이었다. 자신이 달려들어 온 앞으로 걸릴 것이라곤 그 쬐끄만 새끼밖에 없었던 걸로 봐서 아마도 놈이 누운 채 자신의 발을 건 듯했다.

그런데 그 쬐끄만 새끼의 외양이 가관이었다. 평범한 키의 유옥의 반절이나 될까 말까 한 크다 만 키의 난쟁이였고, 턱에는 주먹만 한 혹이 달려 있었다. 길에 나서면 아이들에게 난쟁이니 혹불이니 하며 놀림을 받기 딱 좋은 외양이었다. 전체적인 느낌으로 보아 이제 갓 서른 정도 되었을까 말까 한 나이의 사내였는데, 머리 꼭대기에 있는 백회혈(百會穴) 어림까지 벗어진 번들번들한 대머리가 실제 나이보다 열 살쯤은 더 들어 보이게 하고 있었다.

"싸움이라는 건 말이야, 한 번 해봐서 안 되면 꺼지는 것이 좋아. 힘을 겨루는 게 싸움인데 겨우 이틀 만에 달라질 게 뭐가 있겠냐? 몇 달이라도 어디 가서 죽어라 힘을 길러서 다시 오든지. 하긴, 개방도도 몰라보는 촌무지렁이 거지 놈한테 이런 이치를 기대하는 게 무리이긴 하지."

아예 상대할 가치도 없다는 듯 목침을 베고 누운 난쟁이가 손끝 하나도 까딱이지 않는 채로 눈동자만 돌려 유옥을 흘긋 보며 말했다.

"우리는 개방도다! 발모가지 부러지기 전에 썩 꺼져!"

그때 문득 이틀 전, 비럭질을 하고 있던 자신들을 향해 다가오던 네 명 중 한 명이 어깨에 잔뜩 힘을 주고 하던 말이 유옥의 귓전을 때렸다.

개방도.

이틀 전 난전이 끝난 뒤에, 지금은 자신의 똘마니가 되었지만 이곳 개삼 마을에 오기 전 이미 천수(天水)라는 도시에

서 삼 년이 넘는 거지 경력이 있는, 그래서 자신보다 훨씬 더 긴 거지로서의 이력을 자랑하는 봉옥의 말에 의하면 개방도 는 빌어먹는 것은 같지만 자신들과 신분이 다르다는 거였다.

그때 선배 거지들이 이르기를, 개방도가 나타나면 무조건 그들이 있는 데서 뒤도 돌아보지 말고 도망치라는 것이다. 일반 거지가 개방도가 비럭질을 하는 곳에서 어물거리다 잡히면 필경 발모가지가 부러진다는 거였다. 같은 거지지만 그들은 하늘이고, 자신들은 땅이라는 거였다.

그런 인식을 가지고 있기 때문이었는지 봉옥은 그 싸움에 끼지도 않고 줄행랑부터 치고 말았다. 하긴 셋 중에서 제일 어리버리한 봉옥이 끼어 있어봐야 그 싸움의 향배를 크게 바꾸지도 못했을 것이지만.

'개방도도 몰라보는 촌무지렁이 거지 놈.'

유옥의 성질에 불을 지를 만한 언사였지만 다시 또 개방도란 께름칙한 말이 난쟁이의 입에서 나왔으므로 유옥은 주춤했다. 싸움이 있은 후 봉옥으로부터 들었던 개방도에 대한 얘기가 마음속 언저리에 자신도 모르게 각인되어 있었기 때문이다. 그리고 유옥을 주춤하게 만든 또 다른 이유는, 난쟁이가 마치 이틀 전의 싸움 자리에 있었던 것처럼 말한 때문이었다. 그런 유옥의 궁금증을 잘 알고 있기라도 하다는 듯 난쟁이가 말을 이었다.

"내가 외양이 이래서 말이야, 대인기피증이 좀 있어. 내가 그날 니들하고 우리 애들이 싸울 때 거기 있긴 있었는데 말이야, 우리 애들 중에서 제일 떡대가 좋은 애, 노대라는 애가 메고 있던 바랑 안에 있었어. 거기 뚫린 구멍으로 니들이 우리 애들한테 깨지는 걸 다 보고 있었지. 히히."

여전히 목침을 베고 누운 자세 그대로 난쟁이가 춘장이 묻은 검은 이를 드러내며 히죽 웃었다.

그 말을 듣자 유옥도 그때 생각이 났다. 네 명 중 싸움에 참가하지 않고 커다란 바랑을 멘 채 구경만 하고 서 있던 덩치 큰 사내가 떠올랐다. 그러니까 지금 이 난쟁이는 그 덩치 큰 사내가 메고 있던 바랑에 들어 있었다는 말이다. 난쟁이의 놀라운 얘기에 유옥이 난쟁이를 의문의 시선으로 다시 바라보자 난쟁이가 묻지도 않은 얘기를 이어갔다.

"내 이름은 악범이고, 별호는 추종왜자(追終矮者)야. 쫓을 추(追) 자에 끝날 종(終) 자. 쫓아와서 끝장을 본다는 뜻인데, 나를 난쟁이라고 놀리다 개피를 본 놈들이 내게 붙여준 별호지. 빌어먹는 거지 노릇을 하다 보면 애들 놀림감이 되기 십상인데, 내 꼴이 이러니 다른 거지들보다도 놀림을 당하는 게 더 심했지. 그래서 내 소망은 무척 소박했어. 그냥 더러운 인간들 눈에 안 띄고 밥 먹고 사는 게 내 소망이었지. 하지만 그 소박한 소망도 쉽게 이루어지는 건 아니더군. 개방도 중에서도 최소한 삼결제자(三結弟子)가 되어 분타주 정도는 되어야 움막에 들어앉아서 애들이 빌어오는 음식을 먹으며 지낼 수 있더라구. 흐흐."

그간의 한이 대단했던 듯 스산하게 웃는 난쟁이의 두 눈에서 섬뜩한 살기 한가닥이 묻어 나왔다. 삼결제자니 분타주니, 유옥이 알아들을 수 없는 말들이 나왔지만 그것에 관한 의문까지 해결할 순 없었다. 분명한 것은 이 난쟁이는 개방도이며, 독종이며, 자신이 병신인 탓에 사람들의 시선을 싫어한다는 거였다. 난쟁이의 느긋한 말은 계속 이어졌다.

"그런데 소박한 내 꿈은 생각보다 빨리 이루어졌어. 상관을 잘 둔 덕에 말이야. 내가 몸담고 있던 곳은 여기서 멀지 않은 곳에 있는 개방의 정서 분타(定西分舵)였는데 말이야, 거기 식구들이 좀 넘쳐서 가경이라는 존함을 쓰시는 분타주께서 분가(分家)를 결정했지. 여기 개삼촌이 그런대로 한 식구 빌어먹는 데는 지장이 없을 거라면서 나를 따르는 애들 몇 명 데리고 분가를 하라더군. 본단의 내락은 당신께서 알아서 받아내 주겠다고 하시면서 말이야. 흐흐, 이렇게 손댈 필요도 없게끔 훌륭한 막사도 지어져 있고, 니들이 빌어먹는 길도 잘 내놨고 말이야. 이 앞에다 개삼 개방 분타라는 현판만 내걸면 되겠어. 흐흐, 하여간 이제 이곳은 우리 개삼 개방 분타의 구역이 되어버렸어. 미안하게도 말이야. 어디 가서 빌어먹든 내가 알 바는 아니지만, 개방도들은 조심하는 게 좋아. 발모가지 부러지니까. 나는 물려준 전력이 고맙고 세상 물정 모르는 애들이라 이 정도로 봐주지만 다른 개방도들은 그런 게 없을 거야. 알았으면 그만 가봐."

반쯤은 알아들을 수 있는 말, 반쯤은 알아듣지 못할 말을 저 좋을 대로 지껄이더니 난쟁이는 볼일이 끝났다는 듯 유옥에게서 등을 보이며 돌아누워 버렸다.

"⋯⋯."

저 속에서 끓어오르는 분기로 유옥의 미간과 투구의 끈을 말아 쥐고 있는 손이 파르르 떨렸다.

유옥의 분기를 끓어오르게 한 것은 개삼 마을을 개삼 분타니 어쩌니 하면서 자기네 구역이라 일방적으로 선포한 것도, 세상 물정 모르는 애라고 자신을 깎아내린 말도 아니었다. 자신을 뒤에 두고 볼일 끝났다고 돌아누운 난쟁이의 행동이었다.

그 행동은 사나이로서, 무리의 왕초로서 용전(勇戰)을 결심하고 움막에 뛰어든 유옥의 존재를 정말 우스꽝스럽게 만든 행동이었다. 자신을 웬 쇠파리가 날아들었나 하는 정도로 하찮게 여기는 행동이었다.

"이 좆만 한 난쟁이 새끼야! 내 집에서 꺼져!"

등을 돌리고 누워 있는 난쟁이에게서 가장 가까이 있는 부위인 유옥의 오른발이 먼저 내질러졌다.

홰앵!

들고 있던 투구를 있는 힘껏 난쟁이의 머리통을 향해 내려쳤다.

하지만 유옥의 발도 투구도 목표물을 제대로 때리지 못하고 말았다. 유옥의 발이 내질러짐과 동시에 난쟁이가 번개같이 한 바퀴 몸을 굴렸고, 난쟁이의 동작이 워낙 빨라 내질러진 발도, 머리를 겨누고 휘둘러졌던 투구도 헛바퀴를 돌고 말았던 것이다.

"정말 말귀를 못 알아듣는 놈이군."

한 바퀴 돈다 싶었던 난쟁이가 어느새 자리에서 일어나 두 눈을 번뜩이며 소리치고 있었다. 그리고 그 말이 끝나기도 전에 번쩍하고 난쟁이의 이마가 유옥의 코앞으로 닥쳐왔다.

쩌억!

살과 살이 제대로 맞부딪쳤을 때 나는 소리는 얄다. 난쟁이의 넓고 단단한 이마가 유옥의 면상에 제대로 틀어박혔다.

서 있는 자세에서 엄청난 충격을 면상에 받은 유옥이 발에 차인 공처럼 움막 옆쪽의 거적과 기둥 하나를 콰자작! 아작 내며 개울 쪽으로 튕겨져 날아갔다.

풍덩!

날아간 유옥이 흐르고 있는 개울물 위로 물보라를 일으키며 떨어졌고, 그 물의 차가움을 느낄 겨를도 없이 유옥의 미간으로 유성 하나가 팽이처럼 돌며 흘러갔다. 그리고 그와 비슷한 빠르기로 유옥의 의식 속으로 암흑이 닥쳐들었다.

유옥이 물로 나가떨어지는 것을 본 봉옥과 황태가 나 살려라 하고 줄행랑을 쳤다.

일발 공격을 한 뒤 움막 안에 서 있는 난쟁이, 악범의 시선에 눈을 허옇게 뜬 채로 코에서 피를 흘리며 물결에 실려 떠내려가는 유옥이 보였다. 차가운 물에 처박히고도 움직이지 않는 것을 보면 실신한 모양이다.

그제야 악범은 띵한 자신의 이마를 만지며 무술도 모르는 풋내기에게 자신이 너무 심한 공격을 했다는 사실을 깨달았다. 개방의 경신술 중 순간적인 빠르기론 최고라 하는 비천신풍(飛天神風)을 자신도 모르게 발휘한 것이다.

하지만 악범에겐 떠내려가는 유옥을 건져 줄 아량까진 없었다. 그가 가장 싫어하는 말, 그로 하여금 이성을 잃게 만들고 세상 끝까지라도 쫓아가 끝장을 내주는 추종왜자라는 별호가 생겨나게 한 말이 바로 '좆만 한 난쟁이'였던 것이다.

천수(天水)와 란주(蘭州) 사이에 있는 애담평(哀潭坪)은 산지가 주인 이 지역에서 보기 드문 꽤나 넓은 평원이었다.

자갈과 모래가 많아 작물을 키우기가 마땅치 않은 탓에 농민들도 외면해 버린 평원의 바닥에는 성긴 땅에 간신히 뿌리를 박은 잡초만 듬성듬성 살아남아 있었다.

천수 쪽에서 란주 쪽으로 애담평 너머 아득히 솟은 삼합산(三合山) 자락이 손에 잡힐 듯 보였는데, 평원을 가로지르는 길은 백 리가 넘었다. 부지런한 사람이 아침 일찍부터 열심히 걸어야 밤이 되기 전에 평원 너머에 있는 객잔에 당도

할 수 있었다.

걸어도 걸어도 끝나지 않는 길, 애담평이라는 이름만큼이나 사람을 지치게 하는 평원의 해거름 길을 지는 해를 등지고 홀로 걸어오는 사람이 있었다.

거지였다.

때 기름에 절어 아무렇게나 뻗쳐 있는 백발과 백염, 솔기보다 기운 자국이 더 많은 낡아 빠진 때에 절은 의복, 왼 어깨에 가로질러 메어져 있는 불룩한 바랑. 한눈에 보아도 알 수 있는 빌어먹는 뼈가 닳는 부분의 외관이 도드라져 보이고 얼굴에 주름이 자글자글한 삐쩍 마른 늙은 거지였는데, 특이하게도 오른손에 커다란 개의 정강이뼈를 몽둥이처럼 들고 있었다.

노구를 끌고 애담평을 종일 가로질러 왔을 터임으로 보통 사람이면 잔뜩 지쳤을 터인 데도 늙은 거지의 걸음걸이는 흐트러짐없이 꼿꼿했고, 백미(白眉) 아래 깊이 자리 잡은 두 눈은 맑게 빛나고 있었다.

"흠흠, 물이 멀지 않은 곳에 있군."

한적한 길을 걷던 늙은 거지가 반가운 기색으로 코를 벌름거렸다. 물 내음을 맡은 모양이다.

과연 곧 늙은 거지의 앞으로 평원을 가로질러 흐르는 개천이 나타났다. 달포 가까이 이어지고 있는 가을 가뭄에도 바닥을 드러내지 않고 평원에 난 개천답게 넉넉한 수량을 자랑하며 천천히 흘러가고 있었다.

개천가에 당도한 늙은 거지가 물에다 머리를 박고 벌컥벌컥 물을 들이켰다.

"푸우! 끝자락에 다 와서 있을 게 뭐람. 이런 개울이 들판 한가운데 있으면 좀 좋아."

등에 붙었던 배가 일어나도록 물을 들이킨 늙은 거지가 물에 박았던 얼굴을 들고 참았던 숨을 토하며 푸념하듯 말했다. 내색하진 않았지만 그만큼 갈증에 겨웠던 모양이다.

"······!"

그때, 물을 마심으로 해서 아까보다 더 맑아진 늙은 거지의 눈이 반짝 빛났다.

그 시선에 자신이 건너야 할 바로 앞의 징검다리 중 하나에 물에 뜬 채 엇비슷하게 걸려 있는 사람의 신형이 보였던 것이다.

퍼뜩 보곤 익사한 시체라고 생각하며 얼굴을 돌리려던 늙은 거지가 멈칫, 다시 물 위의 신형에게로 시선을 돌렸다. 보통 사람이 가지지 않은 뛰어난 감지력을 가지고 있는 늙은 거지가 신형에게서 생기(生氣)를 느낀 것이었다.

늙은 거지는 서둘러 신형에게로 다가갔다.

신형의 멱살을 잡고 끌어내 개울가의 자갈에 눕히자 신형의 정체가 완연히 드러났다.

자신과 같은 거지였지만 개울에 떠내려 오는 동안 물기가 벗겨낸 땟자국 아래로 드러난 살결이 붉고 싱그러운 어린 거지였다.

"아!"

코에 가해지는 고통으로 유옥이 비명을 지르며 눈을 떴다.

"가만있어, 임마! 평생 삐딱코로 지내고 싶지 않으면!"

늙은 거지가 유옥의 가슴 위에 올라타고 앉아 악범에게 받혀 비뚤어진 코뼈를 잡아 세우려 애쓰며 윽박지르듯 소리쳤다.

늙은 거지가 검지와 중지의 가운데 마디 사이에 삐뚤어진 코를 끼우고 힘껏 당기자 우드득! 소리가 나며 유옥의 코뼈가 제자리를 찾아갔다.

"운이 좋은 놈이군. 물에 앞으로 처박혔으면 숨이 막혀 골로 갔을 텐데."

잠깐 사이 유옥의 코뼈를 바로잡은 늙은 거지가 유옥의 가슴에서 일어나 옆에 놓아두었던 바랑을 둘러멨다.

"……"

얼떨결에 정신을 차린 유옥이 이곳이 어딘가를 확인해 보기 위해 주위를 둘러보았다. 한 번도 와본 적이 없는 황막한 평원임을 확인한 유옥의 눈이 자신을 구해준 늙은 거지를 좇았다.

이미 늙은 거지는 징검다리를 건너 저만치 가고 있었다. 커다란 바랑을 둘러메고, 손에는 몽둥이 같은 예의 그 개뼈다귀를 든 채 횡횡한 걸음으로 백발을 휘날리며.

"이봐요! 같이 가요!"

어디서 그런 힘이 났는지 유옥이 악을 쓰며 늙은 거지의 뒤를 쫓았다. 오랜 비럭질로 생겨난 유옥의 생존성 예지력이 늙은 거지를 쫓아가야 살길이 열린다는 것을 강하게 알리고 있었다.

늙은 거지가 목적지로 삼은 곳은 감숙성 서북부의 도시 란주(蘭州)였다.

란주는 황막한 감숙성에선 드물게 풍요로운 도시였다. 예로부터 서역과 중원을 잇는 무역 길의 요충지인 이곳으로 사철을 가리지 않고 서역 쪽의 상인과 중원 쪽 상인들이 갖가지 물자를 싣고 모여들었다. 서역에서 온 옥(玉)과 모피, 과일, 중원 쪽에서 온 비단, 도자기, 곡류가 새 주인을 맡기 위해 곳곳의 창고에 산더미처럼 쌓여 있었다.

늙은 거지가 애담평을 다 건넜을 때는 사위에 어둠이 내려앉아 있었다. 거기 애담평이 끝나고 삼합산을 오르는 길목에 사람들이 묵어가는 객잔이 하나 있었지만 거지에게 객잔은 쉴 수 있는 곳이 아니었다.

별수없이 늙은 거지는 그나마 휘황한 보름께의 달빛을 의지해 삼합산을 넘었고, 새벽이 다 되어서야 란주 시내에 들어설 수 있었다.

시내로 들어가도 거지를 반기는 곳은 없었다.

늙은 거지는 이른 새벽의 서늘한 한기에 몸을 움츠린 채 란주 시내 이곳저곳을 기웃대며 거지가 겨울을 넘길 만한 곳을 찾아다녔다.

그러다 동산으로 해가 막 솟을 무렵이 되어서야 정말 거지가 겨울을 나기 딱 좋은 곳을 찾아냈다.

란주 시내 서북쪽으로 연해 있는 백탑산(白塔山) 계곡에서 황하로 들어오는 왕숙천(王宿川)이라는 작은 지천을 가로질러 놓여 있는 이름도 없는 낡은 나무다리가 그곳이었다.

천지엔 보이지 않는 기운이 충만하지만 지형학적으로 그 기운이 특별히 많이 모이는 곳이 곳곳에 숨어 있는데, 그런 곳을 일컬어 사람들은 복받은 땅, 복지(福地)라고 불렀다.

늙은 거지가 보기에 다른 곳이 아닌 바로 왕숙천의 이름없는 다리 아래, 그곳이 바로 복지였다. 동쪽의 백탑산보다 높게 반대편의 서쪽으로 병풍처럼 둘러서 있는 오천산(五天山)은 절묘한 각도로 태양이 떠오르는 아침 양광(陽光)의 기운을 이곳으로 모아주고 있었고, 면경처럼 맑은 개울물과 개울가의 매끄러운 편마암 바위들은 양기가 땅속으로 스며드는 것을 막아주고 있었다.

이곳이 복지인 덕에 자신이 이곳에 머물면서 하고자 하는 어떤 일에도 너무나 좋은 영향을 줄 것이었으므로 그곳에 자리를 잡기로 작정한 늙은 거지는 흡족한 마음으로 바랑을 내려놓았다.

나무 기둥을 성기게 엮어 흙을 올려놓은 다리가 지붕 구실을 하기에 좀 부족해 보였지만 질긴 뗏장이라도 몇 장 떼다가 얹으면 해결될 것이다.

바랑을 내린 늙은 거지가 들고 있던 개뼈다귀로 바닥을 고르기 시작했다.

굵은 돌을 바깥쪽으로 굴리고 작은 돌을 안으로 밀어 채우자 곧 한 사람이 기숙할 만한 자리가 만들어졌다.

하지만 늙은 거지는 거기서 일을 끝낼 수 없었다. 들어가 누울 만한 자리를 만들려면 더 해야 될 공사가 있었기 때문이다.

"끄응!"

자신도 모르게 앓는 소리를 흘리며 늙은 거지가 바랑을 메고 일어섰다. 보통 사람과 다른 능력을 가지고 있었지만 늙은 거지도 이제 지칠 대로 지쳐 있었다. 어제부터 애담평을 건너오며 먹었던 말라비틀어진 몇 개의 당근이 늙은 거지가 한 식사의 전부였으므로 배도 몹시 고팠다.

"이거면 벽을 두를 수 있겠죠?"

말과 함께 어디서 가져왔는지 어린 거지 유옥이 어깨에 메고 온 거적때기 몇 장을 늙은 거지의 앞에 툭, 내려놓았다. 어디서 구했는지 썩은 구석이 한 군데도 없는, 엮은 지 얼마 안 되는 새것이었다.

"바닥에 깔 볏짚도 봐두었어요. 쫌만 기다리쇼."

한마디 말을 더 던지고는 유옥이 가까이 있는 마을 어귀로

총총히 사라졌다.

"허어, 그놈 참."

늙은 거지는 전혀 생각지 못한 돌연한 일을 당하자 뭐라 말을 하지 못하고 쓴웃음을 지었다.

늙은 거지가 바랑에서 말라비틀어진 당근 하나를 꺼내 입에 물었다.

"……."

우적우적 당근을 씹으며 늙은 거지는 유옥이 사라진 동네 어귀를 바라보았다.

자신이 애담평의 개울에서 건져 내어 살려준 어린 거지는 자신과 동무가 되기를 청하며 삼합산 언덕길을 쫓아 올라왔다.

생명을 구해준 은혜를 잊지 않고 받들어 모시겠다면서 거두어줄 것을 간청했다.

하지만 늙은 거지는 동냥이나 하면서 지내려고 란주에 가는 것이 아니었으므로 단호히 그 청을 거절했고, 자신의 호통에도 어린 거지가 떨어질 생각을 않자 빨리 달리는 특별한 재주를 발휘해 어린 거지를 삼합산 자락에서 떨쳐 버렸었다.

그런데 어린 거지는 어찌 용을 썼는지 이곳까지 자신의 뒤를 쫓아왔다. 생각보다 집념이 강하고 약삭빠른 애인 것은 분명했다.

"에휴, 저걸 어쩐다?"

늙은 거지가 당근을 씹으며 고민에 빠져 있는 사이, 벌써

짚단 몇 개를 둘러멘 유옥이 마을 어귀에서 잰걸음으로 다가
오고 있는 것이 보였다.

유옥이 늙은 거지가 주거를 마련하는 데 큰 도움을 주었지
만 유옥의 청은 쉽게 받아들여지지 않았다.

"생떼 쓰지 마라. 누가 가져다 달랬냐?"

늙은 거지는 능청스럽게 시치미를 뚝 떼고 유옥을 움막 밖
으로 밀어냈다.

하지만 유옥은 물러서지 않았다. 다시 개삼 마을로 돌아갈
수도 없었고, 거지로서 새로운 근거지를 마련해야 하는 유옥
은 배수진을 치고 이 일에 임했다.

자신을 개울에서 건져 간단한 응급처치로 정신을 차리게
해주고 삐뚤어진 코까지 바로잡아 준 늙은 거지의 의술, 삼합
산 자락에서 자신을 따돌리려고 발휘했던 바람 같은 걸음, 그
외에도 여러 면에서 거지답지 않은 범접할 수 없는 기도가 풍
기는 늙은 거지를 유옥은 이상하게 놓치고 싶지가 않았다.

삼합산을 내려오는 고갯길에서 바람 같은 걸음을 발휘한
탓에 늙은 거지를 놓치기도 했지만 유옥은 포기하지 않았다.
보통 산길은 가파름을 덜기 위해 갈 지(之) 자 형태로 나 있는
데, 경사가 완만한 대신 그만큼 길이 멀었다.

유옥은 위험을 무릅쓰고 길이 아닌 골짜기 아래로 내달렸
고, 엄청난 위험을 무릅쓴 덕에 골짜기 아래에서 늙은 거지의

꼬리를 잡을 수 있었다. 그렇게 해서 늙은 거지가 눈치 채지 않게 멀찌감치 거리를 두고 이곳 란주까지 늙은 거지를 쫓아 온 것이었다.

매일 빌어온 음식이지만 꽤 괜찮은 음식이 담긴 걸통을 새로 지어진 움막 앞에다 가져다 놓고, 움막 안에 드는 것을 허락하지 않아 움막 옆 자갈밭에서 새벽의 찬바람을 맞으며 한뎃잠을 자면서도 유옥은 포기하지 않았다.

"계속 이렇게 개길래? 그렇게 어른 말 안 들으면 정말 혼난다!"

"신경 쓰지 말고 주무세요! 이 다리하고 개울까지 다 전세 내신 거 아니잖아요!"

한뎃잠을 자는 유옥이 신경 쓰이는 늙은 거지가 호통을 쳐댔지만 유옥은 꺾이지 않았다.

결국 그렇게 여덟 밤을 한뎃잠을 자며 떼를 쓴 뒤에야 유옥은 늙은 거지의 식구가 되었다. 늙은 거지가 고집을 꺾고 자신의 휘하로 유옥을 받아들인 것이었다.

그때부터 유옥은 늙은 거지를 왕초라 부르며 받들어 모셨다.

란주의 가을은 짧았다.

누렇게 물들었던 갈잎이 삭풍에 지는가 싶더니 이내 북풍한설이 들이닥쳤다.

대부분의 빈한한 사람들에게 그렇듯 거지에게도 겨울은

가장 혹독한 계절이었다.

집집마다 대문은 굳게 닫혀 아무리 두드려도 열릴 줄 몰랐고, 겨울의 냉기는 땅바닥과 거적 사이로 쉼없이 파고들었다.

하지만 아무리 가뭄이 들어도 굶어 죽는 거지가 없듯이 아무리 날씨가 추워도 얼어 죽는 거지는 없었다.

얼씨구~ 씨구~ 씨구~ 들어간다아아~ 작년에 왔던 각설이~ 죽지도 않고 또 왔네~

돌아왔소~ 돌아왔소~ 각설이가 먹설이라아아아아~ 동설이를 짊어지고~ 똘똘 몰아서 돌아왔소~

눈 쌓인 란주 중문로(中門路)의 주택가에 어린 거지 유옥의 구성진 각설이타령이 씩씩하게 울려 퍼지고 있었다.

열일곱, 유옥의 나이는 변화에 가장 잘 적응하는 나이이다.

줄곧 개삼 마을이라는 거지로서 더없이 좋은 환경에서 지내온 유옥에게 아는 사람 하나 없는 란주는 쉽지 않았다.

하지만 열일곱 유옥의 나이는 무엇보다도 변화에 가장 잘 적응하는 나이였다.

두어 달이 지나자 란주 어느 동네, 어느 골목이 인심이 좋고, 어느 집 안주인의 손이 후하고, 어느 집 하인이 심술이 많다는 것까지도 알게 되었다.

그리고 주인에게 올리는 거지의 인사, 각설이타령도 많이 늘었다.

거지가 된 지 두어 달이 채 안 돼서 개삼 마을에서 무리의 왕초가 됐던 유옥은 각설이타령은 황태와 봉옥에게 맡기고 팔짱만 끼고 있었던 것이다. 하지만 이곳에서는 혼자 구걸 행사를 모두 해결해야 했으므로 일단은 각설이타령이 우선이었다. 각설이타령이 좋아야만 일단 대문이 열렸던 것이다.

작년에 왔던 각설이이이이~ 죽지도 않고 또 왔네~ 어얼씨 구씨구 들어간다~ 저얼씨구씨구 들어간다~

용골대—거지가 쓰는 숟가락—와 걸통—빌은 음식을 담는 철통—을 두드려 엇박자 장단을 맞추는 것은 기본이고, 타령엔 듣는 사람의 감정을 북돋울 수 있게끔 신명과 한탄을 적절히 실었다.

그리고 빌어먹는 일, 거지의 경력이 높아질수록 넉살도 늘어갔다.

동냥을 청할 집을 정하고, 그 앞에서 용골대로 걸통을 두드리며 각설이타령 일절을 부르고—일절에서 대문이 열리는 집은 거의 없다—처량한 감정을 잔뜩 담아 이절을 부른다.

그러면 대부분의 집 대문이 빼시시 열리면서 바가지에 담긴 허드레 음식이 나온다.

하지만 더러 이절, 삼절, 사절—각설이타령은 사절까지 있다―을 다 불러도 대문이 열리지 않는 집도 있었다.

그렇게 되면 어린 거지 유옥도 악이 발동한다.

일절부터 다시 부르되 신명도 한탄도 아닌 악이 담긴다. 당연히 시끄럽다.

그래도 대문이 열리지 않으면 유옥의 타령에 담긴 악은 점점 더 높아진다.

그 시끄러움에서 벗어나기 위해 또 대부분의 대문이 열린다.

"빌어먹을! 집이 우리 집밖에 없냐, 이 거지 새끼야!"

악다구니와 함께 마지못해 바가지가 내밀어진다. 곰팡이 낀 춘장과 쉰 만두가 담겨 있을망정.

그런데 그날은 대문이 열리며 송아지만 한 풍산개가 이빨을 드러내고 튀어나왔다.

유옥이 나고 자랐던 유가촌(柳家村)에서도, 지난 이 년간 비럭질을 했던 개삼 마을에도 개를 키우는 집은 없었으므로 유옥은 이런 경우가 처음인지라 혼비백산할 수밖에 없었다.

걸음아, 나 살려라 하며 도망을 갔지만 결국 유옥은 개에게 종아리를 물리고 말았다.

"어떤 개종자가 그런 짓을! 우리 거지들이 사회적으로 불필요한, 백해무익한 존재로 알고 있는 종자들이 더러 있는데, 절대 그렇지 않다. 하늘 아래 똑같이 두 발을 딛고 살아가는 사람들이지만, 너도 알다시피 사람들 사이엔 여러 층하가 존재한다. 만인지상(萬人之上) 황제 아래로 관권을 등에 업고 떠르르한 권력을 휘두르는 벼슬아치들이 있고, 그 아래로 주체할 수 없이 돈이 많은 부자, 머리에 든 게 많은 학자, 고강한 무술을 지닌 무술인, 그 아래로 세상에서 제일 흔한 백성, 즉 평민이 있다. 그런데 이 평민들도 또 돈 좀 있는 놈, 힘이 센 놈, 빽이 센 놈 등으로 여러 층하가 나뉘어져 있다. 다시 그 아래로 평민들에게도 짓밟히고 천대를 받는 천민들이 있다. 백정, 광대, 노비, 창기 등등이 이에 속하는데, 이들보다 더 낮은, 그러니까 인간이 사는 곳에서 가장 낮은 곳에 임하는 것이 바로 우리 거지다. 그래서 우리 거지들은 권력과 힘을 가진 자들에게 유린당하는 평민과 천민들에게 '나보다 못한 종자'도 있다는 위안을 준다. 식은밥 한 덩이로 말이다. 그리고 솔직히 말해서 제 놈들이 지들이 먹을 거 안 먹고 아껴가면서 우리한테 동냥을 주는 건 아니지 않느냔 말이다. 먹다가 남긴 것, 어차피 구정물 통으로나 하수구에 버려질 것들을 우리에게 던져 주면서 베푸는 자의 만족감과 우월감을 가져가는 것이란 말이다. 우리가 없다면 어디서 그런 기분을 느끼겠느냔 말이다, 지들 따위가! 그런데 그런 우리에게 개를 풀어?"

개에 물린 다리를 절며 빈 걸통을 들고 움막으로 돌아온 유옥을 보며 늙은 거지가 이를 갈았다.

"다리가 나으면 몽둥이를 들고 가 그놈의 개를 아작 내버리겠어요!"

유옥이 이를 갈며 복수를 다짐했다.

"그건 안 된다."

"아니, 왜요?"

"나라에 국법이 있고, 무림인에게 의도(義道)가 있고, 상인에게 상도(商道)가 있듯 빌어먹는 거지에게도 걸도(乞道)라는 게 있다."

"걸도… 요?"

"그래, 걸도. 빌어먹는 자, 거지들이 꼭 지켜야 하는 도리를 말하는 건데, 여러 가지가 있지만은 구걸삼도(求乞三道)는 어떤 경우에도 지켜야 한다. 아무리 배가 고파도 음식이나 남의 물건을 훔쳐선 안 되고, 아무리 약한 자의 것도 빼앗아선 아니되며, 아무리 분해도 보복 행위를 해선 안 된다. 이 세 가지가 구걸삼도이니라."

늙은 거지의 말이 채 이해되지 않은 표정을 짓고 있는 유옥을 두고 아픈 허리를 두드리며 늙은 거지가 자리에서 일어섰다. 이대로 저녁을 굶을 수는 없었기 때문이다.

물자가 풍부하고 재물이 넘치는 도시 란주라고 해서 부자들만 사는 게 아니었다. 재물이 넘치는 부자는 한정되어 있었고, 가난한 사람이 더 많았다. 그래서 빈한한 사람들이 제일 쉽게 재물을 얻는 방편, 도둑질이 성행했고 전문 도둑도 많았다. 그래서 도둑으로부터 재물을 지키려고 개를 키우는 부잣집이 많았다.

빈 걸통을 들고 움막을 나서며 늙은 거지는 최소한 유옥에게 '개를 피할 수 있는 법'은 가르쳐 줘야겠다고 생각했다.

생각 이상으로 유옥이 빌어오는 음식은 상식(上食)이었고, 자신도 모르게 늙은 거지 호연패는 그 음식에 길들여져 있었다.

움막 안에서 빈둥빈둥 뒹굴고 있는 것으로 유옥은 알고 있겠지만, 사실 호연패는 움막 안에 머무르는 동안 쉼없이 하고 있는 어떤 일이 있었다.

물론 란주에 오기 전까지는 계획에 없던 일이지만 유옥이 자신의 휘하가 되면서 시간이 남아돌자 시행에 들어간 일이었다.

그 일의 성취를 위해서는 이제 유옥의 도움이 절실해졌던 것이다.

의외로 상처가 깊어 사흘이 지나도록 유옥은 비럭질을 나가지 못했다.

원래 사람은 자기가 하지 않아도 될 일을 하게 되면 짜증이 나는 법이다. 성의도 다하지 않게 된다.

"에이, 씨! 늘그막에 이게 무슨……."

유옥을 대신해 홀로 비럭질에 나섰던 늙은 거지는 식은 만두 몇 개와 쉰 냄새가 나는 마파두부 몇 쪽—두 사람의 두 끼 식사로 턱없이 부족한—이 담긴 걸통을 들고 움막으로 오며 개울에 굴러다니는 돌멩이를 발로 찼다.

"좀… 괜찮냐?"

늙은 거지가 움막의 거적을 들추고 들어서며 딱지가 앉은 다리의 상처를 들여다보고 있는 유옥을 향해 물었다. 애써 머리끝까지 올라와 있는 짜증을 감춘 채.

"예, 왕초. 내일부턴 내가 나갈게요."

상처가 대수롭지 않다는 듯 바지를 내리며 웃는 얼굴로 유옥이 말했다.

사실 열일곱, 한창 발에 불이 나는 유옥에겐 움직이는 것보다 들어앉아 있는 것이 훨씬 더 고역이었다. 그리고 궁색한 촌구석이었을망정 어른이나 손윗사람을 공경하는 법도만큼은 칼같이 살아 있는 집성촌에서 나고 자란 유옥에게 할아버지뻘인 늙은 거지에게 음식 신세를 지는 것도 못할 일이었다.

"정말 개종자가 따로 없더구나. 원래 개한테 물린 덴 입질을 한 바로 그 개의 꼬리털을 잘라 태워 바르는 게 직빵인데… 한나절을 그 집 앞에서 사정을 했는 데도 청을 들어주기는커녕 종내에는 또 그놈의 개를 풀더구나."

빈한한 걸통을 유옥의 앞에 던져 놓으며 늙은 거지는 분개한 표정을 감추지 못했다.

"개를 풀어요? 왕초한테도요? 안 물리셨어요?"

유옥이 놀란 표정으로 늙은 거지의 몸 아래쪽을 살폈다.

"이 왕초가 그딴 개새끼에게 물릴 사람으로 보이냐? 어림없다. 어서 먹기나 해라."

늙은 거지가 걸통의 음식을 유옥 앞으로 던져 놓으며 왕초의 기개를 보이듯 어깨에 힘을 주었다.

"그 개뼈다귀를 휘둘러서 개를 쫓은 모양이군요?"

식은 만두를 입으로 가져가며 유옥이 알겠다는 듯 늙은 거지가 들고 있는 개뼈다귀를 가리켰다.

"아니다. 주인 없는 들개라면 몰라도 주인이 있는 개에게도 구걸삼도는 해당된다."

늙은 거지가 고개를 저었다.

"그럼……?"

만두를 씹던 유옥이 고개를 갸웃했다. 자신을 향해 돌진해 오던 풍산개의 기세는 사람의 걸음으로는 도저히 떨칠 수 없는 빠르기였으므로.

"내가 어떻게 개를 피했는지 알고 싶냐?"

그런 유옥의 심사를 읽고 있기라도 하듯 싱긋 웃는 얼굴로 늙은 거지가 물었다.

"예."

당연히 유옥이 고개를 끄덕였다.

"그건 내가 개보다 더 빨리 도망갔기 때문이다. 다시 말해, 내 걸음이 개보다 더 빨랐다는 거다."

"왕초 걸음이 그 개보다 더 빨랐다고요?"

유옥이 눈을 크게 뜨며 받아들일 수 없다는 표정으로 늙은 거지를 바라보았다.

"그래, 너도 내가 시키는 대로만 하면 그 개보다 더 빨리 달릴 수 있다. 이건 절대로 빈말이 아니란다."

늙은 거지가 싱긋 미소를 지으며 유옥의 때에 절은 머리를 쓰다듬었다.

하지만 싱긋 미소를 짓고 있는 것은 늙은 거지만이 아니었다.

유옥도 늙은 거지에게 보이지 않게 싱긋 회심의 미소를 짓고 있었다. 늙은 거지가 개에게 물린 자신을 대신해 구걸행에 나설 때부터 유옥은 늙은 거지가 절대로 개에게 물리지 않으리라는 것을 알고 있었다.

늙은 거지는 잊고 있었지만 유옥은 잊지 않고 있는 사실이 하나 있었다. 그것은 바로 두 사람이 처음 만난 지난가을, 애담평을 지나 삼합산의 산길을 쫓고 쫓으며 가던 중 바람처럼 사라졌던 늙은 거지의 걸음을.

악범의 이마에 받혀 혼절했던 익사 직전의 자신을 구해준 것에서부터 시작해 유옥은 늙은 거지가 범상치 않은 능력을 가진 사람이라는 것을 알고 있었다.

유옥이 늙은 거지와 동패가 되고자 매달렸던 것은 다른 길이 없기도 했지만, 늙은 거지의 그 범상치 않은 능력에 대한 욕심도 컸다.

그리고 드디어 눈치 빠른 유옥은 그 범상치 않은 능력 중 하나를 전수받을 기회가 왔다는 것을 알았다.

第二章

개보다 빨리 달리는 법

◉ 개보다 빨리 달리는 법 ◉

다음날, 유옥은 자신이 호언했던 대로 구걸을 나갔다.

그리고 저녁이 되어 늙은 거지보다 질적으로나 양적으로
나 훨씬 나은 음식을 빌어 움막으로 돌아왔다.

저녁 식사 후 유옥은 개보다 더 빨리 달릴 수 있기 위하여
늙은 거지가 시키는, 자신으로서는 도무지 이해할 수 없는 행
위(?)에 들어갔다.

일단은 늙은 거지가 시키는 대로 한 가지 자세를 취했는데,
그 모양이 가관이었다.

"그래, 그렇게 누우니까 아주 편하지? 지금부터 이해가 잘
안 되더라도 무조건 내가 시키는 대로 해라. 정상적인 방법으

론 아무리 용을 써도 사람의 발론 개의 걸음을 따라잡을 수 없다. 그래서 이건… 물론 네가 이해하기는 어렵겠지만 조금 비정상적인 방법으로 그런 능력을 만들려는 것이다. 거기서 두 팔과 두 다리를 하늘을 향해 들어라. 두 손바닥을 활짝 펴서 하늘을 향해 내밀고, 두 다리는 조금 구부려서 바닥에 닿지만 않게 들고 있으면 된다. 어때, 할 만하지? 아참, 머리도 바닥에 두지 말고 조금 들어라. 아주 조금만."

늙은 거지의 말대로 이해할 수는 없었지만 유옥은 늙은 거지가 시키는 대로 바닥에 누워 두 팔과 다리와 목을 들고 자세를 취했다.

늙은 거지에 대한 유옥의 믿음은 절대적이었으므로 시키는 대로만 하면 자신은 개보다 더 빨리 달리게 될 거라는 것을 믿어 의심치 않았다.

늙은 거지가 시키는 대로 자세를 취한 채 풍뎅이가 잘못 움직이다 뒤집어진 모양새가 이럴 거란 생각을 하며 유옥은 잠깐 실소를 머금었다.

하지만 그런 여유로움도 잠시, 이내 치켜들고 있는 팔다리와 목에서 고통이 밀려왔다.

"이거… 힘든데요, 왕초? 언제까지 이러고 있어야 해요?"

인상을 찡그리며 유옥이 물었다.

"오늘은 처음이니 한 시진—두 시간—만 하자꾸나. 절대로 잠깐이라도 팔다리나 머리가 바닥에 닿아선 안 된다."

어느새 가부좌를 틀고 앉아 지그시 눈을 감은 자세의 늙은 거지에게서 진중한 대답이 들려왔다.

"이렇게 한 시진을요?"

말도 안 된다는 듯 유옥이 인상을 찌푸렸다.

"그걸 해내지 못하면 너는 절대로 개보다 더 빨리 달릴 수 없다. 절대로 말이다."

단호하고도 진중한 늙은 거지의 말에 유옥은 떨리는 팔다리를 내릴 수 없었다.

고통을 이기려 유옥은 이를 악물었다. 팔다리와 목을 지탱하자니 자연히 복부에 힘이 잔뜩 들어갔다.

"개보다 빨리 달리지 못한다면, 넌 영원히 제대로 된 거지가 될 수 없을 것이다."

한마디 더 들려온 늙은 거지의 말에 온몸이 땀에 젖으면서도 유옥은 이를 악물고 버틸 수밖에 없었다. 개보다 더 빨리 달리는 능력을 얻기 위해.

사실 유옥이 취한 자세는 내공(內功)을 키우는 여러 자세 중 누워서 운기조식을 하는 와공(臥功)의 자세였다. 운기조식, 토납법으로 얻게 되는 내공은 대부분 신체 전체의 기운을 극강하게 만드는 무공력(武功力)이지만, 경신술(輕身術), 즉 몸을 가볍게 하여 빠르게 움직이는 행법엔 무공이 아닌 가벼울 경(輕), 경공력(輕功力)이 쓰이게 된다. 물론 무공도 충분히 익히게 되면 경공도 더불어 발달이 되고 무공이 충만하면 굳이 경공을 쓰지 않더라도 발에서 나오는 발경의 힘만으로도 일반인보다 빠르게 달릴 수 있다. 하지만 늙은 거지는 유옥으로 하여금 단지 '개보다 조금 빨리 달릴 수 있는 경신술' 만을 습득시키기 위해 무공이 배제된 경공만을 얻을 수 있는 자세의 운기조식법을 가르치려 하고 있는 것이다. 경공만을 수련하는 데 가장 빠른 운기조식의 자세, 그것이 바로 와공의 자세였던 것이다.

어쨌든 그날부터 유옥은 비럭질에서 돌아오면 풍뎅이가 누워 있는 자세로 와공을 수련하게 되었다. 그 자세가 개보다 빨리 달리기 위해 바탕이 되는 어떤 힘을 얻기 위한 것이란 것 정도만을 이해한 채.

일반적으로 내공이란 인간이 태어날 때 가지고 나오는 선천진기와 자연의 기운을 수련을 통해 받아들인 후천지기가 합쳐진 기운을 말하는데, 이 기운은 사람의 단전에 쌓여서 자리 잡게 되고 발경을 통해 완력, 즉 힘으로 나타나게 되는 것이다.

받아들인 기운이 쌓이는 단전은 머리의 상단전(上丹田), 가슴의 중단전(中丹田), 복부의 하단전(下丹田) 세 군데로 나눠지게 되는데, 소위 도통(道通)을 목적으로 수련하는 사람은 상단전에 공력이 쌓이고 신체의 극강함, 무공을 목적으로 수련하는 사람은 하단전에, 신체를 가볍게 하는 경공은 중단전에 자리 잡게 된다.

가부좌의 자세에서 운기조식을 하면 몸의 무게중심이 하단전이 되어 자연스레 하단전에 받아들인 공력이 쌓이지만 누운 자세에서 운기조식을 하게 되면 무게중심이 가슴 부분, 즉 중단전이 되어 중단전에 공력이 쌓인다.

이것은 무공과 경공이 쓰여지는 이치와도 관계가 있다.

무공은 발경(發勁), 즉 힘을 쓰기 위한 공력이므로 사람의 몸에서 힘을 발휘하는 축점이 되는 하단전에 쌓이게 되는 것이다. 그리고 경신(輕身), 즉 몸을 가볍게 하는 데 쓰이는 경공은 몸의 무게중심보다 위에 위치해서 몸을 가볍게 하고, 혹은 띄울 수 있게 하는 데 쓰여지게 되는 것이다.

대부분 무공을 목적으로 하여 오랜 수련을 하게 되면 하단전에 공력이 쌓이면서 더불어 중단전에도 경공이 쌓이며 무공력과 경공력을 더불어 갖추게 되는 것이 일반적인 경우이다.

하지만 경신술만을 목적으로 경공만을 수련하는 경우엔 유옥이 익히는 것 같은 와공 수련이 쓰이게 되는 것이다.

그런데 공력을 얻는 운기조식엔 우주의 기운을 받아들이는 호흡, 즉 토납법이 필수인데, 와공의 경우엔 무당의 그 유명한 '사사이전법'이니 '입식면면 출식미미'니 하는 특별한 방식을 따로 쓸 필요가 없었다.

들고 있는 팔다리와 고개를 놓치지 않기 위해서 입(人),

출(出) 호흡은 최대한 짧게 할 수밖에 없었고, 복부에 호흡을 가두는 시간을 오래 가져가야만 했다. 무당 전래의 사사이전법이 숨을 들이쉬는 들숨 사(四), 숨을 참는 참숨 사(四), 숨을 내쉬는 날숨 이(二)가 기본 방식이라면, 와공은 들숨 일(一), 참숨 팔(八), 날숨 일(一) 정도의 방식이 될 것이다. 그만큼 경공엔 참숨의 비중이 크고 와공의 자세는 그 자세를 취하고 있는 것만으로도 일, 팔, 일의 토납법을 자연스럽게 하도록 만들었던 것이다.

처음에는 한 시진에서부터 시작하였지만 유옥은 매일 일다경—15분—씩 와공의 시간을 늘려가야 했다.

사람이 취하는 여러 가지 힘든 자세 중에서도 상급에 속하는 자세였으니 힘들고 고통스러운 것은 말할 것도 없었다.

한 식경—30분—정도만 지나면 온몸이 땀에 젖고 팔다리와 고개는 그만 쉬게 해달라고 아우성을 쳤다.

하지만 '개보다 빨리 달릴 수 있는 거지다운 거지'에 대한 유옥의 열망도 꽤 대단한 것이어서 그렇게 하루하루 고통스런 시간을 이겨내 가고 있었다.

그렇게 보름이 지났을 때 유옥은 스스로는 납득할 수 없는 신비로운 체험을 하게 되었다.

와공을 시작한 지 두 시진이 지나 거의 수련을 마쳐 갈 무렵, 하늘을 향해 펼쳐 들고 있던 두 손바닥 가운데에 마치 얼음덩이를 얹어놓은 것 같은 느낌이 왔다.

어쩌면 차갑기도 하고 어쩌면 후끈하기도 한 그 기운은 손바닥 가운데서 손바닥 전체로 점점 넓어지는 것 같더니 팔을 타고 가슴을 향해 밀려들어 왔다.

그리고 가슴을 향해 밀려들어 온 그 기운은 형언하기 어려울 정도의 상쾌함을 동반한 채 전신으로 퍼져 나갔다.

그때부터 신기하게도 유옥은 팔다리와 고개의 고통에서 씻은 듯이는 아니지만 상당히 해방될 수 있었다. 팔다리가 떨어져 나갈 것 같은 고통은 사라지고 그냥 할 만한 그런 수준으로 힘들지 않게 와공의 자세를 취할 수 있게 된 것이다.

역시 유옥이 깨닫지 못한 사실이었지만, 그것은 와공 수련에 의해 기문(氣門)이 열리고 기감(氣感)을 느낀 것이었다. 시작이라 미미한 것이었지만 손바닥의 기문을 통해 우주의 기운이 몸 안으로 들어오기 시작했고, 그 기운이 중단전에 자리를 잡기 시작한 것이다.

사람이 운기조식으로 우주의 기운, 선천진기를 받아들이게 되면 혈액순환이 왕성해지고 노폐물이 제거되는 체질 개선이 이루어지게 된다. 그러다 내공이 더 쌓이면 정신이 맑아지고 오감이 예민해지며 추위, 더위, 배고픔도 덜 느끼게 된다.

유옥도 기문이 열리며 경공에 의한 체질 개선이 시작되었고, 그것은 몸을 가볍게 하는 경공답게 자신의 몸의 무게를 감당하는 것에서부터 시작된 것이었다.

그래서 팔다리와 목을 들고 있는 고통에서 점점 해방되어 갔던 것이다.

그렇게 유옥은 자기도 모르는 사이에 경공을 익혀가고 있었다.

란주의 중문로 목양 마을이 비럭질의 주 무대인 방충은 일곱 살에 거지가 되었다.

열여덟이 된 지금까지도 자기가 나서 일곱 살까지 자란 고향이 어디인지 모르는 코흘리개 방충은 하루 한 끼를 먹기도 힘든 집을 떠나 마을에 들어왔던 거지 떼를 따라 거지가 되었다.

그리고 감숙성 천수(天水)의 맥적산 석굴 입구에서 그곳을 찾아오는 관광객과 불자들을 상대로 비럭질을 하며 보냈다.

열여섯이 되던 이 년 전에 그는 팔 년을 함께 보냈던 거지 패를 떠나 혼자 이곳으로 왔다.

팔 년이 되도록 패거리엔 방충 밑으로 더 이상의 거지는 보충되지 않았고, 오랜 세월의 졸때기 생활에 방충은 진력이 났던 것이다. 열여섯이면 혼자 빌어먹는 게 나은지, 패거리의 졸때기 노릇을 계속하는 게 나은지 판단이 설 만한 나이였으므로.

역시 팔 년의 다난한 거지로서의 이력은 방충이 혼자 빌어먹는 데 아무런 문제가 되지 않게 해주었다.

이곳 란주에서 이 년 동안 몇 군데의 동네를 옮겨 다니긴 했지만, 지금 주 무대로 삼고 있는 목양 마을이 방충은 딱 마음에 들었다.

방충은 비럭질을 하기 좋은 동네는 너무 잘사는 부촌도, 먹는 것조차도 딸리는 빈촌도 아닌 그럭저럭 먹고살 만한 중간 동네가 딱이라는 걸 팔 년의 경험을 통해 알고 있었다.

부촌에서 비럭질을 하게 되면 주인마님이 아니라 주인이 부리는 하인이나 시비를 대문간에서 상대해야 하는데, 그들은 주인에게 홀대받은 감정을 지들에게 유일하게 만만한 존재인 거지에게 풀려 들었다. 약자가 약자의 심정을 헤아려 줄 것이라는 생각은 천만의 말씀이다. 구정물을 끼얹는 것은 예사고, 거지가 제일 싫어하는 개를 푸는 일도 다반사였다.

먹을 것이 딸리는 빈촌이야 더 말할 것도 없다. 자기들 먹을 것도 없는데 거지에게 베풀 것이 뭐가 있겠는가.

풍요롭지는 않지만 굶을 걱정은 하지 않는 동네, 몇 가락 각설이타령을 불러젖히면 주인마님께서 식은밥 한 덩이를 들고 친히 대문을 여는 동네. 그런 동네가 빌어먹기엔 딱인 것이다.

바로 지난봄부터 지금까지 일 년 가까이 자신이 붙박이로 빌어먹는 일을 해온 목양 마을이 바로 그런 마을이었던 것이다.

그런데 그 목양 마을에 얼마 전부터 처음 보는 거지 하나가

알짱거리기 시작했다.

방충 자신보다 두어 살 어려 보였는데, 동냥을 하는 재주가 보통이 아니었다.

주인에게 올리는 인사인 각설이타령이 신명이 있어서 대문이 쉬이 열렸고, 바지런해서 꼭 방충의 앞을 훑고 지나갔다.

방충이 대문을 두드리면 '앞에 왔던 놈에게 남은 밥 다 줬다' 하는 퉁명스런 말만 들려올 뿐이었다.

한 바퀴만 돌면 하루 끼니를 때우는 데 부족함이 없었던 더없는 생활 터전 목양 마을에서 연 이틀을 허탕을 치다시피 한 방충은 반도 차지 않은 자신의 걸통을 보며 중대 결심을 할 때가 왔음을 알았다.

유옥은 돼지고기를 좋아했다.

이쪽 지역의 특성상 초원에서 먹이는 양육이나 소고기는 흔했지만 돼지고기를 맛보는 경우는 드물었다. 돼지는 중국의 북부 지방보다는 남방에서 주로 사육되었기 때문이다.

하지만 만물이 유통되는 중국 최대의 교역 도시 란주였으니 돼지고기라고 유통되지 말란 법이 없었고, 특별히 돈육(豚肉)에 맛을 들인 식도락가도 드물지 않게 있었다.

요즘 유옥이 매일 동냥을 도는 목양 마을의 대추나무집이 바로 그 돈육에 맛을 들인 집이었다. 적어도 열흘에 한 번씩은 꼭 뜯다 만 돼지갈비가 바가지에 담겨 나왔는데, 오늘이 바로 그날이었다.

"복 받으실 겁니다요, 마님."

유옥이 대문을 닫는 주인 여자를 향해 머리가 땅에 닿도록 허리를 깊이 구부리며 아부가 잔뜩 담긴 목소리로 인사를 했다.

'서너 집만 더 돌면 되겠군.'

반이 넘게, 그것도 자기가 제일 좋아하는 돼지갈비로 찬 결통을 보며 유옥이 입맛을 다시며 몸을 돌렸다.

"야, 이 좆만 한 새끼야!"

그때 몸을 돌리던 유옥의 뒤쪽에서 예사롭지 않은 쌍욕이 들려왔다.

"너, 누구 허락 맡고 여기서 비럭질을 하는 거야?"

팔뚝 한쪽에 결통을 걸고 아무렇게나 뻗친 산발에, 기름때가 번들거리고 석 달 열흘은 묵었음 직한 꼬질때가 목과 얼굴에 잔뜩 끼어 있는 누더기를 걸친, 자기와 같은 신분의 거지였다.

팔짱을 낀 어깨에 힘을 잔뜩 준 채 담장에 삐딱하게 기대어서선 한쪽 다리를 달달 떨며 흰자가 드러나 보이게 눈을 치켜뜬, 그 모양만으로도 시비를 걸겠다는 의지가 다분해 보이는 방충이었다.

유옥이 보기에 상대는 자기보다 반 뼘쯤은 더 컸고, 인상도 험악했다. 척 보기에 나이도 두어 살은 많아 보였다.

"지랄하고 있네, 개자식! 이 동네, 네가 전세 냈냐?"

촌마을이지만 개삼 마을에서 왕초 소리까지 들었던 유옥이다. 이런 기세 싸움에서 절대로 밀리면 안 된다는 걸 본능적으로 알고 있었다. 유옥이 기꺼이 시비를 받아주겠다는 투로 바닥에 침을 퉤! 뱉으며 방충을 향해 마주 섰다.

"이 새끼 봐라?"

이제 할 수 있는 것은 힘으로 상대를 쫓아내는 길뿐이다. 가뜩이나 험악한 인상을 있는 대로 긁으며 방충이 유옥을 향해 성큼 다가왔다.

어쩌고저쩌고 할 새도 없이 방충의 발이 파악! 유옥의 가슴팍을 밀어 찼다.

그 발길질에 주춤 균형을 잃은 유옥의 멱살을 방충의 두 손이 틀어잡는다 싶은 순간, 방충이 몸을 낮추어 틀며 유옥을 자신의 어깨 너머로 메어 던졌다.

휘익!

천수의 거지 패에 묻혀 지낼 때, 패거리 중에서 제일 싸움을 잘하던 노대에게서 배운 기술이었다.

그 기술에 유옥이 정말 제대로 걸렸고, 방충의 어깨를 떠난 유옥은 던져진 원심력에 의해 부웅! 허공에서 한 바퀴 뒤집어지기까지 하면서 맞은편 담장을 향해 날아갔다.

공교롭게도 유옥이 날아가 떨어지게 될 그 자리엔 사방으로 삐죽삐죽 모가 난 커다란 바위가 하나 놓여 있었다. 담장의 주인집에서 정원석으로 쓰려고 끌어들였다가 모양이 마땅치 않아 담장 밖으로 내다 놓은 것인 모양이다.

그대로 그 바위에 유옥이 처박힌다면 전신을 통틀어 최고의 급소인 머리통에 치명적인 부상을 입게 될 것이 자명했다.

그 바위로 날아가며 유옥은 본능적으로 자신의 머리통이 저 바위에 처박혀서는 안 된다고 생각했다. 할 수만 있다면 몸을 반 바퀴 더 돌려서 두 발로 그 바위를 딛고 싶다고 생각했다. 물론 그렇게 될 수는 없겠지만.

그런데,

정말 그런데,

놀랍게도 유옥이 생각했던 대로 바위로 꽂혀가던 유옥의 몸이 반 바퀴 더 허공에서 회전을 하였고, 유옥이 원했던 그대로 두 발을 바위에 디딜 수 있었다.

쿵!

치명적인 위험을 피한 뒤라 더 기대할 게 없었던 유옥이 마음을 턱 놓아버리는 바람에 등을 아래로 하여 땅바닥에 떨어지는 꼴사나운 모습은 피할 수 없었지만.

'어떻게 내가 이럴 수 있지?'

그대로 처박혔다면 골통이 빠개질 수도 있었던 바위를 흘깃 보며 의아한 얼굴로 몸을 일으키는 유옥을 향해 방충이 성난 멧돼지처럼 돌진해 들어왔다.

유옥이 반 바퀴 더 몸을 돌려 머리통이 바위에 부딪치는 것을 피했을 거라는 생각까지는 절대로 할 수 없었고, 유옥이 자신의 메어 던지기의 충격에서 헤어 나오기 전에 한 번 더 치명타를 입혀야겠다는 일념의 방충이었다.

비틀거리며 일어나고 있는 유옥을 돌진한 기세와 힘으로 밀어붙여 삐죽삐죽 모난 바위에 사정없이 처박음으로써 이 싸움판을 끝낼 작정이었던 것이다.

정말 유옥이 가만히 있으면 방충이 원하는 대로 될 것은 자명했다.

멧돼지처럼 돌진해 오는 방충을 보며 자신의 뒤, 바위를 가늠하며 유옥은 훌쩍 뛰어서 돌진해 오는 방충을 피해야 한다고 생각했다. 물론 자신의 능력으로 그렇게 높이 뛸 수는 없는 노릇이었지만.

그런데,

또 정말 그런데,

또 유옥이 원하는 대로 되었다.

유옥은 서 있던 자리에서 딱 한 길쯤 위로 솟아올랐고, 유옥을 품에 안고 바위를 향해 돌진해 가려던 방충은 유옥을 품에 안는 헛손질을 하며 바위를 향해 돌진해 갔다.

쾅!

그리고 방충은 온 힘을 다해 돌진해 가던 기세를 멈추지 못하고 자신의 얼굴과 가슴팍을 사정없이 바위에 박고 말았다.

그럭저럭 유옥이 와공을 시작한 지 달 반이 지났다.

연공 시작 때부터 매일 연공 시간을 일 다경씩 늘려서 그 시간이 두 시진이 되었을 때부터 늙은 거지는 더 이상 시간을 늘리지 않고, 두 시진을 고정으로 유옥에게 연공을 시켜왔다. 계속 연공 시간을 늘리다간 밤을 새워야 할 지경에 이를 것이고, 두 시진만으로도 유옥은 원래 수면 시간의 반을 할애해야 했다.

유옥은 큰 투정 없이 늙은 거지의 뜻을 따랐다. '개보다 빨리 달리는 제대로 된 거지'에 대한 유옥의 열망이 강하기도 하였지만, 신체적으로도 기문이 열리고 우주의 기운을 받아들이면서 충분한 수면 그 이상의 효력을 보고 있었다. 두 시진밖에 자지 않으면서도 오히려 전보다 피로를 덜 느꼈고, 기문을 통해 들어온 공력이 중단전을 통해 사지백해로 작용하면서 처음에 느끼던 팔다리와 고개의 고통도 거의 느끼지 않게 되었던 것이다.

중천의 보름달이 서녘으로 기울어가는 새벽이 가까워오는 시간, 두 시진의 연공을 끝낸 유옥이 움막의 돗자리 위에서 곤한 잠에 빠져 있었다.

그 유옥의 옆에 새벽 변의에 잠에서 깨어 소피를 보고 온 늙은 거지가 와서 앉았다.

거적을 들추고 자리로 들어가 누우려던 늙은 거지의 시선이 곤한 잠에 빠진 유옥의 얼굴에 머물렀다.

마침 거적 사이로 들어온 달빛이 잠들어 있는 유옥의 얼굴에 비쳐 들어 그 얼굴을 도드라져 보이게 하였다.

기름에 절은 머리카락이 얼굴 반쪽을 덮고 또 그 반쪽은 꼬질때가 덮고 있었지만 열일곱 한창 피어나는 동자의 해맑은 낯빛을 다 감추지는 못하였다.

늙은 거지의 얼굴에 한가닥 미소가 번졌다.

그것은 손자를 보는 할아버지의 자애가 담긴 그런 미소였다.

어쩌다 인연이 닿아 거지로 만들었지만, 물론 거지인 자신이 빌어먹는 것 말고는 달리 아이를 먹여 살릴 방편이 없기도 하였지만, 분명 자신의 편의를 위해 아이를 거지로 만든 데 대한 미안함도 담긴 미소였다.

아이는 처음 봤을 때보다 데리고 있을수록 썩 괜찮은 아이라는 생각을 하게 했다.

비럭질을 익히는 재주도 빨랐고, 어른을 알아모시고 공경할 줄도 알았다. 눈치도 빨랐다.

그리고 무엇보다 와공을 시키면서 늙은 거지는 유옥에게 한 번 더 놀라고 있었다.

그것이 경공을 익히는 것이라는 뚜렷한 사실도 모른 채 유옥은 힘겨운 연공 시간을 늙은 거지의 생각 이상으로 잘 참아내 주었던 것이다.

그것은 보통 사람 이상의 인내심과 그것을 지시한 늙은 거지에 대한 확고한 믿음이 없이는 가능하지 않은 일이었다.

'정식으로 무공을 배우면 재목이 될 수도 있는 애인데……'

자애로움이 담긴 늙은 거지의 손이 유옥의 얼굴을 어루만졌다.

유옥의 얼굴을 만지던 그 손이 유옥의 가슴 위에 올려졌다.

연공을 하게 되면 공력이 단전에 쌓이고, 그 단전에 쌓인 공력은 둥근 모양으로 단형화(丹形化)되어 자리를 잡아간다. 세월과 노력의 깊이만큼 그 크기는 자라나는 것이고.

아주 작기야 하겠지만, 아니, 어쩌면 단형화되어 있지 않을 수도 있지만 그간 한 달 보름 동안에 유옥의 중단전에 만들어져 있을 경공의 크기를 늙은 거지는 가늠해 보고 싶어진 것이다.

자신의 대화기연술(大化氣連術:상대방의 체내에 있는 기(氣)와 자신이 가지고 있는 기를 소통시키는 기술)을 운영하면 잠깐이면 가능한 일이었기 때문이다.

"……!"

멈칫 늙은 거지의 눈이 크게 떠졌다.

믿을 수 없다는 표정과 함께 유옥의 가슴에 올려진 늙은 거지의 손이 가늘게 떨리고 있었다.

백탑산 위로 아침 해가 머리를 내밀고 있었다.

어제 빌어온 음식으로 아침을 때우자마자 유옥은 늙은 거지의 명에 의해 영문도 모른 채 왕숙천의 개울가에 와서 섰다.

언제 했는지 왕숙천을 가로질러 돌다리가 놓여져 있었다.

하지만 그 돌다리의 간격은 정상적인 돌다리, 그러니까 사람의 보폭에 맞추어져 있는 돌다리보다는 돌과 돌 사이의 간격이 상당히 넓었다. 어른의 키로 거의 한 길, 족히 세 걸음의 넓이로 놓여져 있었다.

그 돌다리가 시작되는 앞에 지금까지완 사뭇 다른 진중한 분위기의 늙은 거지가 팔짱을 끼고 서 있었다.

"너를 쫓아와서 문 풍산개 정도면 너보다 두 배는 더 빨리 달릴 거다. 그럼 그 개를 피하기 위해선 어떻게 해야 하겠냐. 당연히 그 개보다 빨리 달려야겠지. 그러려면 지금 네 걸음보다 세 배는 빨리 달려야 될 거고."

"세… 배나요?"

유옥이 바람처럼 달리는 자신의 모습을 떠올리며 도저히 가능하지 않을 거란 불신의 표정을 지었다.

"그래, 그 정도로 달릴 수 있다면 천하의 어떤 개도 널 따라잡지 못할 거다."

여유로운 미소를 지은 얼굴로 개울을 가로질러 놓아진 돌다리를 보며 늙은 거지가 말했다.

"그럼 이 돌다리는……?"

멈칫 느껴지는 바가 있는 듯 유옥이 돌다리를 다시 보았다.

"그래, 너를 개보다 빨리 달리게 하기 위해 내가 밤새 놓은 거다. 아주 힘들게 말이다."

해 뜨기 전 채 한 시진이 걸리지 않은 시간에 해치운 일을 생색내고 싶은 듯 늙은 거지가 자신의 어깨를 툭툭 치며 말했다.

"넌 그간 누워서 팔다리를 들고 있던 그 자세로 이제 개보다 빨리 달릴 수 있는 기운을 몸 안에 갖췄다. 너는 잘 느끼지 못하겠지만 그 기운은 지금 네 가슴에 들어 있단다. 개보다 빨리 달리려면 그 기운을 발로 끌어내야 하는데, 그게 또 생각처럼 쉽지 않다. 지금부터 그걸 하려는 거다."

늙은 거지가 곤혹스런 표정을 지으며 말했다. 경공에 대한 전문 용어를 배제한 채 쉬운 말로 설명을 하려니 오히려 어려웠기 때문이다.

애초에 경신술이란 것에 대한 이해를 구하지 않고 시작한 일이다. 이 아이에게 '개보다 더 빨리 달릴 수 있는 법' 그 이상에 대한 욕심이 없었기 때문이다.

"넌 그간 연공을 통해 일촌의 경공을 얻었다. 그 경공은 네 중단전에 연단화되어 있는데, 이젠 그 경공을 기경팔맥을 통해 사지로 보내서 활용하는 발경술(發勁術)을 연구해 보자꾸나."

애초에 경신술에 대한 이해를 충분히 구하고 시작했다면 이렇게 간단하게 설명하면 될 일이었다. 하여간 늙은 거지는 애초에 첫 단추를 잘못 꿴 죄로 계속 쉬운 말—실재로 자신에게는 어려운—로 유옥에게 설명을 이어갈 수밖에 없었다.

"보다시피 이 돌다리는 정상적인 걸음으론 건널 수 없다. 정상적인 걸음으로 건널 수 없으니 어떻게 해야 하겠느냐? 당연히 물에 빠지지 않고 돌다리를 건너려면 큰 걸음을 떼는 수밖에 없겠지?"

"그렇겠죠."

충분히 이해가 되는 물음이었으므로 유옥이 주저없이 고개를 끄덕였다.

늙은 거지의 쉬운(?) 설명이 계속 이어졌다.

"아까 말했듯이 개보다 빨리 달릴 수 있는 기운은 네 가슴에 들어 있다. 그 기운을 발로 끌어내는 것은 다른 것이 아닌 네 의지이다. 넌 이제 아침에 일을 나가기 전에 매일 백 번씩 이 돌다리를 건너도록 해라. 물론 처음엔 당연히 물에 수도 없이 빠지겠지. 걸음이 닿지 않으니까 말이야. 하지만 물에 빠지기 싫은 네 의지가 그 기운을 발로 끌어내 줄 것이다. 그럼 일단 한번 해보아라."

"알았어요."

'개보다 빨리 달릴 수 있는 법' 이 한발 더 가까이 다가왔다는 기대감에 찬 얼굴로 유옥이 돌다리를 향해 섰다.

그리곤 곧바로 돌다리를 향해 달려갔다.

팔짱을 낀 채 보고 있는 늙은 거지의 시선에 개울가를 박차고 돌다리의 첫 번째 디딤돌을 향해 도약해 가는 유옥이 보였다.

몸을 날린 유옥의 한 발이 첫 번째 디딤돌에 디뎌졌다.

달려왔던 가속력에 도약력이 합쳐졌으니 당연한 결과였다.

하지만 그 다음은 어렵다. 가속력은 떨어지고 위태위태한 디딤돌에서 다시 도약력을 발휘할 수는 없을 것이기 때문이다.

풍덩!

두 번째 디딤돌을 딛기도 전에 물로 미끄러져 떨어지는 유옥의 모습이 늙은 거지의 시선에 그려졌다.

"……!"

새벽, 유옥의 중단전을 살필 때보다 늙은 거지의 눈이 더 크게 떠졌다.

"이, 이건… 말도 안 돼!"

황황한 경탄성까지 튀어나왔다.

첫 번째 디딤돌에서 두 번째 디딤돌로 도약한 유옥이 무사히 두 번째 디딤돌을 딛고, 또 무사히 세 번째 디딤돌을 딛고, 그렇게 무사히, 무사히, 정말 믿을 수 없는 모습으로 돌다리를 날 듯이 건너가고 있었던 것이다.

사실 늙은 거지가 유옥에게 가르치려 했던 경신술, '개보다 빨리 달릴 수 있는 법'은 개방의 여러 신법(身法:몸을 움직이는 무술)들 중 하나인 '탈견보(脫犬步)' 였다.

세 걸음을 한 걸음으로 줄인다 해서 삼보축일신법(三步縮一身法)으로도 불리는, 막 입단한 백의개들이 익히는 초급 신법이었다.

개방에서 가장 낮은 신분인 백의개들은 주로 구걸을 하여 개방도들의 식량을 조달하는 일을 했고, 동냥을 하자면 많이 걸어야 하고 숙적인 개도 피해야 했다.

개를 피하고 발품을 파는 데 도움을 주는 신법, 그것이 탈견보였던 것이다.

개방의 많은 무공과 신법 중 백의개들에겐 오직 이 탈견보만이 허락되었다.

구걸을 하다 보면 놀림을 받는다든지, 구정물을 뒤집어쓴다든지, 개에게 물린다든지 하는 여러 가지 모멸을 피할 수 없는데, 도망가고 피하는 것 그 이상의 행위─보복 행위─를 방지하고자 그런 규정이 만들어져 있었던 것이다.

아무리 하급의 신법이라고 해도 그 신법의 바탕이 되는 경공은 당연히 필요하다.

그래서 백의개들은 입단하여 석 달 동안 경공을 연단하는 시간을 갖는다. 유옥이 했던 것과 같은 와공의 자세로.

보통 일반 백의개들은 석 달 동안 잠자는 시간을 빼곤 종일 와공 수련에 매달린 끝에야 탈견보에 필요한 일촌(一寸)의 경공을 얻는데, 유옥은 하루에 두 시진씩만을 할애하고도 한 달

보름 만에 일촌의 경공을 연단하여 늙은 거지를 놀라게 하였던 것이다.

백의개들이 일촌의 경공을 얻게 되면 중단전에 자리한 경공의 기운을 사지백해로 보내는 운기통천(運氣通天)의 수련을 거쳐야 하는데, 이게 또 쉬운 일이 아니다.

사람의 전신에는 기가 흐르는 수많은 경락과 기가 머무는 수많은 혈도들이 있는데, 백의개들은 운기통천의 수련을 통해 사지백해로 통하는 경락과 혈도를 하나하나 뚫어 나가야 한다.

머리끝의 통천혈(通天穴)과 발끝의 절문혈(節紋穴)에 이르기까지 전신 속속들이 중단전의 경공이 전해져야만 운기통천의 과정이 끝나는데, 또 그 시간이 보통 한 달이 걸렸다.

그런데 늙은 거지는 정상적인 운기통천의 과정, 경공이 들어 있는 중단전에서 유상혈, 천령혈, 견근혈, 지양혈 등등 혈과 경락에 대한 설명하고 내력을 운용하여 그 혈을 하나하나 뚫어가는 과정을 '징검다리 건너기'라는 자신만의 방법으로 대신하려 하였던 것이다.

자신 역시도 백의개로 들어와 석 달의 와공 수련과 한 달의 운기통천의 과정을 거쳐 탈견보를 익혔지만, 그 후 여러 상승 무공을 접하면서 운기통천은 결국 의지의 문제라는 깨달음이 있었기 때문이다.

심장의 피가 혈관을 타고 전신에 흐르듯 몸속에 내재된

기(氣)도 결국 피와 같이 경곽을 타고 흐르게 되어 있으며, 그것은 내재된 기를 쓰려는 의지가 좌우한다는 것을.

운기통천, 한 달의 수련은 그 의지를 발현시키는 과정이기도 하지만 무림 일방인 개방도로서 앞으로의 비전—고급 무공, 의술 등—을 위해 임맥과 독맥을 비롯한 여러 경곽과 삼백육십 개의 요혈을 공부하는 과정이었다는 것을.

백의개 시절에는 말도 안 된다고 생각했던, 어떤 백의개가 와공 수련만을 거치고 운기통천의 과정을 거치지 않은 채 구걸 행각에 나섰다가 개에게 쫓기던 위급한 상황에 갑자기 탈견보를 발휘하게 되었다는 말이 헛말이 아니라는 것을 늙은 거지는 고수가 되어가면서 이해하게 되었던 것이다.

그래서 유옥이 혈도나 경곽에 대한 공부를 거치지 않고 최대한 빨리 탈견보를 쓸 수 있도록 하기 위해 징검다리 건너기란 방법을 강구했던 것이다. 역시 탈견보 그 이상을 가르쳐야 할 일이 없으니 혈도니 경곽이니 하는 복잡한 공부가 자신에게나 유옥에게나 쓸데없는 노력밖에 되지 않는 것이었으므로.

탈견보를 써야만 건널 수 있는 징검다리를 만들고, 그 징검다리를 건너게 하면 물에 빠지지 않기 위해서 자연스레 탈견보에 대한 의지가 발현될 것이고, 그렇게 하여 유옥이 탈견보를 쓸 수 있게 되면 별로 머리 아프지 않게 탈견보를 전수할 수 있을 것이었으므로.

하지만 그 일은 유옥이 아침마다 무지하게 열심히 해도 보름 후쯤에나 가능하리라 생각했다.

그런데 유옥은 시작하자마자 탈견보를 발휘해 버린 것이다.

그것은 자기도 모르는 새에 이미 유옥이 운기통천의 과정을 습득해 버렸다는 것을 의미했다.

"다시 건너갈까요, 왕초?"

그새 돌다리를 건너간 유옥이 개울 건너편에서 멍해 있는 늙은 거지를 보며 묻고 있었다.

유옥이 운기통천의 운기 과정을 자연스럽게 거치게 된 것은 방충 때문이었다.

사람의 의지가 가장 강하게 발현되는 것은 위급한 상황에 처했을 때이다.

방충의 공격을 받았을 때 유옥은 크게 다치거나 생명을 잃을 수도 있는 상황이었고, 때문에 자신을 보호하려는 위기 본능이 잠재되어 있던 경공을 사지로 끌어냈던 것이다.

그것은 늙은 거지가 들었던 얘기, 와공 수련만을 끝낸 백의개가 개에게 쫓기다 돌연히 탈견보를 발휘하게 되었다는 얘기와도 상통하는 것이었다.

어쨌든 유옥은 그때부터 '개보다 빨리 달리는 거지'가 되었다.

第三章

거지 위의 거지

● 거지 위의 거지 ●

"어이, 왕초."

거지의 일과, 빌어먹는 일을 하기 위해 걸통을 들고 목양 마을로 들어서는 유옥을 뒤에서 부른 것은 다름 아닌 방충이 었다.

유유상종이라고, 같은 일을 하는 사람끼린 같이 어울리게 되어 있다.

첫 상면—방충이 돌에 얼굴을 박아 처참하게 깨지는 걸로 결판이 났던—이후 둘은 곧잘 함께 비럭질을 다녔다.

비럭질한 음식을 반으로 나눠야 하긴 했지만 유리한 점이 더 많았기 때문이다.

둘이 함께하는 각설이타령은 훨씬 더 신명이 있어서 쉽게 대문이 열렸고, 두 명이 걸통을 내미니 나오는 음식의 양도 많았다. 그리고 무엇보다도 심심하지 않은 게 둘은 좋았다.

법도니 예의니 하는 것에서 멀리 있는 무리들일수록 힘에 의해 상하가 정해지는 법이다.

거지로서의 관록도 나이도 방충이 위였지만 유옥의 주먹―무지하게 빠른 몸 덕분이었지만―을 인정한 방충이 유옥을 왕초로 인정한 것이다.

늙은 거지가 허락했다면 방충은 유옥과 한 식구가 될 수도 있었다. 하지만 무슨 이유인지 늙은 거지는 그걸 허락하지 않았다.

그래서 유옥은 움막에선 늙은 거지를 왕초라 부르고, 동냥을 나와선 방충에게 왕초 소리를 듣는 묘한 처지가 되었다.

"오늘도 개삼 마을에서 놀 거야, 왕초?"

기다리고 있는 유옥에게 다가오며 방충이 따분한 표정을 지었다.

"왜, 어디 물 좋은 동네라도 있어?"

"만날 한 동네서 놀기 지겨운데……. 저기… 영화촌에 한번 가보지 않을래, 왕초?"

방충이 자신의 서편을 엄지를 꺾어 가리키며 싱긋 의미있는 미소를 지었다.

"영화촌?"

"응. 서문로(西門路) 들녘 건너에 큰 느티나무가 있는… 자수의 대가인 영화가 사는 동네 말이야. 거기 영화 자수가 무역상들한테 최고 인기잖아. 부자 동네니 동냥 수입도 괜찮겠지만 이것들이 죽인대. 술집에서 노는 창기 년들 빼고 얼굴 예쁜 란주 미인들은 거기 다 모여 있다더라구."

방충이 음충스런 웃음을 지으며 새끼손가락을 들어 보였다.

방충의 말대로 서문로 앞의 들녘 너머로 초입에 큰 느티나무가 서 있는 작은 마을은 십 년 전부터 영화촌이란 이름으로 불렸다.

그 마을에 영화라는 이름의 젊은 여인이 들어와 손수 자수를 놓아 시장에 팔기 시작했는데, 그 솜씨가 오묘하여 순식간에 란주의 명물이 되었다.

영화는 순식간에 부와 명예를 얻게 되자 그 영화의 자수를 배우고자, 혹은 영화가 하는 일을 도와 돈을 벌고자 주변의 여인들이 모여들었다.

열여덟, 열아홉의 한창 나이에 거지라고 해서 여인에게 관심이 없을 리 없었다.

두 사람은 더 말할 것도 없이 의기투합, 씩씩한 걸음으로 영화촌으로 향했다.

서문로의 앞으로 나 있는 제법 넓은 들녘에는 농사꾼들이

봄맞이 들일을 하고 있었다.

그 사이로 난 길, 들판에 땅을 둔 농부들에겐 농로로 쓰이는 영화촌으로 통하는 곧은길로 들어서는 유옥과 방충의 가슴이 묘한 기대감으로 가볍게 뛰었다.

마을 입구에 서 있는 느티나무 고목의 가지가지엔 파릇파릇 새잎이 돋고 있었고, 다가오는 그들을 반기기라도 하듯 몇 마리의 까치가 우짖거나 퍼덕대며 소란을 떨었다.

느티나무 뒤로 보이는 마을은 자수를 하는 예인(藝人)들이 사는 마을답게 정갈하고 단아했다.

그 마을에서 서문로의 장터로 봄나들이라도 나서는 듯 두 명의 처녀가 유옥과 방충의 앞으로 걸어오는 게 보였다.

팔뚝의 반 정도만 덮는 하늘색의 비갑―원래 유목민족들이 즐겨 입던 것으로, 명대에 들어 일반 여인들에게 크게 유행한 겉옷―에 초록색의 군자―비갑과 함께 입던 여인들의 주름치마―와 그보다 더 짙은 초록의 슬고―군자의 속으로 덧대어 입던 속치마―를 덧입은, 날아갈 듯이 사뿐한 차림새의 처녀들이었다.

영화 마을의 처녀들답게 비갑엔 어깨와 가슴을 가로질러 날개를 펼친 두 마리의 학이 정교하게 수놓아져 있었다.

가까인 다가온 또래의 거지들에게 부담감을 느낀 듯 인상을 찌푸린 채 두 처녀가 거리를 두고 지나쳐 갔다.

막 옆으로 지나쳐 가는 그 처녀들의 하얀 손목과 목덜미를 흘깃 보며 유옥은 자신도 모르게 얼굴이 붉어졌다.

"어얼씨구씨구 들어간다아아아!"

그때 갑자기 옆으로 지나치는 처녀들을 놀래킬 양으로 방충이 목청껏 소리치며 걸통을 탕탕! 사정없이 두드렸다. 못먹는 감 찔러나 보자는 심술이 다분히 담긴 행위였다.

"엄마야!"

처녀들이 기겁을 하며 치맛자락을 날리며 두 사람에게서 도망갔다.

영화촌은 유옥이 다녀봤던 어느 마을보다 깨끗했다.

마을 사람들이 아침마다 대청소라도 하는 듯 골목엔 마른 풀잎 하나도 나뒹구는 게 없었다.

담장 너머론 나염을 먹인 가지가지 색의 천이 바람에 흔들리는 무지개처럼 아름다웠고, 막 잎이 돋고 있는 정원수들은 주인의 성격을 대변하듯 높이를 맞추어 잘 정돈되어 있었다.

단정하고 맵시있게 옷을 입은 여인 같은 마을. 유옥은 마을의 골목을 걸으며 언젠가 지나쳤던 아름다운 여인에게서 맡았던 냄새가 이 마을에서 난다는 생각을 했다.

"동네, 삼삼하네. 우리하곤 진짜 안 어울리는 동네다. 그지, 왕초?"

건들거리며 몇 걸음 앞서가던 방충이 유옥을 돌아보며 계면쩍은 웃음을 지었다.

유옥도 잠시 자신의 몸―때에 절은 팔뚝, 누더기 옷, 음식 찌꺼기가 덕지덕지 묻은 걸통 등―을 흘낏 내려다보며 얼굴이 붉어졌다. 검은 것은 흰 것들 사이에 있으면 더 검게 보이고 더러운 것은 깨끗한 곳에 있으면 더 더러워 보이니까.

"야, 임마! 쓸데없는 소리 말고 동냥할 집이나 잡아, 타령 들어가게!"

유옥이 나약해지려는 마음을 추스르는 듯 가슴을 활짝 펴며 소리를 질렀다.

얼씨구씨구 들어간다아아~ 절씨구씨구 들어간다~ 작년에 왔던 각설이이이이이이~ 죽지도 않고 또 왔네~

그때, 두 사람이 서 있는 곳에서 옆으로 꺾어지는 골목 안쪽에서 그들이 밤낮으로 부르는, 아니, 불러야 하는 애창곡이 들려왔다.

"허어, 한발 먼저 온 새끼들이 있었네? 그냥 가야 되나, 왕초?"

방충이 곤혹스런 표정을 지으며 유옥을 바라봤다.

돌아왔소~ 돌아왔소오오오~ 각설이가 먹설이라아아아아 동설이를 짊어지고 똘똘 말아서 돌아왔소~

타령의 음성으로 보아 같은 또래의 거지들로 느껴졌다.

"그냥 가긴!"

유옥이 불끈 어깨에 힘을 주며 앞으로 나섰다.

방충 이후로도 한 번 더 두 명의 또래 거지와 주먹질을 나눠본 유옥은 싸움에 자신이 붙어 있었다.

비슷한 주먹의 위력을 가진 사이라면 몸이 빠른 사람이 싸움의 우세를 점하는 것은 당연한 일이다. 이미 탈견보, 개보다 빨리 달리는 몸의 유옥에게 또래의 거지 패들은 상대가 되지 않았다.

유옥의 실력을 체험하고 견식한 바 있는 방충도 유옥이 앞장서자 거칠 것 없이 팔뚝을 걷어붙이고 뒤따랐다.

두 사람이 막 꺾어진 골목을 돌아서자 너댓 집 너머 골목 안쪽에서 걸통을 두드리며 타령을 불러대는 세 명의 거지가 보였다.

두 사람과 비슷한 덩치, 비슷한 행색의 스무 살 남짓의 거지들이었다. 다른 것이 있다면 셋 다 두툼한 갈색의 삼베 허리띠를 허리에 동여매고 있는 것뿐이었다.

이놈의 소리가 요래 뵈도오오오 천 냥 닷 푼 주고 배운 소리~
얼씨구씨구 들어간다~ 저얼씨구씨구 들어간다~

뚱따당! 뚱땅! 용골대로 걸통을 두드리는 박자도 좋고, 앞선 자의 뒤를 쫓으며 엇박자 걸음으로 엉덩이를 실룩대는 율동도 좋고, 셋이 어우르는 타령도 신명이 있었다.

세 거지를 살피느라 그새 자신의 뒤에서 사색이 된 방충의 표정을 유옥은 미처 살피지 못했다.

"세 놈쯤은 자신있어!"

유옥이 팔뚝을 걷어붙이며 앞으로 나섰다.

"안 돼, 왕초!"

순간 앞으로 나서던 유옥의 팔뚝을 방충이 다급히 잡았다.

"왜?"

멈칫 돌아보는 유옥의 시선에 방충의 겁에 질린 얼굴이 잡혔다.

"어, 어서 피해야 해, 왕초! 여기 있다간 크… 큰일 나!"

얼마나 겁을 먹었는지 방충이 말까지 더듬었다.

"왜 그래, 임마?"

유옥이 자신의 팔뚝을 잡고 있는 방충의 팔을 뿌리치며 신경질적으로 물었다.

"쟤… 쟤들은 개방도야. 아무리 왕초가 세도 쟤들한테는 아… 안 돼."

방충의 말에 유옥의 얼굴도 하얗게 굳어졌다.

한 식경 후, 두 사람은 란주 시내가 한눈에 내려다보이는 오천산의 산등성이에 올라와 있었다.

개방도.

자신을 개삼 마을에서 쫓아냈던 악범에게서 들은 이후 처음으로 다시 듣는 말이었다.

하지만 그 말은 악범으로 인해 너무나 깊숙이 자신의 마음에 각인되어 있었으므로 방충에게서 그 말을 듣자마자 절로 몸이 굳어졌다.

봉옥의 개방도에 대한 얘기로 혹시나 했던 마음을 악범이 확인시켜 주었다고나 할까.

개방도는 자신이 범접할 수 없는 그 무엇이 있다는 것을 유옥도 이제는 확실히 인식하고 있었다.

"왕초, 저기… 잠망천(蠶網川)에 나 있는 패석교 보이지?"

산등성이의 비스듬한 풀밭에 나란히 앉은 채 방충이 시내 한쪽을 가리켰다.

방충의 손끝이 가리키는 곳에 서문로와 북문로 사이를 흐르는 잠망천. 그 잠망천 하구를 가로질러 놓아진, 란주에서 제일 큰 규모를 자랑하는 거대한 돌을 깎아 맞추어 세운 다리인 패석교가 보였다.

유옥이 고개를 끄덕였다.

"그 다리 아래 움막도 보이지, 왕초?"

방충의 말대로 그 패석교 아래로 유옥이 사는 왕숙교 아래의 움막보다는 몇 배 규모가 큰 움막이 보였다.

"저 움막이 개방의 란주 분타래."

"분타?"

개방도에 대한 유옥의 의구심을 확실히 풀어줄 요량인 듯 방충의 긴 설명이 이어졌다.

"무림이라는 거 알지, 왕초? 하늘을 붕붕 날고 주먹으로 바위를 깨는 무시무시한 사람들이 활개치는 세상 말이야. 거기에 구파일방이라는 열 개의 최고로 크고 힘센 집단이 있는데, 그중 하나가 개방이래. 방주라고 불리는 우두머리 밑으로 그 식구의 수가 장장 십만에 달하고 중원 곳곳에 수백 개의 분타가 만들어져 있는데, 그 위세가 가히 천하제일이래. 그런데 그 개방을 이루는 식구들이 뭐 하는 사람들인지 알아? 우리 같은 거지라구, 왕초."

"우리 같은 거지?"

"아, 우리 같은 거지라는 말은 틀렸다. 우리처럼 빌어먹긴 하지만 우리하곤 차원이 다르니까. 아까 영화촌에서 봤던 개들 말이야, 허리에 누른 띠를 맨 애들. 걔들이 바로 개방 거지들인데, 우리 같은 일반 거지와 구별해서 사람들한텐 개방도라고 불려. 세상에 두려울 것이라곤 개밖에 없는 게 우리 거지지만, 우리 거지들이 개보다 더 무서워해야 할 존재가 바로 그 개방도들이라구."

"……."

그러고 보니 개삼 마을에 치고 들어왔던 악범의 거지 패도 누런 삼배 띠를 두르고 있었다는 것을 유옥은 생각해 냈다.

"왕초는 아직 경험이 없는 모양인데, 우리 같은 일반 거지와 개방도들 사이엔 한 가지 묵계가 있는데, 그 묵계를 지키지 않았다간 치도곤을 당해. 개방도들이 구걸하는 곳으로부터 오 리 안으로 우리 같은 일반 거지들이 접근해선 안 된다는 것. 내가 천수에서 같이 비럭질하던 패거리들이 그걸 지키지 않았다가 개방도들에게 걸려서 초주검이 된 걸 봤어. 노삼이 형은 귀가 잘리고, 팔구 형은 팔이 부러지고… 하여간 말이 아니었다고."

"……."

자신 역시도 개방도들에게 엉겼다가 치도곤을 당한 전력이 있었지만 유옥은 입을 다물었다. 왕초의 체면을 깎는 데나 보탬이 될 전력이었기 때문이다.

"개방도들이 그렇게 세?"

시치미를 떼고 유옥이 물었다.

"우리 패는 열 명이 넘었고, 개방도는 세 명밖에 되지 않았는데 우리 패가 그렇게 아작이 난 걸 보면 알조지, 뭐. 아무래도 무림방파의 일원들이니까 무술이라는 걸 한가락씩 하나봐."

"……."

겁먹은 얼굴의 방충이 들려주는 얘기에 유옥의 얼굴이 더욱 굳어졌다.

같은 거지 세계에서 사람이 임하는 곳에서 제일 밑바닥, 그

밑바닥에 존재하는 거지들 간에도 이런 층하가 엄존하고 있었다니…….

"그럼 우리도 개방도가 되면 될 거 아냐?"

유옥이 자기의 가슴을 주먹으로 탁 치며 호기를 띠었다.

"피이, 아무나 쉽게 개방도가 될 수 있으면 내가 왜 이러고 있겠어. 개방에 입문하려면 또 그 절차가 보통 까다로운 게 아냐. 일단 재산이 조금이라도 있는 사람은 가진 재산을 몽땅 바쳐야 한대. 뭐, 좀 유식한 말로 공수(空手:빈손), 공심(空心:빈 가슴)의 무욕인(無慾人)으로 세상의 제일 밑바닥에서 새 출발을 해야 한다나 뭐라나. 절차는 그것만으로 끝나는 게 아니고 그 다음이 더 문제야. 개방도들은 빌어먹는 거지지만, 한편으론 무림 일방의 제자가 되는 것이니 무술을 익힐 만한 자질을 가지고 있는지를 시험받게 되는데 그게 또 살 떨리는 거야. 먼저 맨몸에 멍석을 말고 혈개라고 불리는 열 명의 힘센 거지들에게 한나절 동안 뭇매를 맞는대. 그러곤 또 어떻게 하는지 알아?"

"어떻게 하는데?"

유옥이 침을 꿀꺽 삼켰다.

"뭇매를 맞아 피떡이 된 몸으로 개방도들이 쓰는 측간에 들어가 사흘을 보내야 한다더라구."

"대소변 보는 측간 말이야?"

"응. 거기서 사흘 밤낮을 보내야 한대. 개방도들이 보는 똥, 오줌을 다 뒤집어쓰면서 말이야."

"왜 그딴 짓까지 시키는 거야?"

"변이 상처에 효험이 있어서라는 말도 있지만… 세상의 가장 낮은 곳에 임하는 개방도가 되려면 사람들이 가장 천대하는 변과 몸을 섞어 동질감을 직접적으로 느껴봐야 한다나 뭐라나. 말도 안 되는 궤변이지, 뭐. 하여간 그러다 더러는 장독을 이기지 못하고 골로 가는 종자도 있나 보더라고."

"……."

망연히 앉아 있는 유옥의 머리 위로 어느새 태양은 중천을 지나 있었다.

산을 내려가 어느 동네로든 비럭질을 나서야 할 시간이었다. 저녁을 굶지 않으려면.

방충이 재촉을 했지만 유옥은 한동안 자리에서 일어날 줄을 몰랐다.

'거지 위에 또 다른 거지가 있다' 는 방충의 말이 한참 동안 유옥의 뇌리를 어지럽게 흔들었다.

그날 늦은 저녁, 채 반도 차지 않은 걸통을 들고 유옥이 움막으로 돌아왔다.

늘 그렇듯 늙은 거지는 움막 가운데서 지그시 눈을 감은 채 가부좌를 틀고 앉아 있었다.

그리고 늘 그렇듯 걸통이 바닥에 놓여지는 소리와 걸통 안에서 나는 냄새로 빌어온 음식의 양과 종류를 알았다. 반도 차지 않은 걸통에 구수한 냄새는커녕 쉰 냄새만 진동하는 음식. 드문 일이었으므로 늙은 거지 호연패는 유옥에게 무슨 일이 있었음을 알았다.

"왕초도… 개방에 대해 알고 있죠?"

자리에 앉지도 않은 채 유옥이 물었다.

"……."

호연패가 지그시 감고 있던 눈을 떴다.

"개방도들을 만났느냐?"

"예."

"그들에게 봉변을 당했느냐?"

"봉변을 당하지는 않았지만… 그들을 피해야 했어요. 방충이 그렇게 하지 않으면 봉변을 당한다고 해서요."

"그들이 있다고 해서… 네가 빌어먹는 데 크게 지장이 있는 건 아니지 않느냐?"

"크게 지장이 있는 건 아니지만… 기분이 좋지는 않더군요."

"뭐가 어떻게 기분이 안 좋다는 거냐?"

"왕초께선 거지는 세상의 제일 낮은 곳에 임하며 적선하는 사람들에게 베푸는 자로서의 만족감과 우월감을 선사한다고 했어요. 그런데 더 이상 내려갈 곳 없는 제일 낮은 곳, 거지의 세상에도 차등이 있다는 것이… 기분 나빴어요."

말을 잇는 유옥의 얼굴이 무겁게 이지러졌다.

의외라는 듯 호연패가 유옥의 얼굴을 힐끗 살폈다.

"내가 개방에 대해선 좀 안다. 네 입장에선 어떻게 느꼈는지 모르겠다만, 개방은 거지의 집단이기 이전에 무술을 하는 사람들이 모인 방파란다. 무림인들의 집단이라는 말이다. 그것도 소속 제자들이 십만에 달하는 현 무림의 최대 집단이지. 개방의 방규는 '의(義)를 숭상하라'는 단 한 가지밖에 없는데, 간단한 말이다만 사실 그것을 제대로 실천하는 것이 얼마나 어려운 일이냐. 개방의 선각자들은 의롭게 살아가는 데 가장 큰 방해물을 재물로 보았다. 그래서 개방에 입문하고자 하는 사람은 가지고 있는 모든 재물을 버리는 공수(空手)의 절차를 거친다. 공수라는 건 빈손이라는 말인데, 어떤 재물도 소유하지 않는다는 뜻이지. 그리고 삼 년간의 구걸행으로 자신을 낮추고 세인들을 존중하는 법을 배운다. 더불어 개방의 제자들은 구걸이란 명목으로 구주팔황(九州八荒)의 곳곳에 존재하며, 세상의 부정을 살피고 사악한 무리의 발호를 감시하는 역할을 한다. 개방의 우두머리인 방주를 비롯하여 개방의 방도들은 재물을 탐하지도, 축재를 하지도 않는다. 그 원칙이 지켜지는 한 정의로써 세상을 정제하는 개방의 역할은 계속될 것이다만, 개방도가 일반 거지에게 거리를 두고 구별을 하려 하는 것 또한 쓸데없는 충돌을 피하고자 하는 것이지 일반 거지를 무시해서 그런 건 아니다. 조금 냉혹하게 느껴지긴 하겠지만, 그런 원칙을 두지 않으면 거리 곳곳에서 개방도와 거지들 간에 불협화음이 끊이지 않을 것이기에 말이다. 가능하면 개방도도 일반 거지들이 횡행하는 곳은 침범하지 않는 것을 원칙으로 하고 있는 것으로 알고 있다만, 어떠냐? 이해가 가느냐?"

"……."

긴말이 이어지는 동안 늙은 거지의 얼굴은 알 수 없는 의지로 빛났고, 유옥의 얼굴엔 더 깊은 의혹의 빛이 드리워져 갔다.

"이해가 안 가느냐?"

유옥이 대답을 않자 늙은 거지가 다시 물었다.

"이해가 가는 부분도 있지만 이해가 안 가는 부분도 있네요."

완전히는 수긍할 수 없다는 떨떠름한 얼굴로 유옥이 말했다.

"그래, 그게 한순간에 이해가 되지는 않겠지. 차츰 살아가다 보면 이 상황이 받아들여질 것이다. 다만 명심할 것은… 방충의 말대로 개방도의 곁에는 가지 마라. 정말 발모가지 부러진다."

자신으로서는 할 일을 다 했다는 듯 말문을 닫으며 늙은 거지는 지그시 눈을 감았다. 하던 일을 마저 하려는 모양이었다.

"그런데 왕초는 개방에 대해서 어떻게 그렇게 잘 알아요?"

그때, 돌연한 유옥의 질문이 지그시 감았던 늙은 거지의 눈을 멈칫 뜨게 만들었다.

"허허, 그건… 내가 괜히 늙은이겠느냐. 오래 살다 보면 이 말 저 말 주워듣는 말이 많고, 할 수 있는 얘기도 많아지는 법이다."

돌연한 유옥의 질문에 잠깐 당혹스런 표정을 지었던 늙은 거지는 이내 여유로운 웃음을 지으며 대답하곤 다시 눈을 감았다. 빌어온 유옥의 음식이 워낙 형편이 없었으므로 저녁을 거르고 하던 일을 계속할 모양이었다.

"……."

물어봐야 늙은 거지에게 더 이상의 대답을 들을 수 없다는 것을 유옥은 알았다. 유옥의 의혹 어린 시선이 눈을 감고 앉아 있는 늙은 거지의 얼굴에서 떠나지 않고 있었다.

유옥은 늙은 거지를 바라보며 늙은 거지가 말해주지 않고 있지만 처음 만날 때부터 느껴온 늙은 거지에 대한 미혹스런 어떤 것, 그것을 기필코 알아내고야 말겠다고 다짐했다.

第四章

구골신개(狗骨神丐) 호연패

● 구골신개(狗骨神丐) 호연패 ●

날이 더 따뜻해지면서 오천산에는 화사한 봄꽃들이 피어
나기 시작했다.

봄이 되면서 란주의 시장이 활기를 찾고 사람들의 인심도
후해졌으므로 유옥과 방충의 일, 비럭질도 훨씬 수월해졌다.

아침 한나절이면 저녁거리까지 충분한 요깃거리를 비럭질
할 수 있었고, 할 일이 없어진 두 사람은 곧잘 오천산에 올랐
다. 비럭질이 끝난 할 일 없는 거지에게 봄동산만큼 놀기 좋
은 곳도 없었기 때문이다.

할미꽃, 진달래, 나리꽃, 제비꽃 등등 각종 봄꽃들을 구경
하는 것도 좋았고, 무엇보다 하늘의 해를 향해 비스듬히 자리

한 잔디밭에 하릴없이 누워 쬐는 봄 햇살이 두 사람은 너무나 좋았다.

오늘도 일찌감치 걸통을 채운 두 사람이 오천산에 올랐는데, 두 사람은 뜻하지 않은 새로운 어떤 것을 만났다. 산을 오르던 두 사람의 앞으로 수풀에 숨어 있던 산토끼 한 마리가 후닥닥 튀었던 것이다.

지금은 사냥꾼만 사냥을 하지만 먼 옛날 원시시대엔 대부분의 모든 남자가 수렵에 나서서 생계를 유지했고, 남자에게는 대부분 그때의 사냥 본능이 남아 있다. 특히 혈기왕성한 청년에게서 그 본능은 더 활발하게 발현된다.

"토끼다!"

누가 먼저랄 것도 없이 이미 저만치 도망가고 있는 토끼를 두 사람이 쫓았다.

토끼는 앞다리가 짧아서 내리막으로 달리면 속도를 내지 못하고 앞으로 꼬꾸라진다. 그걸 아는 토끼는 거의 대부분 산 등성의 오르막 쪽으로 도망을 간다. 두 사람이 함께 토끼를 쫓았지만 탈견보를 익힌 유옥이 단번에 앞서나갔다.

토끼의 걸음도 느린 게 아니었지만 유옥이 더 빨랐다. 순식간에 유옥과 토끼의 간격이 좁혀졌다.

"왕초! 잡아! 잡아! 오늘 토끼구이 한번 먹어보자!"

뒤따르던 방충이 자신은 쫓는 것을 포기하고 응원을 하는 것으로 역할을 바꾸었다.

토끼와 유옥의 간격이 더 좁혀졌고, 유옥은 속도를 내서 달리는 채로 토끼의 기다란 귀를 잡으려고 한 손을 뻗었다.

하지만 산에는 비럭질을 하러 다니던 관도나 동네의 골목길에는 없는 장애물이 있었다.

타악!

토끼를 잡으려 탈견보를 발휘하며 잔뜩 속도를 냈던 유옥의 발끝이 수풀 속에 숨어 있던 나무 그루터기에 정통으로 걸렸다.

예상하지 못한 것에 걸려 균형을 잃으면 사람의 자세는 꼴사나워지게 마련이다. 전혀 예상하지 않았던 그루터기였으므로 거기에 걸린 유옥이 정말 꼴사나운 모습으로 쿠당탕! 풀숲으로 나뒹굴었다.

"와하하하하하!"

그 꼴사나운 모습에 방충이 박장대소를 했다.

"씨이, 저 새끼가!"

다행히 부엽토가 쌓인 푹신푹신한 수풀 속이라 큰 상처를 입지 않은 유옥이 몸을 일으키며 방충을 향해 인상을 긁었다. 그사이 토끼는 따라붙을 수 없을 만큼 저만치 먼 곳으로 도망가 버렸다.

그날부터 유옥에겐 새로운 목표가 새로 생겼다.

토끼를 잡는 것이었다.

자신을 왕초로 부르고 달리는 것 하나만큼은 최고라고 우

러르는 방충에게 지독한 망신을 당하게 한 토끼를 잡는 것이
었다.

다음날 일찌감치 비럭질을 마치고 오천산에 오른 유옥은
일부러 토끼를 찾으러 풀숲을 헤치고 다녔다.

그냥 아무 생각 없이 가던 길에도 마주친 토끼였으니 일부
러 찾아 나선 마당에 토끼가 없을 리 없었다.

후다닥!

소나무들이 빼곡한 솔숲을 뒤지던 유옥의 바로 코앞에서
토끼 한 마리가 튀었다.

어제 자신에게 망신을 준 그 토끼인지는 알 수 없었지만 유
옥은 본능적으로 그 토끼를 따라 뛰었다.

하지만 솔숲에선 속도 그 이상의 문제가 있었다.

앞을 막는 무수한 잔솔가지가 문제였다.

무턱대고 탈견보를 발휘하여 토끼를 쫓아 달리던 유옥은
얼굴이며 어깨에 잔솔가지에 긁혀 무수한 자상을 얻은 뒤에
야 쫓던 토끼를 포기할 수밖에 없었다.

두 번째 토끼를 놓친 후 유옥은 토끼를 잡는 것은 빠르게
달리는 탈견보만으로는 될 수 없다는 걸 깨달았다.

산에서만 살아온 토끼와 산보다는 관도와 골목길에 익숙
한 자신, 즉 지형의 문제를 극복해야 한다는 걸 깨달았다.

돌부리며 나무 그루터기 같은 바닥의 방해물, 달리는 앞을
가로막는 수목, 그것들을 극복하지 않고는 산에만 사는 토끼

를 잡을 수 없다는 걸 깨달았다.

그것들을 극복하고 평지에서 하는 것처럼 탈견보를 시전할 수 있어야 평지에서 하던 만큼의 속도를 낼 수 있어야 토끼를 잡을 수 있을 것이다.

그때부터 유옥은 스스로 탈견보를 시전할 때 발에 걸릴 수 있는 그루터기나 돌부리, 얼굴을 때리고 어깨를 할퀴는 나뭇가지들을 피하는 법을 훈련하기 시작했다.

처음엔 천천히 달리며 그루터기와 나뭇가지들을 피하는 연습을 해보았다.

디뎌가는 발 앞으로 그루터기가 느껴지면 잽싸게 발을 틀어 그것을 피했고, 눈앞으로 닥쳐오는 나뭇가지들은 몸을 움츠리거나 젖히면서 피했다. 속도보다는 그것들을 피하는 것을 염두에 두었으므로 유옥은 그루터기에 걸리지도, 나뭇가지에 할퀴지도 않으면서 달릴 수 있었다.

그렇게 유옥은 차츰 속도를 높여 달리면서 그루터기와 나뭇가지를 피하는 연습을 계속해 나갔다.

그리고 열흘이 지났을 때 유옥은 근 한 시진의 시간이 걸리긴 했지만 자신의 두 발로 산토끼를 쫓아서 잡는 데 성공했다.

"봐! 내가 꼭 잡고 말 거라고 했지?"

"와! 정말 대단하다, 왕초! 얼른 구워 먹자! 껍질은 내가 벗길게!"

유옥이 퍼덕이는 산토끼의 두 귀를 잡아 들고 뻐기자 방충이 침을 꿀꺽 삼키며 환호를 질렀다.

자신이 잡은 산토끼의 껍질을 낑낑대며 벗기는 방충을 보며 유옥은 왕초로서의 체면을 지켰으므로 몹시 흐뭇하였다.

하지만 유옥은 토끼를 잡을 일념 하나로 발에 걸리는 그루터기를 피하고 앞을 막는 잔솔가지들을 피하느라 자발적으로 했던 훈련이 자신의 능력을 어떻게 변모시켰는지, 달리는 속도가 얼마나 빨라졌는지, 또 그런 것들이 앞으로 자신의 인생에 어떤 영향을 줄 것인지까지는 미처 깨닫지 못하고 있었다.

그 후로 오천산에서는 매일같이 한두 마리씩의 산토끼가 유옥의 손에 잡혀 구워지는 횡액을 당했다.

중국 초나라의 신하 굴원은 간신의 모함에 의해 역모죄를 뒤집어쓰게 되자 자신의 지조를 보이기 위해 멱라수라는 연못에 몸을 던졌는데, 그날이 바로 음력으로 오월 오일이었다.

후인들은 억울하게 죽은 굴원의 영혼을 달래기 위해 그가 죽은 날에 연못가에서 제를 지내기 시작했는데, 이것이 바로 천중절(天中節)이라고도 하고 단양(端陽)이라고도 하는 단오의 유래이다.

어릴 때부터 단오가 되면 어른들이 하던 양을 배운 대로 유옥은 아침에 동냥을 나가기 전에 개울가의 쑥을 뜯어 엮어 만든 인형을 움막의 거적문 위에 걸어두었다. 액을 막고 귀신을 쫓는 부적의 의미였다.

천중절, 단양이라는 이름에서 알 수 있듯 단오는 일 년 중 가장 양기가 강한 날이다.

일찌감치 동산 위로 떠올랐던 태양은 중천을 향해 떠오르고 있었다.

양광은 천지에 충만했고 실록의 숲에서는 뻐꾹뻐꾹 춘정에 달뜬 뻐꾸기 한 마리가 소리내어 울며 짝을 찾고 있었다.

움막 가운데 결가부좌를 하고 지그시 눈을 감은 채 돌부처처럼 앉아 있는 늙은 거지의 얼굴 위로 허술한 거적 사이를 뚫고 들어온 햇살 한가닥이 비쳐 들었다.

유옥이 비럭질을 나간 뒤부터 벌써 한 시진째 늙은 거지는 그 자세로 운기조식을 하고 있었다.

넘치는 양기를 몽땅 흡입하려는 듯 늙은 거지는 코를 통해 깊은 숨을 빨아들였다.

빨아들인 호흡만큼 아랫배가 불룩해지는 것이 보였다.

그렇게 단전에 호흡을 가둔 채 세 호흡을 참은 뒤 일 할의 숨을 남기고 다시 길게 숨을 내뱉었다.

개방의 유명한 조식법인 대면토인(大面吐仁) 토납법이었다.

도가에서 유래한 대부분의 토납법이 빨아들인 숨의 삼 할을 남기고 칠 할을 뱉지만, 개방의 대면토인토납법은 일 할만을 남기고 구 할의 숨을 뱉었다. 그만큼 공력을 쌓는 시간이 많이 걸리지만 대신 정순한 기운을 얻을 수 있는 장점이 있었다.

이곳에 온 지난해부터 유옥이 동냥을 하러 나다니는 동안 늙은 거지는 이렇게 움막 안에서 열심히 운기조식을 해왔던 것이다.

이내 떠오르던 태양이 중천에 다다랐다. 하루 중에서도 가장 양기가 강한 시간인 오시가 된 것이다.

이제 양광은 팽배하다 못해 터질 듯 천지에 넘실거렸다.

움막 앞의 커다란 버드나무 가지들이 넘치는 양광을 이기지 못해 흔들리며 아래로 기우는 듯 보였다.

움막 사이로 비쳐 들던 햇살은 이제 늙은 거지의 때 기름에 절은 머리 위를 비추고 있었다.

순간, 빨아들이고 참고 뱉고를 반복하던 늙은 거지가 호흡을 중단했다.

호흡을 뱉어낸 뒤의 편안한, 앉은 채로 숙면에라도 든 듯한 자세 그대로였다.

늙은 거지가 호흡을 중단하는 순간, 그 주위의 모든 기운도 움직임을 멈추는 것처럼 보였다. 허술한 거적 틈 사이로 파고들던 햇살, 바람, 소리는 물론 그 어느 힘으로도 멈추게 할 수 없는 시간까지도 정지된 것처럼 보였다.

몸속의 모든 기운까지 움직임을 멈춘 것 같은, 일체의 미동도 없는 호연패의 완벽하게 돌처럼 굳어진 모습이 주위의 기운까지 경직시키는 것 같았다.

미세했으나 움직임은 다시 늙은 거지의 몸에서부터 시작

되었다.

지그시 눈을 감고 있던 늙은 거지의 미간이 파르르 떨리는가 싶다가 이내 그 움직임은 얼굴 전체로, 다시 몸 전체로 번져 갔다. 동시에 모든 생기가 사라져 버린 것 같던 파리한 얼굴에서부터 붉고도 충만한 기운이 일어나 몸 전체로 퍼져 갔다.

그 충만한 기운이 거세어지며 늙은 거지의 전신을 떨게 하던 미동은 드드드드! 격동으로 변해갔으며, 늙은 거지의 주위도 늙은 거지에게서 넘쳐 나오는 기운에 진동하고 있었다.

"아아— 아—!"

몸속에서 치받는 기운을 이기지 못하겠다는 듯 늙은 거지가 입을 크게 벌리고 한가닥 창룡음을 내뱉었다.

파아아아!

그와 동시에 호연패의 칠공은 물론이고 전신의 땀구멍에서 폭발하듯 검붉은 기운이 터져 나왔다.

콰콰콰콰!

그 가공할 기운은 늙은 거지 주위의 사물은 물론이고 허술하게나마 움막의 벽을 이루고 있던 거적마저 사방으로 틀어져 흩날리게 하였다.

콰아아아—

움막이 있던 다리 밑은 일진 광풍이 휘몰아치고 검붉은 기운과 먼지, 거적의 지푸라기에 휩싸여 늙은 거지의 모습은 보이지도 않았다.

일순간 진동하던 기운이 멈췄다.

폭멸하던 검붉은 기운도 잦아들고, 흩날리던 지푸라기와 먼지도 가라앉아 가며 그 기운을 일으킨 장본인, 늙은 거지의 모습이 차츰 드러나기 시작했다.

무슨 일이 있었냐는 듯 먼지와 지푸라기가 가라앉아 가는 움막 가운데 앉아 있는 늙은 거지의 얼굴은 다시 처음처럼 적막이 찾아들어 있었다.

몸속에서 폭사된 기운에 몸에 붙어 있던 때와 먼지도 함께 방사된 듯 드물게 깨끗해진 얼굴이었다.

늙은 거지가 눈을 떴다.

오랜 숙면 뒤에나 볼 수 있는 깨끗하고 맑은 눈동자였다.

"삼 년 만인가? 옥현귀진신공(玉賢歸辰神功)을 드디어 이뤘군."

만족스런 미소를 지으며 늙은 거지는 스스로가 자랑스럽기라도 한 듯 자신의 몸을 내려다보며 나지막하게 중얼거렸다.

"딱… 좋은 곳이었어, 옥현귀진신공을 연성하기에는."

자신에게서 폭사되어 나온 기운에 의해 거적이 다 날아가 버리고 기둥만 남은 움막을 늙은 거지는 새삼 다시 둘러보았다.

그 무게로 인해 그가 발산한 기운에도 날아가지 않고 주인의 곁에서 버티고 있던 개의 정강이뼈, 구골대를 들고 늙은 거지는 앉아 있던 자리에서 일어섰다. 손등에 돋아난 핏줄이 보일 만큼 구골대를 움켜쥔 그의 손엔 악력이 넘쳤고, 새롭고 큰일을 앞둔 그의 얼굴에선 결연한 의지가 빛나고 있었다.

그 표정 그대로 일 년 가까이 머물렀던 움막을 뒤로하고 늙은 거지는 개울을 따라 걷기 시작했다.

역시 결연한 의지가 담겨져 있어 어느 때보다도 힘찬 걸음걸이였다.

막 개울을 벗어나던 늙은 거지의 발걸음에 유옥이 해 걸었던 쑥 인형이 밟혔다. 이미 그가 발산했던 가공한 기운에 맞아 인형 본연의 모습을 많이 잃은 상태였다.

사실 이곳에서 그의 소망이던 옥현귀진신공을 완성할 수 있었던 것은 똘마니라는 미명하에 먹는 문제를 비롯해 온갖 수발을 들어준 유옥의 도움이 컸지만, 늙은 거지는 미처 그것까지 생각할 겨를이 없었다.

그것은 늙은 거지가 인정머리없고 냉혹한 사람이어서가 아니었다.

그는 지금 어쩌면 그의 인생에 있어서 가장 중차대하다 할 만한 일을 눈앞에 두고 있었다.

그 중차대한 일이 애석하게도 늙은 거지로 하여금 유옥에 대한 여러 가지 일—고마움, 우직하고 올곧은 인간성, 정상인 이상의 경공 습득 능력 등—을 까맣게 잊게 하고 있었다.

자신의 발걸음에 더 짓이겨진 쑥 인형을 뒤로하고 늙은 거지는 그렇게 부서진 움막에서 홀연히 멀어져 갔다.

개방 란주 분타의 분타주 마호두(馬戶頭) 방개는 아침부터 속이 좋지 않았다.

장이 살살 꼬이듯 아프면서 먹은 것도 없는데 아랫배가 탁기로 차오르는 증세. 무슨 일로 신경이 곤두서면 나타나는 방개의 신경성적 증상이었다.

오월 단오.

일반인들과 마찬가지로 거지에게도 명절은 명절이었다.

거리엔 먹을 것이 넘치고 사람들의 인심은 후해진다.

지금쯤 시내 동가로 앞의 황하에선 단오절이면 벌어지는, 용 머리 장식을 호화롭게 한 용선(龍船)들의 경주가 힘찬 북소리와 관중들의 환호 속에 한창 벌어지고 있을 터이다.

특히 방개는 단오절이면 이웃들이 나눠 먹는 음식 쫑즈를 좋아했다.

쫑즈 역시 굴원의 고사에서 유래된 음식으로, 찹쌀 반죽 안에 대추, 버섯, 고기 등의 속을 넣고 대나무 잎에 싸서 쪄낸 것인데 방개는 그 쫑즈의 쫄깃쫄깃한 감칠맛과 독특한 향을 좋아했다.

일 년에 단 한 번뿐인 손에 땀을 쥐는 용선 경기를 구경하고 쫑즈를 맛볼 수 있는 단오절 날, 방개에게 용선 경기의 구경도 쫑즈도 맛볼 수 없는 드물고도 드문 일이 발생한 것이다.

황하의 지천 잠망천을 가로질러 놓여 있는 패석교 아래 자리한 개방 란주 분타의 움막 안에 방개는 불편하고도 예민해진 심기를 다스리며 비스듬히 누워 있었다.

반쯤 올려진 거적문 너머로 잠망천 가 커다란 버드나무 아래 자갈밭에 열두 명의 거지가 모여 앉아 있었다.

이곳 개방 란주 분타엔 분타주인 자신 방개를 비롯해 총 마흔두 명의 개방도가 있었다.

그중에 개방에 입문한 지 삼 년이 안 된 백의개가 서른 명이었고, 개방의 눈, 이름하여 개목(丏目)으로 불리는 일결제자(一結弟子)가 일곱 명, 이결제자(二結弟子)가 네 명이었다.

개방의 제자들은 의결(衣結), 누런 삼베 허리끈의 매듭으로 신분 표시를 하는데, 입문하여 삼 년이 될 때까지는 하나의 매듭도 지을 수 없었고, 매듭이 없는 허리끈을 맨 그들을 일컬어 백의개라 불렀다.

백의개는 경공 외에 일체의 무공을 익힐 수 없었고, 오직 구걸 행각만을 할 수 있었는데, 그렇게 삼 년을 탈없이 지내면 허리끈에 한 개의 매듭을 짓고 일결제자가 될 수 있었다.

일결제자가 되면 비로소 개방의 독문 무공을 익힐 수 있었고, 구걸 행각에서 벗어나 개방의 진정한 힘, 정보를 얻고 일을 하게 된다.

일결제자로 다시 몇 년을 보내면 일을 처리한 성과, 무공 능력, 자질 등을 따져 분타주의 청원하에 본단의 내락을 받아 허리끈에 두 개의 매듭을 짓고 이결제자가 되는데, 일결제자와 이결제자를 통틀어 개방의 눈, 개목(丐目)으로 불렀다.

거기 버드나무 아래 모여 있는 열한 명의 거지, 그들이 바로 개목, 일결, 이결제자들이었다.

그들은 분타주의 특별한 비상 소집에 시내 곳곳에서 불려와 혹은 마땅찮은 표정—단오절이었으므로—으로, 혹은 불안한 표정으로, 혹은 궁금한 표정으로 움막 안의 방개를 흘끔거렸다.

분타주 방개가 개목들을 비상 소집하고, 아침부터 잔뜩 신경이 곤두서 있는 것은 새벽에 돌멩이에 달린 채 움막 안으로 날아든 한 장의 전서 때문이었다.

부릅뜬 사람의 눈동자 안에 날개를 펼치고 날아가는 한 마리 붉은 기러기가 그려진, 이름하여 개방의 일목홍안전서(一目紅鷹傳書)!

개방의 장로급 이상 간부들이 각 지역의 분타에 발령할 수 있는 특별한 전서로, 전서의 명령은 방주의 지엄지명과 동일시되었으므로 분타주는 목숨을 걸고 전서의 명을 수행해야 했다.

오월 오일 오시(午時)까지 란주 분타의 개목들을 모두 소집하여 출동 대기하라!

일목홍안전서에 쓰여진 지엄지명(至嚴指命)이었다.

본단에서 근무하다 이곳 란주 분타주로 발령받아 지내온 팔 년 만에 처음 있는 일이었으므로 방개가 신경이 곤두서는 것은 당연한 일이었다.

'도대체 누가……?'

방개의 미간이 더욱 찌푸러지며,

부욱~

장을 부풀리고 있던 탁기가 굵은 피리 소리를 내며 방귀로 내뿜어졌다.

정천(頂天)을 지난 해로 보아 오시는 물론이고 정시(丁時)도 지났을 즈음 여전히 개울가의 버드나무 아래, 이젠 다들 한 가지로 잔뜩 지루한 표정이 되어 있는 개목들 너머로 한 노인의 그림자가 나타났다.

때에 절을 대로 절어 휘날리는 게 아니라 끼덕거린다는 느낌의 긴 백발, 원래는 흰색이었겠으나 때와 먼지로 회색으로 변해 버린 누더기 적삼, 역시 때에 덮여 세세한 주름으로 가려진 채 깊이 파인 몇 가닥의 굵은 주름 골이 도드라져 보이고, 마르고 각진 턱의 골격에 우뚝한 콧등이 강인해 보이는 칠순의 거지 노인. 그는 다름 아닌 유옥의 왕초, 늙은 거지였다.

여전히 어두운 눈썹 아래로 굳은 의지와 정순한 내기가 담긴 맑은 눈동자가 빛나 보이고 왼 어깨엔 불룩한 바랑, 오른

손엔 그의 애병 구골대가 굳게 잡혀진 채로 한 해 전 애담평의 벌판에서 유옥을 만났던 때의 모습과 다를 바 없는 단단히 여장을 차린 모습이었다.

그 모습에 더하여 그의 허리엔 여덟 개로 매듭 지어진 갈색의 삼베 허리끈이 메어져 있었고, 모진 몽둥이찜질을 당한 듯 혀를 길게 낸 채 눈을 허옇게 뜨고 뻗어버린 커다란 개 한 마리가 그의 손에 꼬리가 잡힌 채 질질 끌려오고 있었다.

고래로부터 개와 거지는 원수였고, 거지들의 방파인 개방도 개와 원수지간을 벗어날 수 없었다.

종종 주인 있는 개들이 구걸하는 개방도들을 물었고, 주인 없는 개들은 여지없이 개방도들의 몽둥이에 맞아 죽었다.

그리고 그 개의 고기는'개방도들의 별식이 되어 개방도들의 입 안으로 사라졌다.

언제부턴가 개방에선 특별한 공을 세우면 개를 상으로 내렸다.

물론 꼬리를 살랑거리고 주인에게 아양을 떠는 애견이 아니라 몽둥이찜질로 속살과 뼈가 아작난 죽은 개였다.

애초에 재화를 인정하지 않는 개방이니 상으로 줄 수 있는 것은 거지들의 제일 큰 홍복인 먹거리였고, 처음엔 맛있다고 알려진 이런저런 것들을 구해주었으나 거지들의 대다수가 구육이 최고다 하며 엄지를 세웠으므로 어느 때부터인가 개고기로 지정되고 말았던 것이다.

죽은 개를 끌고 자갈밭을 가로질러 움막을 향해 다가오고 있는 늙은 거지를 열한 명의 개목이 멀뚱멀뚱 바라보고 있었다.

움막을 향해 오는 늙은 거지의 얼굴이 구별될 만한 곳에 접어들었을 무렵, 이곳에 오기 전 개봉(開封)의 개방 본단에서 여러 번, 아니, 아주 많이 늙은 거지를 견식한 적이 있는 유일한 한 사람, 방개가 벌떡 자리에서 일어났다.

그리곤 후닥닥 그가 달릴 수 있는 가장 빠른 속도로 개목들의 머리를 넘어 늙은 거지를 향해 날아갔다. 개방의 여러 경신술 중에서 세 번째로 빠르다는 취리건곤보(醉裏乾坤步)였다.

"자, 장로님께서 이 먼 곳을 어인 일로……? 개방 란주 분타의 분타주 마호두 방개가 장로님을 접견하옵니다!"

늙은 거지의 앞으로 득달같이 날아온 방개가 쿵! 소리가 나도록 자갈밭에 머리를 박으며 부복했다.

늙은 거지의 진정한 신분이 처음으로 드러나는 순간이었다. 늙은 거지는 개방의 십대장로 중 한 명으로 언제나 커다란 개의 정강이뼈를 들고 다니는 탓에 구골신개(狗骨神丐)라는 별호를 얻었으며, 그 이름은 호연패였다.

그 방개의 뒤로 그제야 늙은 거지의 진정한 신분을 확인한 개목들이 눈을 크게 뜨며 놀라고 있었다.

"구워라."

개방의 십대장로 중 한 명인 구골신개 호연패가 끌고 온 개를 툭! 부복하고 있는 방개의 앞으로 던졌다.

어느새 해가 떨어지고 있었다.

일 년에 단 한 번 있는 명절, 단오절이 저물어가고 있는 것이다.

"구육까지 포식한 놈들이 표정이 왜 그래?"

땅거미가 깔려가는 고개를 넘으며 뒤따르는 방개와 열한 명의 개목들을 돌아보며 호연패가 잔뜩 못마땅한 표정으로 꾸짖듯 말했다.

"우린 오의파 후개 진산을 마중하러 가는 거란 말이다! 죽으러 가는 게 아니라구!"

못 봐주겠다는 듯 더 인상을 구기며 호연패가 소리를 높였다.

그래도 방개와 개목들의 표정은 쉬이 풀어지지 않았다.

원래 거지들은 눈치가 빠르다. 빌어먹으려면 눈치가 빨라야 하고, 비록 지금은 구걸 행각에서 손을 놓았지만 그들 모두는 이미 수년에 걸쳐 빌어먹는 일을 했던 사람들이다.

호연패의 말대로 이 행차가 단순한 '마중'이라면 장로 호연패가 노구를 이끌고 개까지 때려잡아 와 자신들을 대접할리가 없다고 그들은 생각했다.

그들이 먹은 개값에 상응하는 고되고 위험한 어떤 일이 그들을 기다리고 있을 거라고 그들은 믿었다.

현재 무림을 대표하는 구파일방(九派一幇)의 일방(一幇)인 대방파 개방은 심각하고도 오랜 내분에 시달리고 있었다.

사해를 떠도는 거지들을 결집시켜 개방을 창시한 개방의 개파조사 구홍장은 재물을 악과 분쟁의 근원으로 보았다.

재물을 추구하는 사람에게서 사악한 마음이 움트고 재물을 탐하다가 사람 사이에 불화가 생긴다고 보았다.

뿐만 아니라, 사람이 재물을 가지게 되면 자신의 안위와 영화를 추구하게 되고 자기 보호를 우선시하게 되어 개방의 방훈인 '사회 정의 실현'이라는 구호는 공염불이 되고 말 것이라고 믿었다.

그래서 구홍장은 무소유를 방훈을 실행하기 위한 필수 요건으로 보았고, 개방도 모두에게 방명을 내려 재물의 소유를 엄금했다.

사유 재물을 금하는 것뿐만 아니라 방 내에선 일체의 취사 행위까지 금지시켰다.

취사 행위뿐만 아니라 세면, 목욕도 금지시켰다.

구홍장은 자신을 깨끗하게 하는 것조차도 일종의 치장으로 보았고, 그 역시 사욕의 근원이 될 수 있다고 믿었다.

방주 구홍장조차도 빌어온 음식으로 끼니를 때웠고, 개울을 만나기 전엔 씻지 않았다.

공수전(空手殿)이라고 불리는 비만 새지 않을 정도로 만들어진 움막이 방주의 거처였고, 볏짚으로 엮은 거적과 잠잘 때 머리에 괴는 목침 하나가 세간의 전부였다.

이러한 구홍장의 고결한 정신은 개방도들의 결집력을 높였고, 개방의 힘을 급속히 발전시켰다.

사해팔방의 거지 떼들이 구홍장의 무공과 이론에 감복하여 발원하였으므로 개방의 규모는 처음부터 매우 크게 시작되었고, 쪽수로만 치면 이미 이때부터 중원 최대의 방파였다.

중원제일의 쪽수와 구홍장이 남긴 고결한 정신과 중원의 곳곳에 핏줄처럼 퍼져 있는 개방도들을 이용한 정보력 덕에 삼대(三代) 방주 호풍장 때에 이르러선 이미 중원을 장악하고 있던 구대문파와 어깨를 나란히 하는 일방으로 중원인들에게 정식으로 인정받게 되었던 것이다.

하지만 세월이 변하고, 사람이 변하고, 개방도 변화의 바람을 비켜가진 못했다.

개방의 유순칠 칠대(七代) 방주 때부터 구홍장이 세워놓았던 이러한 개방의 무소유 원칙에 반발하는 자들이 방 내에 나타나기 시작했다.

중원의 영원한 강자들, 구대문파와 어깨를 나란히 할 정도로 방의 위세가 견고해지자 목표 의식이 흐트러지며 구홍장이 세워놓은 불편한 청빈 정신을 달갑지 않게 생각하는 자들이 목소리를 내기 시작했던 것이다.

사실 청빈한 생활, 더구나 빌어먹는 거지 생활은 일견 불편하기 짝이 없는 것이었고, 이미 방의 위세가 구대문파와 견줄 정도로 견고해진 마당에 이런 불편한 생활을 계속할 필요가 없다는 것이 그들의 논리였다.

맑을 정(淨) 자, 옷 의(衣) 자, 정의파(淨衣派).

어느 때부터인가 깨끗한 옷을 입고, 구파일방의 위세에 걸맞는 생활을 하고, 위세에 걸맞는 영위를 누리자는 명분을 내건 개방 내 개혁파의 이름이 그렇게 불리어지기 시작했다.

한마디로 그들은 쪽팔리는 구걸 행각을 접고 개방의 엄청난 인력을 이용해 장사나 사업을 하고, 막강한 정보를 팔아 재정을 조달해 방을 실용적으로 재건하자고 주장했다(그때까지 개방은 정보를 파는 행위를 일체 금하고 있었음).

등 따시고 배부른 것 이상의 호락은 거지가 누릴 수 있는 홍복이 아니었다.

화려한 의복, 술, 여자, 돈이 있어야만 누릴 수 있는 것이었다.

하지만 돈으로 누릴 수 있는 것들은 등 따시고 배부른 것보다 훨씬 더 매혹적이고 달콤하다.

빌어먹는 불편한 일에 진력이 난 많은 개방도들이 이들의 주장에 동조했고, 일백여 년 전에 이르러서는 개봉에 있는 본단에서 오의파와 엇비슷한 수로 정의파의 세력이 불어나 있었다.

그러한 정의파에 맞서는, 기존의 구홍장의 청빈 사상을 계승하고 지키려는 자들은 오의파(烏衣派)로 불리어졌는데, 결국 당시 십삼대 후개(後丐)의 선출을 두고 두 파의 대립은 극에 달한 모습을 보였다.

후개란 개방에서 방주가 죽으면 그 자리를 물려받을 소방주를 일컫는 말이었는데, 방주가 임명되면 곧바로 그 방주는 장로원의 재청을 받아 후개를 임명하게 되어 있었다.

보통 후개가 방주에 등극하는 것은 먼 후일의 일이었으므로 열 살이 채 안 된 전도유망한 동자를 후개로 선출하는 것이 관례였는데, 오의파와 정의파에서 각자 다른 후보를 내어 후개로 밀었다.

양 파의 대립이 워낙에 팽팽하여 오랜 시간을 두고도 해결을 보지 못하며 골머리를 앓던 무대강은 결국 양 파에 한 가지 중재안을 내놓았다.

그때로부터 십 년 후에 양쪽에서 낸 후개 후보끼리 무공 비무를 시켜서 그 승자를 후개로 지명하겠다는 거였다.

방주의 중재안을 두고도 오랫동안 대립을 벌이던 양 파는 별수없이 다른 대안을 찾지 못하고 방주의 중재안을 받아들이기로 결정했다.

그리고 십 년 후, 오정대연(烏靜大宴)이라고 이름 붙여진 공개 비무가 개방에서 벌어졌고, 그 승자가 오의파의 후보로 나섰던 전대 방주 백추상이었다.

하지만 백추상이 방주가 되어서도 두 파의 분란을 해결하지 못했다.

해결하기는커녕 두 파의 반목은 깊어만 갔다.

결국 현 방주 홍동청도 전대 방주와 똑같은 방식의 오정대
연에 의해서 가려졌고, 다시 지금의 후개도 오정대연에서 가
려질 것이다.

지금부터 십 년 전, 오의파의 장로 중 한 명이었던 곡반괴
는 오의파의 후보로 내정된 여덟 살 아이, 진산을 데리고 천
산(天山)으로 떠났다.

천산의 모진 환경과 삭풍 속에서 아이를 단련시켜 천산 대
호(大虎)로 만들어 돌아오겠노라는 호언을 남겨두고서.

그리고 올해, 한 달이 채 남지 않은 유월 초하룻날이 바로
현 개방의 후개를 가리는 오정대연이 예정되어 있는 날이었
다.

해가 질 무렵, 호연패 일행은 황하의 여러 지류 중 하나인
막수(邈水)라는 강가에 도착해 있었다.

강 양쪽으론 신갈나무들이 무성한 잎을 달고 잔뜩 우거져
있었고, 강의 저쪽에 한 척의 작은 거룻배가 말뚝에 묶여 있
는 것이 보였다.

강을 건너는 사람이 드물어 사공이 붙어 있을 순 없기에 강
을 건너는 사람이 스스로 노를 저어 건널 수 있도록 한 누군
가의 배려였다.

"다 왔다."

그 배가 건너다 보이는 커다란 신갈나무 아래 호연패가 엉덩이를 붙이고 털썩 앉았다.

"너희들도 앉아."

눈치를 보고 있는 방개 등을 보며 호연패가 턱짓을 했다.

"예. 그럼… 다들 앉아라."

방개가 엉거주춤 바닥에 엉덩이를 붙이고 앉으며 개목들에게 명령했다.

란주에서 이곳까지 백오십 리 길을 그들은 세 시진이 채 되지 않는 시간에 달려왔다.

사람들의 눈이 있는 마을 앞을 지날 때만 빼고 줄곧 경신술을 운용하며 달렸다. 어느 정도의 무공을 갖춘 개목들이었으므로 제법 상당 수준의 경공을 갖추고 있었음에도 다들 딱 피로를 느낄 만한 시간이었다.

방개의 명이 있자 그들은 너나 할 것 없이 바닥에 앉아 후들거리는 허벅지를 주물러 댔다.

"십 년 전, 내가 이곳까지 진산 후개와 곡 장로를 배웅했었다. 그리고 그때, 십 년 후 오늘 유시(酉時)에 이곳에서 만나기로 약속했다."

강의 건너편을 건너다보며 호연패가 조용히, 그리고 기대에 찬 얼굴로 입을 열었다

진산은 아직 개방의 후개가 아니라 오의파의 후개 후보임

에도 호연패는 진산을 후개로 불렀다.

별수없이 달콤하고 편안한 것에 사람들은 미혹되기 마련이다

세월이 지날수록 정의파 세력은 늘어만 갔고, 본단만으로 따지면 정의파의 세력은 이미 오의파를 넘어서고 있었다.

방주 자리를 오의파에서 차지하고 있어도 이러한데 방주 자리까지 정의파에서 차지한다면……. 생각만 해도 호연패는 모골이 송연해졌다.

만에 하나라도, 절대 그럴 리는 없겠지만 오정대연에서 정의파의 후보가 승리하여 정의파가 차후의 개방 대권을 잡는다면, 개방의 미래는 물론이고 개방은 그것으로 끝이라고 생각하는 호연패였다.

개파조사 구홍장의 뜻대로 공수일 때에야만 방훈인 사회 정의 실현은 가능한 것이며, 방인들이 물욕에 눈이 어두워지면 사회 정의 실현은커녕 자중지란으로 방의 존속도 어렵게 될 거라고 생각하는 호연패였다.

'공수(空手)일 때 정심(正心)이 난다'는 구홍장의 구훈(口訓)을 누구보다도 굳게 믿는 호연패였다.

그런 호연패에게 있어서 개방은 곧 거지였으며, 거지가 곧 개방이었다.

정의파가 구상하는 비단옷을 입고 장사를 하는 개방, 마차를 몰고 사업을 하는 개방은 그에게 있어 개방이 아니었다.

그것은 공수정심(空手正心)을 믿는 대부분의 오의파 사람들의 생각이기도 했다. 정의파가 대권을 잡는 날, 오의파는 더 이상 정의파와 더불어 방 내에서 공존할 수 없다는 걸 잘 알고 있었다.

그래서 진산 후개에 대한 기대는 공극(孔劇)의 희망이었다. 그래서 호연패는 진산이 오정대연에서 패한다는 것은 아예 상상조차도 하지 않았다. 그가 바로 후개라고 굳게 믿었다.

그 믿음은 단지 후보일 뿐인 진산을 벌써부터 후개로 지칭하는 것에서도 잘 나타나고 있었다.

"곡 장로는 우리 오의파 십대장로 중에서 제일 무공이 높았다. 그의 항룡십이장과 취팔선은 방 내에서 따라올 자가 없었지."

여전히 강의 건너편에다 시선을 둔 채 기대에 찬 얼굴 그대로 호연패가 다시 입을 떼었다.

"그리고 그는 한창 시절 기련관(起練館)의 관주를 십 년이나 지냈기 때문에 무공을 가르치는 일에 탁월한 재주를 가지고 있다."

기련관은 개방 내에 있는 개방의 부수 기관으로, 장래가 촉망되는 후기지수들을 모아 무공을 가르치는 후진 양성소 같은 곳이었다.

거기에서 개방을 이끌어 나가는 많은 동량이 배출되었고,

곡반괴는 그 직을 수행하는 동안 다른 어떤 관주보다도 후진들에게 무공을 가르치는 일에 뛰어난 능력이 있다는 것을 방내의 사람들에게 인정받았었다.

"곡 장로는 틀림없이 진산을 누구에게도 지지 않을 강골로 만들어올 것이다!"

기대에 찬 호연패의 눈에 막 배를 타고 강을 건너오는 떡 벌어진 어깨의 헌앙한 장부가 된 진산의 모습이 보이는 것 같았다.

어느새 하늘이 달이 떠 있었다.

적당히 시야에 사위가 분별되는 반달이었다.

일결제자 중 한 명인 노달이 지루함을 못 견디겠다는 듯 고개를 젖히고 하품을 했다. 또 한 명의 일결제자 왕구의 배에서는 꼬르륵! 창자가 꼬이는 소리가 났다. 두 사람에게 방개의 따끔한 눈총이 갔으나 어쩌면 두 사람에게서 일어난 현상은 당연한 것이었다. 벌써 시간은 자시(子時)에 접어들어 있었고, 그들은 거기서 세 시진을 꼼짝 않고 강을 건너올 진산을 기다리고 있었던 것이다.

"천 리나 먼 곳, 천산에서 오는 길이다. 제 시간에 맞추어 오는 게 오히려 이상하지."

기대 가득한 눈빛 그대로 하늘의 반달이 담겨져 있는 강물에서 시선을 떼지 않은 채 호연패가 지겨운 내색을 살살 풍기기 시작하는 개목들에게 가벼운 꾸지람을 주었다.

"애들을 풀어서 들개라도 한 마리 잡아올까요, 장로님?"

방개가 호연패의 옆으로 다가 앉으며 조심스레 물었다.

"곧 올 거다. 내 친구라서 하는 얘기가 아니라 곡 장로는 약속 하나만큼은 칼인 사람이다. 두 사람이 오면 내 바랑에 들어 있는 견육포를 풀겠다."

호연패의 단호한 말에 머쓱해진 방개가 원래 앉아 있던 자리로 슬그머니 물러나 앉았다.

사위의 정적을 깨는 소리는 바로 그때 들렸다.

"왕—초!"

비명과 같은 외침과 함께 막수의 하류 쪽에서 하나의 인영이 바람처럼 달려오는 것이 보였다.

그리고 그 달리는 인영의 뒤로 수십 개의 화살이 빗발처럼 날아들고 있었다.

호연패는 두 가지에 놀라고 있었다.

하나는 자신 쪽으로 달려오고 있는 사람이 유옥이라는 데 놀랐고, 또 하나는 유옥이 그렇게 빨리 달릴 수 있다는 것에 놀랐다.

자신이 유옥에게 가르쳐 준 경공은 분명 탈견보. 딱 쫓아오는 개를 떨구어낼 수 있는, 세 걸음을 한 걸음에 달리는 삼보축일신법(三步縮一身法)이었다.

그런데 유옥은 적어도 그보다 세 배는 빠른, 열 걸음을 한 걸음에 달리는 십보축일(十步縮一)쯤은 되어 보이는 빠르기로 달려오고 있었던 것이다.

바람처럼 달려오는 그 유옥의 뒤로 파파파팍! 수십 개의 화살이 강가 자갈밭에 꽂혔다.

유옥이 그렇게 빨리 달리지 않았다면 모두 유옥의 등에 꽂혔을 화살들이었다.

"네놈이 어떻게 여길 온 거냐?"

호연패가 달려오는 유옥에게 황망히 소리쳐 물었다.

"와, 왕초! 그, 그건……!"

그 말에 미처 대답할 새도 없이 다시 유옥을 향해 숲 속 어디에선가 쏘아진 화살들이 날아들고 있었다.

호연패에게 가까워지면서 달려오는 속도는 늦추며 방심하고 있는 유옥의 등에 날아온 화살들이 여지없이 박혀들 상황이었다.

"야, 이놈아! 일단은 화살을 피해야지!"

말릴 사이도 없이 호연패가 유옥을 향해 번개같이 몸을 날렸고, 몸을 날린 호연패가 유옥을 안고 바닥에 몸을 굴렸다.

두 사람이 엉킨 채 뒹구는 그 뒤로 파파파팍! 다시 십여 개의 화살이 바닥에 박혔다.

핏빛처럼 붉은 화살 깃! 중원의 여러 살수 조직 중 독랄함으로 그 명성을 자랑하는 사천(四川) 홍응루(紅鷹樓)의 살의가 담긴 화살이라는 것을 호연패는 무림에서의 오랜 연륜으로 알 수 있었다.

그런데 왜 홍웅루의 화살이 유옥을 노린단 말인가?

호연패는 유옥이 한 손에 움켜잡고 있는 금빛 두꺼비가 그려져 있는 옥으로 만들어진 술병에 주목했다. 그건 다름 아닌 늘 입에 술을 달고 살아 무간주사(無間酒士)란 별호를 얻은 곡반괴가 자신의 주먹처럼 늘 한 손에 들고 다니던 진천금와주병(震天金蛙酒瓶)이었던 것이다.

"네가 어떻게 그 진천금와주병을······?"

호연패가 궁금함을 참지 못하며 황망히 유옥에게 묻는 사이, 또다시 슈슈슈슉! 숲 속에서 쏘아진 화살들이 유옥에게 날아왔다. 물론 호연패 자신이 유옥과 엉켜 있는 상황이었으므로 화살의 표적에는 자신도 포함되어 있었다. 호연패는 유옥이 어떻게 여기에 왔으며, 또 어떻게 진천금와주병을 가지고 있는지에 대한 의문을 푸는 일보다 이 화살의 주인이 펼치고 있는 천라지망을 벗어나는 게 우선이라는 걸 깨달았다.

중원제일의 독수(毒手)로 청부 하나만큼은 반드시 수행한다는 악명 그대로 홍웅루의 천라지망은 견고하고도 집요했다.

붉은 깃의 화살은 그 후로도 빗발처럼 날아들었고, 개방 란주 분타의 열한 명 개목이 모두 그 화살에 맞아 불귀의 객이 되었다.

화살에는 홍살기독(紅殺氣毒)이라는 고비사막의 붉은 전갈에게서 채취한 극독이 발려져 있어 화살에 맞은 개목들은 온몸이 검게 변해가며 일각이 못 되어 경련을 일으키며 죽어갔다.

화살이 날아드는 신갈나무 숲을 달리는 호연패의 뒤로 방개가 절뚝이며 사력을 다해 쫓아오고 있었다.

"자, 장로님!"

하지만 얼마 못 가 풀썩! 방개도 수풀 속으로 얼굴을 처박으며 나뒹굴었다. 이미 방개의 허벅지엔 홍살기독이 발린 화살이 깊이 박혀 있었고, 그의 상세를 돌이킬 수 없다는 걸 호연패는 잘 알고 있었다.

"제기랄! 어떻게 이놈의 신갈나무 숲은 끝도 없냐!"

신갈나무 숲을 달려가며 파파팡! 앞과 옆에서 날아드는 세 대의 화살을 호연패는 구골대를 휘둘러 쳐냈다.

그리고 그 옆으로 개방의 삼대신법 중 하나인 취리건곤보를 이용해 달리는, 자신에게 조금도 뒤처지지 않고 나란히 달리고 있는 유옥을 이채의 눈으로 바라보았다.

자신이 앞장서서 홍웅루의 천라지망을 뚫고 활로를 열어갔으나 화살은 처음과 마찬가지로 대체로 유옥을 향하고 있었다. 그럼에도 불구하고 유옥은 자신을 향해 빗발처럼 날아드는 화살을 용케 맞지 않고 있었다.

그리고 얼마가 지나지 않아서 호연패는 유옥이 화살을 용케 맞지 않는 게 아니라 용케도 화살을 피해내고 있다는 것을 알았다.

세상 사람들 중에는 더러 하나를 가르치면 둘을 깨치는 사람이 있다.

그리고 아주 드물지만 하나를 가르치면 열을 깨치는 사람도 있다.

어쩌면 유옥이 그런 부류일 거라고 호연패는 언뜻 생각했다.

분명 탈견보는 겨우 개를 떨구어낼 정도의 기초적인 신법이긴 했지만, 그 탈견보 속에는 신법의 근간이 되는 기본 묘리가 모두 들어 있었다. 쉬운 일은 아니지만 그 신법의 기본 묘리를 잘 이해하고 응용해서 한 단계 더 높은 신법으로 발전시키는 것은 사람의 재능에 따라서 불가능한 일이 아니었으며, 한 단계 더 높은 신법을 이루게 되면 다시 더 높은 단계로 발전시킬 수도 있는 것이 뛰어난 사람의 능력이었다.

자신이 시전하고 있는 취리건곤보처럼 정형화되어 있는 신법은 아니었으나 유옥은 분명 자신에게 뒤처지지 않는 빠르기로 숲을 달리고 있었고, 달리는 사이 자신을 향해 날아드는 화살들을 순간적으로 몸을 틀고, 젖히고, 굽히고 하면서 아슬아슬하게 피해내고 있었던 것이다.

두 사람은 그렇게 일각을 더 달려 신갈나무 숲을 벗어났다.

이제 반달은 서산에 닿을 듯 기울어 있었고, 무성한 잎이 하늘을 가리고 있던 신갈나무 숲을 벗어난 대신 그들은 지금 그 높이가 허리 어림에 오는 개암나무 숲에 들어서 있었다.

더 이상의 화살은 날아오지 않았지만 호연패는 눈 아래로 펼쳐진 개암나무 숲에서 신갈나무 숲 속에서보다 더욱 짙은 살기를 느끼며 구골대를 잡은 손아귀에 힘을 주고 있었다.

역시 호연패가 예견했던 대로 슉! 소리와 함께 개암나무 숲 속에서 세 명의 인영이 월광에 빛나는 단도를 앞세우고 돌진해 왔다. 역시 자신이 아닌 유옥을 노리고.

세 명 모두 갈색과 녹색이 혼합된 얼룩무늬의 은형복을 입고 있었다. 그렇게 화살을 쏘아대면서도 자신들의 모습을 감출 수 있었던 것은 잠복 살수들이 자신의 숨소리와 맥박 소리조차 감추기 위해 익힌다는 폐기공대법(廢氣空大法)의 역할이 컸겠지만, 숲의 색깔과 절묘하게 조화를 이룬 은형복도 큰 몫을 했던 것이다.

"위험해!"

미처 손을 쓸 새가 없어 호연패가 유옥을 향해 다급한 고함을 내지르는 사이, 선두의 홍웅살수의 은빛 단도는 빗살처럼 유옥의 목줄기를 찔러갔고, 이번엔 도저히 피할 수 없는 상황이라고 호연패는 생각했다.

그러나 유옥은 이번에도 철판교도 아닌, 이어타정도 아닌 이상한 신법으로 몸을 비틀며 뒤로 젖혔고, 단도는 아슬아슬하게 유옥의 턱 끝을 스치는 듯 비껴갔다.

그사이를 놓치지 않고 퍽! 수박 깨지는 소리와 함께 호연패의 구골대가 홍옹살수의 머리통을 정통으로 때렸다.

개방의 독문 무공인 타구봉법엔 두 가지가 있었다.

하나는 방주가 직접 후개에게만 전수하여 방주에게만 전수되어지는 용두타구봉법이었고, 다른 하나는 육결제자 이상의 직급이 익힐 수 있는 취리타구봉법이었다.

용두타구봉법만큼은 아니었으나 취리타구봉법은 근접 공방전에서만큼은 어느 문파의 어떤 무술보다도 위력이 있었고, 호연패는 방 내에서 취리타구봉법의 최고수였다. 더구나 호연패의 구골대는 취리타구봉법에 맞추어 갈무리되어 있는 무기였다. 화살이 다 떨어진 탓이기도 했지만 홍옹살수들이 개암나무 숲에서 근접 공박전을 택한 것은 호연패의 취리타구봉법을 간과한 엄청나게 잘못된 선택이었던 것이다.

"광구열신!"

"호구대작!"

"취구난타!"

파파파광!

취리타구봉법의 초식들을 쩌렁하게 외쳐 대며 호연패는 이리 뛰고 저리 뛰며, 그야말로 물 만난 고기처럼 신나게 구골대를 휘둘러 댔다.

호연패의 신형과 구골대에서 사방으로 폭풍 같은 경기가 일었고, 여기저기 개암나무 숲에서 돌진해 오는 수십 명의 홍옹살수의 머리통이 퍼퍼퍼퍽! 허연 뇌수를 뿌리며 부서져 나갔다.

개암나무 숲의 난전이 끝난 것은 동녘이 뿌옇게 밝아오고 있는 새벽이었다.

과연 청부에 실패하면 발동했던 모두가 죽음으로써 입을 닫는다는 홍웅루의 원칙대로 오십 명의 홍웅살수가 호연패의 구골대에 전원 옥쇄했다.

"퉤! 정말 더럽게 모진 놈들이군!"

홍웅살수들의 피와 뇌수에 온몸이 젖은 채 이, 삼층으로 뒤엉켜 널브러져 있는 홍웅살수들의 시체에 호연패가 질렸다는 듯 가래침을 뱉았다.

그리고 뒤에 서 있는 유옥을 돌아보았다.

유옥은 홍웅살수들의 피에 얼굴이며 옷이 붉게 물들어 있었으나 어디 한곳 다친 데 없이 멀쩡하였고, 그 손엔 아직도 진천금와주병이 불끈 잡혀 있었다.

"줘봐라."

호연패가 유옥에게 손을 내밀자 유옥이 진천금와주병을 호연패에게 건넸다.

진천금와주병을 건네 받은 호연패가 다시 확인이라도 하듯 눈 가까이 주병을 들고 유심히 살폈다.

"틀림없는 곡 장로의 진천금와주병이야. 대체 넌 이걸 어디서 손에 넣은 거냐?"

호연패가 유옥을 향해 물었다.

"강가에 떠내려오는 걸 주웠어요, 왕초."

무슨 잘못이라도 저지른 듯 기죽은 표정의 유옥이 머리를 긁적였다.

"강가에서 주웠다고?"

"예. 아까 왕초가 쉬던 그 부근에서요."

"……."

순간 호연패의 얼굴이 파랗게 굳어졌다.

곡 장로가 자신의 한 팔처럼 들고 다니던 술병이 물 위에 버려졌다는 것은……. 곡 장로와 진산에게 어떤 변괴가 일어났을 수 있다는 직감이 머리를 때렸기 때문이다.

"안 돼, 곡 장로!"

처절한 고함과 함께 호연패가 저만치 보이는 막수를 향해 내달렸다.

"허어……."

호연패가 장탄식을 터뜨리며 강가에 털버덕 주저앉았다.

몇 시진 동안 강의 위아래를 정신없이 더듬었지만 곡 장로와 진산의 흔적은 아무것도 발견할 수 없었다.

여전히 유옥은 호연패의 걸음을 놓치지 않고 그의 옆에 서 있었다. 아무것도 먹지도 쉬지도 못했으므로 지칠 대로 지친 모습이긴 했지만.

차가운 강물이 바닥에 주저앉은 호연패의 가랑이 사이로 파고들었다.

호연패는 잠시 숨을 돌리며 혼란해진 정신을 가다듬고 지금까지의 상황을 정리해 보려고 애썼다.

한 가지 분명한 사실은 홍웅루의 홍웅살수들이 이곳으로 오도록 만든 것은 정의파일 거라는 것이었다. 개방도들은 여간해선 다른 방파의 사람들과 원한을 맺지 않고, 다른 방파 또한 개방과 원한을 맺는 일은 드물었다. 재물에 대한 욕심이 없으니 사실 원한을 살 만한 일도 일어날 게 없었다.

천산에서 오정대연을 위해 돌아오는 진산을 없애 달라고 홍웅루에 청부를 넣을 수 있을 만큼 정의파 수뇌들의 심사는 독랄해져 있는 것이다.

그리고 우연히 강물에 떠내려오는 진천금와주병을 주운 유옥을 진산으로 착각하여 홍웅살수들은 살수를 펼친 것이다.

사실 중원에 진산에 대한 정보는 없는 거나 마찬가지였다.

십 년 세월이 지나 열여덟의 청년으로 변했을 진산을 여덟 살 때의 외관으로 추정하기는 정의파에서도 불가능했을 것이다.

하지만 진산을 천산으로 데리고 갔고, 다시 진산을 개방으로 데리고 올 곡반괴가 누군지는 얼마든지 추정이 가능했다. 사람은 나이가 들면 들수록 어느 정도의 세월엔 큰 지장 없이 구분이 가능해진다. 육십에서 칠십이면 허리가 더 꼬부라지고 얼굴에 주름이 더 늘었을 뿐이니까.

특히 그가 늘 한 팔처럼 손에 들고 다니던 진천금와주병은 그의 신분을 알리는 결정적인 단서가 됐을 것이다.

정의파에서는 홍웅루에 청부를 넣으며 바로 그 사실을 주지시켰을 것이고, 진산과 곡반괴를 기다리던 홍웅살수들은 유옥이 들고 있던 진천금와주병에 주목했을 것이다.

칠순의 나이인 곡반괴는 진산을 가르치다 천산에서 명을 달리했을 수도 있는 것이고, 진산 혼자서 귀환하는 중이었다는 짐작도 해볼 수 있는 것이었으므로.

여전히 물에 아랫도리를 적시고 앉은 채 호연패는 손에 들고 있던 진천금와주병을 다시 살펴보았다.

어떻게 된 일이란 말인가?

그렇게 끝까지 유옥을 노린 것을 보면 홍웅살수들의 손에 당한 것이 아닌 것은 분명한 것 같은데, 그들은 대체 어떻게 된 것이란 말인가?

자신과의 약속을 저버리고 다른 길로 돌아서 개방으로 갔을 리도 없다.

기억하기도 좋은 단옷날, 자신이 손을 흔들며 보냈던 막수의 외진 나루. 약속을 지키는 것을 목숨처럼 여기던 곡반괴를 생각하면 절대로 있을 수 없는 일인 것이다.

대체 그 두 사람에게 무슨 일이 일어난 것이란 말인가?

오의파의 장래, 아니, 개방의 미래를 짊어진 그 두 사람은 어디로 가버린 것이란 말인가?

물가에 주저앉은 호연패는 망연함과 절망에 온몸의 맥을 놓은 채 그렇게 한동안 일어날 줄을 몰랐다.

사실 지지난밤, 움막에서 유옥은 호연패의 거동에서 심상치 않은 낌새를 눈치 채고 있었다.

그날 저녁 유옥이 비럭질에서 돌아왔을 때 호연패는 개울가의 쑥을 뜯어 돌로 찧어 만든 푸른 쑥물을 손가락에 찍어 한지에다 뭔가를 쓰고 있었다. 그리고 움막의 처마 밑에서 여러 가닥의 새끼줄에 끼워 말리고 있던 견육포가 거두어져 없어진 걸 유옥은 알았다.

그런 심상치 않은 낌새들로 인해 신경이 돋우어져 쉽게 잠을 들이지 못하던 새벽녘에 호연패가 조심스레 기동하자 유옥은 호연패를 미행하기 시작했고, 호연패가 개방의 란주 분타라는 패석교 아래로 가는 것에 유옥은 크게 놀랐다.

거기에 있던 개방도의 무리가 머리를 조아리고, 그 무리를 호연패가 마음대로 다루는 것을 보고 유옥은 호연패가 자신과 같은 신분의 일반 거지가 아니라 개방에서도 높은 신분에 있는 사람이라는 것을 알았다. 그간 자신이 가지고 있던 호연패에 대한 의문이 풀리는 순간이었다.

들키면 치도곤을 당할 일이었으나 란주 분타의 개방도들을 이끌고 어디론가 나서는 호연패를 유옥은 계속 그 뒤를 몰래 따랐다. 궁금함도 컸지만 어제저녁부터 이어진 호연패의 저간의 행위는 유옥과의 결별을 의미하고 있다는 것을 유옥은 알았다. 그것도 다시는 볼 수 없는 결별을.

호연패가 인정머리없는 사람이 아니었으므로 유옥을 방치한 채 떠난 것은 아니었다.

이미 유옥은 거지로서 빌어먹고 사는 데 아무런 지장이 없었다. 자신은 유옥이 빌어온 음식을 축이나 내고 있는 식객이었으므로 자신이 없어지는 것은 유옥에게 짐을 들어주는 일일 터였다.

하지만 유옥에게 호연패는 다른 의미였다.

애담평의 개울가에서 자신의 목숨을 구해줄 때부터 호연패는 유옥의 희망이었다.

그를 식구로 받아들이려 하지 않았고, 자신이 빌어다 주는 음식을 가만히 들어앉아서 축이나 내는 사람이었지만, 유옥은 호연패가 범상치 않은 사람이라는 것을 알고 있었다.

호연패는 단순히 개에게 물리지 않는 법이라며 가르쳤지만, 유옥은 자신이 두꺼비가 누워 있는 이상한 자세를 하고 배운 것이 호연패처럼 범상치 않은 사람을 향해 가는 첫걸음으로 인식했다.

그리고 호연패는 유옥이 예상했던 대로 개방도들이 굽실거리는 범상치 않은 사람으로 밝혀졌으며, 호연패는 유옥에게 더 절실한 희망이 되었다.

가진 것 없는 부모 밑에서 태어나 밥 굶는 것을 밥 먹듯이 하면서 자랐던 유년, 그리고 밥은 굶지 않았으나 가장 더럽고 천한 신분으로 자란 지난 삼 년, 이제 열여덟. 어른이 되어가는 과정에서 만난 호연패야말로 자신을 새로운 인생 길로 인도해 줄 사람으로 굳게 믿었던 것이다.

란주에서 이곳 막수나루까지의 백오십 리 길을 호연패와 방개 등이 하룻밤 만에 올 수 있었던 것은 칠성신보(七星神步)를 발휘했기 때문에 가능했다.

칠성신보는 취리행편보(醉裏行便步)와 더불어 개방의 일결제자가 되면 익힐 수 있는 두 가지 경신술 중 하나로 백의개가 익히는 유일한 경신술인 탈견보보다는 족히 두 배는 빠른 경신술이었다.

유옥은 호연패 등이 칠성신보를 발휘해 달렸지만 크게 뒤떨어지지 않고 그들을 미행할 수 있었다. 그것은 유옥이 오천산에서 토끼를 쫓으며 산을 달리고, 또 달리는 사이 경신술이 부쩍 늘어 있었기 때문에 가능했다.

처음으로 토끼를 잡았던 그날 이후로도 유옥의 토끼 사냥은 계속되었고, 횟수가 거듭될수록 토끼를 쫓은 거리는 짧아졌고 시간도 훨씬 줄어들었다. 그만큼 유옥의 경신술이 늘고 있었으나 유옥은 토끼를 쫓고 토끼를 잡는 그 자체에만 몰두해 있어서 그것을 특별하게 깨닫고 있지 못하고 있었던 것이다.

탈건보보다 두 배나 빠른 칠성신보를 큰 부담 없이 따라붙었다는 것은 유옥의 경신 능력도 두 배 이상 증가해 있다는 것을 의미했다.

그리고 유옥이 자신을 향해 빗발처럼 쏟아지던 홍응살수들의 화살을 피해낼 수 있었던 것은 풀숲에 숨어 있는 그루터기와 앞을 막는 나뭇가지들을 피해 탈건보를 시전할 수 있는 법을 숙련한 덕이었다.

풀숲에 가려 잘 보이지 않는 그루터기를 간파하느라 유옥의 신경은 송곳처럼 예민하게 발달해 있었고, 쏜살처럼 달리는 앞으로 닥쳐드는 나뭇가지들을 순간적으로 피하느라 유옥의 반사신경 또한 번개처럼 빨라져 있었던 것이다.

그렇게 예리해진 감각과 번개처럼 반응하는 반사신경에 경공 능력까지 보태져 유옥은 비처럼 퍼부어지는 화살들을 피하는 능력까지 갖춘 능력자가 되어 있었던 것이다.

넋을 잃고 물가에 앉아 있던 호연패는 한 시진쯤이나 되는 시간이 지난 뒤에야 자리에서 일어났다.

그리고 물가로 나 있는 길을 따라 비틀비틀 걸어갔다.

언제나 형형하던 두 눈은 초점을 잃은 채 흐려져 있었고, 힘을 잃은 하지는 한 걸음 한 걸음이 불안하게 흔들렸다.

호연패가 따라오라는 말은 하지 않았지만 유옥은 말없이 그런 호연패의 뒤를 따라갔다.

새벽부터 정신없이 호연패를 미행하느라 유옥은 종일 먹

은 것이 없었다. 란주의 잠망천에서 호연패가 끌고 온 개를 개방도들이 구울 때에도 개울가의 바위 뒤에 숨어서 침만 삼키고 있었다.

호연패의 뒤를 따르던 유옥의 눈에 길가 넝쿨에 주렁주렁 달려 있는 붉은 산딸기가 보였다.

유옥은 신 침을 삼키며 잽싼 동작으로 주섬주섬 산딸기를 땄다.

한 줌이 된 산딸기를 입으로 털어 넣으려던 유옥은 잰걸음으로 저만치 앞에서 휘청휘청 걸어가고 있는 호연패를 향해 다가갔다.

"이것 좀 들어보시죠, 왕초."

잰걸음으로 다가간 유옥이 불쑥 손에 쥐고 있던 산딸기를 호연패의 앞으로 내밀었다.

"······."

산딸기의 새콤한 향이 종일 아무것도 먹지 않은 호연패의 후각을 자극했다.

본능적으로 유옥이 내민 산딸기를 받아 쥔 호연패가 한입에 산딸기를 털어 넣었다.

"넌… 이제 네 가고 싶은 대로 가도 된다."

산딸기를 우적우적 씹으며 퉁명스런 한마디를 던지고는 다시 호연패가 가던 길을 걸어갔다. 여전히 흔들리는 걸음, 광채를 잃은 눈빛으로.

"……."

유옥이 잠시 걸음을 멈추고 휘적휘적 걸어가는 호연패의 뒷모습을 바라보았다.

"넌… 이제 네 가고 싶은 대로 가도 된다."

유옥이 느꼈던 대로 호연패는 마음은 그 한마디에 속절없이 담겨 있었다.

유옥은 더 이상 호연패에게 무연(無緣)한 존재였으며, 필요 없는 존재였다.

하지만 사람의 연(緣)이라는 것은 한 사람의 뜻대로 되는 것은 아니다. 두 사람이 하는 것이기 때문이다. 그리고 그 두 사람 중 한 사람, 유옥은 결단코 이 인연을 끊어서는 안 된다고 생각하고 있었다.

절대로 호연패를 포기해서는, 호연패와 떨어져서는 자신의 미래는 없다고 생각하는 유옥이 결연한 발걸음을 뗐다.

그 발걸음은 저만치 멀어지고 있는 호연패의 뒤를 향하고 있었다.

第五章

견우자(犬友子) 팽충

◉ 견우자(犬友子) 팽충 ◉

　누워 있는 소의 모습을 닮은 와우산(臥牛山)은 란주와 천수 사이, 반원을 그리며 흘러가는 황하의 지류인 막수(漠水)에 반신을 담근 채 똬리를 틀고 있었다.

　그곳에서 멀지 않은 곳에 내몽고의 대초원이 있었고, 무리에서 낙오한 가축들과 갖가지 설치류는 늑대에게 좋은 먹잇감이 되었다.

　하지만 초원이 얼어붙고 가축들은 막사 안으로, 설치류는 깊은 굴속으로 몸을 감추는 겨울이 오면 늑대들은 와우산으로 모여들었다.

　그곳의 수많은 바위굴 속에서 늑대들은 새끼를 낳았다.

하지만 이 년 전부터 어쩐 일인지 겨울이면 와우산에서 우글거리던 늑대들이 자취를 감추어 버렸다.

대신에 들개들이 들끓기 시작했다.

원래 늑대를 잡아 가축화한 것이 개이고, 개가 집을 나가 들짐승이 된 게 들개였다.

그렇게 따지고 들면 같은 종자일 수도 있겠으나 사람들에 의해 야성이 순화된 들개는 늑대의 상대가 될 수 없었다.

하지만 어쩐 일인지 와우산에선 들개들에게 밀려 늑대들이 종적을 감춘 것이었다.

이 년 전 겨울부터 와우산에선 늑대의 울음소리를 다신 들을 수 없었고, 어딜 가나 들개 짖는 소리가 진동했다.

오늘도 키 큰 갈참나무가 빽빽한 와우산의 한 숲 속에서 들개들이 짖어대는 소리가 들렸다.

그런데 그 소리는 여느 때와 같은 산 주인으로서 기세 높은 울부짖음이 아니라 처절한 들개들의 비명 소리였다.

깨갱깽! 퍽퍽퍽!

와우산의 갈참나무 숲 속에서 호연패의 구골대가 사정없이 휘둘러지고 있었고, 그 구골대에 얼룩이, 점박이, 흰둥이, 검둥이 등 갖가지 모양의 들개들이 처절한 비명과 함께 골통이 아작나고 있었다.

그래도 개들은 불속으로 뛰어드는 나방처럼 무모하게 호연패에게 달려들었고, 호연패의 구골대는 위력을 더하며 더 신명나게 휘둘러졌다.

"풍구난타(風狗亂打)! 바람난 개 때려잡기!"

"광구열반(狂狗涅槃)! 미친개 저승 보내기!"

"취구번신(醉狗翻身)! 술 취한 개 집어 던지기!"

구골대를 휘두르는 호연패의 입에서 연신 취리타구봉법의 초식이 발악하듯 튀어나왔으며, 그와 함께 골이 빠개져 나뒹구는 개의 수가 한정없이 늘어가고 있었다.

일방적인 살육이었지만 개들과 호연패의 난전이 끝난 것은 족히 두 시진이 지난 뒤였다.

"퉤! 하여간 팽충, 이 작자는 개 끌어 모으는 데는 뭐 있다니까!"

개들의 피에 온몸이 홍건히 젖은 채로 널브러져 있는 개들을 향해 호연패가 가래침을 뱉었다.

"고래로부터 개하면 우리 거지의 원수인데, 늘 그놈의 개들과 벗을 하니 견우자(犬友子)란 같잖은 별호를 달고 살지!"

호연패가 잔뜩 불만 어린 얼굴로 한마디 더 뱉아내곤 다시 오르던 산길을 오르기 시작했다.

저만치서 개들과의 난전을 우두커니 지켜보고 있던 유옥도 호연패를 따라 움직였다.

"따라오지 말라고 했잖느냐, 이놈아!"

호연패가 그런 유옥을 돌아보며 버럭 역정을 냈다.

"왕초께서 개방의 장로시라면 제게 개방도 명찰 하나 달아주는 건 그리 어려운 일이 아니잖아요. 다른 거 말고 개방도만 되게 해줘요, 왕초. 예?"

유옥이 자신의 두 손을 맞잡은 채 울상까지 지으며 사정을 했다.

"이렇게 뜯고 난 개뼈다귀처럼 내팽개쳐지려고 한겨울 내 발품 팔아가며 왕초 수발 든 게 아니잖아요! 이건 정말 너무 억울하다구요, 씨!"

애원이 안 먹히자 이번엔 협박까지 했다.

이곳까지 오는 동안 유옥은 호연패와의 인연을 끊지 않는 법에 대해 생각했고, 유옥은 그 방법이 자신이 개방도가 되는 것으로 결론을 내렸다.

"그놈 참."

그런 유옥을 어이없다는 표정으로 바라보던 호연패가 가던 길로 다시 몸을 돌렸다.

"따라오든 말든 네 마음대로 해라. 하지만 난 지금 네놈 사정을 들어줄 만한 경황이 없다."

단호히 말하며 산길을 오르는 호연패의 뒤를 유옥은 또 그만큼의 거리를 두고 따르기 시작했다. 호연패가 일부러 유옥의 다리를 분질러 놓기 전에는 유옥은 호연패를 따르는 것을 포기하지 않을 것이다. 다른 건 몰라도 한번 의지를 다지면 끝까지 가는 유옥이었으므로.

와우산의 안쪽, 누운 소로 치면 겨드랑이 어림쯤 되는 아늑한 골짜기 안에 한 채의 초옥이 똬리를 틀고 있었다.

초옥의 마당엔 아까 호연패와 난전을 벌였던 개들과 마찬가지의 검둥이, 흰둥이, 얼룩이, 점박이 등 갖가지 종자의 개 수십 마리가 산등성이의 독기 어린 개들과는 달리 풀어진 눈빛으로 하릴없이 뒹굴고 있었고, 저녁이라도 짓는 듯 초옥의 굴뚝으로 잿빛 연기가 피어오르고 있었다.

"쯧! 도대체 팽충, 이 작자는 무슨 묘수를 쓰기에 개새끼들을 살견(殺犬)으로 만들었다 충견(忠犬)으로 만들었다 제 맘대로 하는 거야? 다 팽충이 부리는 개들이 분명한데, 아까 개새끼들은 사람을 잡아먹겠다고 살기등등하더니 여기 개새끼들은 물먹은 솜처럼 풀어져 있네?"

낯선 사람을 보면 짖어야 하는 개의 소임을 저버린 채 뒹굴고 있는 개의 모습에 호연패가 고개를 갸웃하며 인상을 찌푸렸다.

그때 초옥의 나무문이 삐이걱 소리를 내며 열리고, 불룩한 배에 때에 절은 앞치마를 두른, 딱 중국집의 주방에서 오래 굴러먹은 주방장 행색의 노인 한 명이 모습을 보였다.

그리고 문을 열고 선 그 노인은 이미 마당에 들어서 있는 호연패 너머 마당의 입시에 엉거주춤 서 있는 유옥에게로 감회 어린 시선을 주고 있었다.

"정말… 헌앙한 장부로 성장하셨구나!"

한순간에 유옥의 모습이 노인의 눈에 가득 담기며 이내 노인의 눈가에 설핏 눈물이 어렸다.

초옥 안에서 성큼성큼 걸어나온 노인이 호연패는 거들떠보지도 않고 지나쳐 유옥 쪽으로 걸어갔다.

그리고 다짜고짜 유옥의 얼굴에 퉤퉤퉤! 세 번 가래가 섞인 묵은 침을 세차게 뱉었다.

오랜만에 반가운 사람을 만났을 때 존경의 염(念)을 담아 하는 개방 전래의 인사법, 바로 토구수(吐口水)였다.

"어? 내 얼굴이 그렇게 더러워요?"

졸지에 노인의 침을 얼굴에 잔뜩 맞은 유옥이 팔뚝으로 얼굴을 닦으며 황망히 뒷걸음질쳤다. 사람들이 더러운 것을 보면 침을 뱉듯 노인이 자신의 얼굴에 침을 뱉은 것은 자신의 얼굴이 너무 더러워서 하는 표현이라고 받아들인 것이었다.

"이봐, 팽충. 그놈은 진산 후개가 아닐세."

돌연 들려온 호연패의 말에 유옥의 앞에서 환하게 피어 있던 노인의 얼굴이 멈칫 굳어졌다.

"그, 그게 무슨 말인가? 진산 후개가 아니라니?"

노인은 개방 십대장로 중 한 명인 견우자 팽충이었고, 그 역시 아주 오래전부터 진산이 돌아오길 손꼽아 기다리던 오의파 사람 중 한 명이었다. 팽충이 유옥과 호연패를 번갈아 보며 어리둥절한 얼굴이 되었다.

초옥의 안, 구석에 걸려 있는 커다란 무쇠 솥에서 부글부글 물이 끓는 소리가 나며 허연 김이 오르고 있었다.

유옥은 거기서 나는 구수한 냄새로 개 한 마리가 거슬려져 통째로 삶아지고 있다는 걸 알 수 있었다. 견우자 팽충이 목메이게 기다리던 진산을 위해 만들어지고 있던 요리이리라.

"후우! 그럼 진산 후개도 곡 장로도 다신 개방으로 돌아올 수 없는 변괴를 당한 것이란 말인가!"

초옥 안의 낡은 나무 탁자에 마주 앉아 호연패의 말을 다 듣고 난 팽충이 긴 한숨을 내쉬었다.

"제기랄! 난 그런 줄도 모르고 올라오는 길에 대성(大成)한 무공으로 몸 좀 풀라고 독랄하게 길들여 놓은 투견들을 내려 보냈는데……."

올라오는 길에 무작정 호연패에게 대들었다가 몰살당한 개 떼를 말하는 모양이었다.

"그것들은 내 구골대에 모두 아작이 났네. 덕분에 가슴에 쌓인 울화가 많이 풀렸어."

탁자 위에 놓인 구골대를 들어 보이며 호연패가 말했다.

"뭐야? 내가 어떻게 길들인 개들인데… 자네가 기분 풀이로 아작을 냈다고?"

"그럼 다짜고짜 대드는 개들을 그냥 놔두란 말인가?"

"당연히 내 개들이라는 걸 알았을 거 아닌가? 그렇게 다 패 죽일 필요까지는 없었잖나, 이 사람아!"

"가뜩이나 기분이 엉망인 판에 이빨을 내놓고 대드는 개새끼들을 어떻게 그냥 두나?"

탁자에 마주 앉은 두 노인이 개 문제로 논쟁을 벌이는 사이, 한쪽 구석에 놓인 통나무를 생으로 잘라 만든 받침에 엉덩이를 걸치고 앉은 유옥은 더욱 구수하게 번지는 구육탕의 냄새에 침을 꿀꺽 삼키며 흰 김이 오르는 솥을 바라보고 있었다.

'저거, 저러다 다 졸겠다!'

와우산에 밤이 깊었다.

우오오오―

어디선가 늑대의 긴 울음소리가 아련히 들려왔다.

진산 후개와 곡반괴 장로가 오면 내놓으려고 작년 여름에 담았던 머루주가 담긴 단지의 술이 거의 비어가고 있었다.

"크으, 우라질! 그럼 이대로 우리 오의문은 끝이란 말인가!"

머루주를 단숨에 들이킨 뒤 거칠게 탁자에다 술잔을 내려놓으며 팽충이 장탄식을 했다. 탁자 위에는 초저녁부터 무쇠솥에 통으로 넣고 끓였던 개에서 뜯어낸 뒷다리가 놓여 있었는데, 치밀어 오른 울화로 안주는 먹지 않고 술만 들이켜 대는 통에 투실투실한 견육이 그냥 붙어 있었다.

"오의파만 끝인가? 개방도 끝장일세! 정의파의 반도들이

개방을 이끌어간다면 그게 어디 개방인가? 꽃 화(花) 자, 화방
이지!'

팽충과 함께 탁자에 마주 앉은 호연패의 탄식도 이어졌다.

"우라질! 나는 이제 개방의 장로고 뭐고 다 그만두고 여기
서 개나 키우며 살라네. 좀 미련하긴 해도 개가 사람보다 나
은 것도 많아. 배신 같은 것도 안 때리고, 잔머리도 안 굴리
고."

소피가 마려운 듯 아랫도리를 움치며 팽충이 자리에서 일
어섰다.

문 쪽으로 몸을 돌리던 팽충의 시선에 문 쪽의 구석 자리에
앉아 개 다리 하나를 뜯고 있는 유옥이 들어왔다.

"어? 저놈이 언제……?'

팽충의 의혹 어린 시선이 저만치 구석에 놓여 있는 개가 삶
겨지던 무쇠 솥으로 향했다.

식은 김이 오르고 있는 그 무쇠 솥엔 아직도 익혀진 개가
통째로 담겨 있었는데, 가장 맛난 부위인 뒷다리 두 개가 뜯
겨져 나가 있었다. 물론 하나는 일찌감치 두 사람이 안주로
하려고 뜯어냈었는데 자신이 모르는 사이에 유옥이 남은 뒷
다리를 뜯어온 모양이다. 개고기가 담긴 무쇠 솥은 유옥 쪽에
서 두 사람이 술을 마시고 있던 탁자 건너에 있어 다리를 뜯
으려면 두 사람을 지나쳐 갔다 와야 하는데, 팽충은 그런 낌
새를 전혀 눈치 채지 못했다. 그것에 대해 팽충은 놀라고 있

는 것이었다.

"이런 경우가 어딨어요, 씨! 왕초 쫓아오느라 종일 굶었는
데 개를 통으로 삶아 먹으면서 한 점 먹어보란 말도 없다니,
쳇!"

팽충이 허락없이 개 다리를 슬쩍한 자신을 질책하려는 줄
안 유옥이 개 다리를 뜯는 것을 멈추지 않으며 미리 항변했
다.

"자네, 이놈이 솥에서 개 다리를 뜯어가는 걸 봤나?"

"아니."

팽충이 혹시나 호연패는 보지 않았을까 싶어 유옥을 가리
키며 호연패에게 물었다. 하지만 호연패도 보지 못한 듯 고개
를 저었다.

"……."

유옥은 먹을 때는 개도 안 건드린다는 속언을 믿는 듯, 아
니면 빼앗기기 전에 조금이라도 더 살점을 뜯겠다는 듯 개 다
리를 입에서 떼지 않고 열심히 뜯어댔다. 그런 유옥을 팽충이
믿을 수 없는 표정으로 다시 보고 있었다.

"저놈에게 경공을 가르쳤나?"

팽충이 호연패에게 다시 물었다.

"툭하면 개에게 물리길래 탈견보는 가르쳐 줬네."

개방에 정식으로 입문한 사람이 아니면 개방의 무공을 가
르치면 안 되는 것은 개방의 절대 방규였다. 방규를 어긴 것

에 대한 변명이라도 하듯 호연패의 입에서 한 번밖에 개에게 물린 적이 없는 유옥의 일이 툭하면 물린 걸로 부풀려졌다.

"탈건보밖에 가르쳐 주지 않았다고? 우리가 좀 술이 좀 취해 있긴 했지만 두 눈 멀쩡히 뜨고 있는 우리를 지나서 개 다리를 뜯어간 걸 어떻게 설명할 건가? 최소한 저건 개방 최고 신법 중의 하나인 취리표홀신법(醉裏飄忽身法) 정도는 익혀야 가능한 일인데……."

팽충이 유옥을 가리키며 우렁우렁한 목청으로 호연패에게 해명을 구했다.

"그게… 저놈이 좀… 경공에 남다른 재질이 있는 것 같긴 해."

짧은 순간이지만 유옥의 전과를 생각하며 호연패가 자신도 이해되지 않는다는 표정을 지었다.

오천산에서 열 마리가 넘는 토끼를 발로 쫓아가 잡으면서 유옥은 다른 방법으로 토끼를 잡는 것에 대해서도 생각해 보게 되었다.

그것은 쫓아가서 잡는 것이 아니라 토끼에게 몰래 다가가서 잡는 것이었다. 아무리 탈건보를 발휘한다 해도 달려가서 잡는 것은 얼마만큼의 땀을 흘려야 했고, 그루터기를 피하고 나뭇가지들을 피하는 데 숙련이 되어 있어도 어느 정도의 위험은 감수해야 했다. 토끼 몰래 토끼에게 다가가 잡을 수 있다면, 그렇게만 할 수 있다면 정말 땀 한 방울 안 흘리고 아무런 위험 부담 없이 토끼를 잡게 되는 것이다.

유옥은 오천산에서 몇 차례에 걸쳐 그런 시도를 했다.

숨을 죽이고 발소리를 낮추어 풀을 뜯고 있는 토끼에게 다가가곤 했는데, 처음에는 몇 걸음 떼기도 전에 토끼가 눈치를 채곤 도망을 갔지만 회가 거듭될수록 토끼가 눈치 채는 거리는 가까워졌다.

마지막에는 손을 뻗어 거의 토끼의 귀를 낚아챌 뻔한 정도까지 발전했다.

유옥은 모르고 있었지만 그러한 일련의 행동들은 유옥 자신의 경신술이 발전하는 데 크게 기여하고 있었다.

개방에 취리표홀신법이라는 경신술이 있었는데, 그것은 아지랑이처럼 소리 소문 없이 상대에게 다가서는 신법이었다. 숨소리와 발소리, 몸이 가동되느라 나는 모든 소리를 죽이고 상대가 모르게 상대에게 접근하는 신법. 거기에 바람 같은 속도까지 가미된 것이었으니 유옥이 토끼에게 몰래 다가가는 것과는 수준의 차이가 있었지만, 어쨌든 그 노력은 지금 두 장로 몰래 익은 개의 뒷다리를 뜯어 오는 성과를 거두게 한 것이었다.

바로 그 순간,

파앗!

초옥의 바닥을 박차고 유옥을 향해 팽충의 몸이 빗살처럼 쏘아져 갔다.

개방의 최고 신법 중 순간적인 빠르기로만 치자면 가히 최고라 할 수 있는 취리비천신풍(醉裏飛天神風)이었다.

빗살처럼 쏘아져 간 팽충의 손이 번개같이 움직여 유옥의 멱살을 낚아챘다.

아니, 그렇게 보였다. 하지만 팽충의 손이 낚아챈 것은 유옥의 멱살이 아니라 유옥이 뜯고 있던 개 다리였다.

"정말 치사하시군요! 아무리 식탐이 대단한 두 분이지만 충분히 드시고 남을 양이 분명한데 개 다리 하나도 양보하지 못하시겠다는 건가요? 나참!"

어느 사이, 개 다리를 들고 황망해하고 있는 팽충에게서 두 장쯤 옆으로 몸을 피한 유옥이 툴툴댔다.

"보았나, 이놈이 내 취리비천신풍을 피한걸?"

믿을 수 없는 얼굴의 팽충이 호연패를 돌아보며 확인하듯 물었다.

"그, 그런 것 같군."

일견 믿을 수 없는 표정으로, 일견 어리둥절한 표정으로 호연패가 고개를 끄덕였다.

와우산의 밤이 더 깊어졌다.

반달은 서산으로 기울었고, 마당의 개들도 배를 바닥에 깔고 풀린 눈으로 쉬거나 잠들어 있었다.

오랜 여행으로 지친 유옥이 초옥 안의 구석 자리에 만들어져 있는 낡은 침상에 널브러져 곯아떨어져 있는 게 보였다.

그때 호연패는 팽충과 함께 초옥 뒷마당의 한쪽에 만들어져 있는 우리 안에서 희한한 구경을 하고 있었다.

지름이 십 장쯤 되어 보이는 우리 안에 정확히 열여섯 마리의 개가 들어 있었는데 열다섯 마리는 모두 암캐였고, 한 마리만이 수캐였다. 그리 크지 않은 덩치에 핏빛 같은 붉은색을 띠고 귀가 토끼처럼 큰, 좀처럼 볼 수 없는 특별한 종자였다.

더 특별한 것은 그 붉은 개의 아랫배에 달려 있는 양물이었다.

불뚝 솟아올라 표피 밖으로 모습을 드러낸 그것은 말의 그것이라고 해도 과언이 아닐 정도로 엄청난 크기를 자랑했는데, 양물을 휘감은 핏줄이 넘치는 양기를 이기지 못하는 듯 실룩거리고 있었다.

그 양물을 단 채 붉은 수캐는 깽깽! 똥 마려운 표정에 고통스런 소리를 내며 암캐들의 꽁무니를 따라다니고 있었다.

"뭔 개새끼 물건이 저렇게 커?"

그것을 보며 호연패가 신기한 듯, 부러운 듯 옆의 팽충의 옆구리를 팔꿈치로 툭 쳤다.

"저 붉은 수캐는 적견(赤犬)이라 불리며 귀주의 금불산에서만 사는 귀한 종자인데, 특별히 다른 개에 비해 엄청난 양기를 자랑한다네. 보통 수캐는 한 마리가 암캐 몇 마리를 상대하는 게 보통이지만 저놈은 암캐 수백 마리를 상대하지."

그런 적견을 보며 팽충이 음충한 웃음을 지었다.

"뭐라고? 수십 마리도 아니고 수백 마리를 상대해?"

호연패가 눈을 크게 뜨며 붉은 수캐를 다시 보았다. 부러움
과 한편으론 놀라움이 담긴 얼굴로.

"흐흐, 왜, 부럽나?"

팽충이 음충스런 미소를 지은 채 호연패의 옆구리를 팔꿈
치로 툭 쳤다.

"부럽긴, 이 사람아. 하여간 대단한 양물이구먼. 말하고 견
주어도 뒤질 게 없겠어. 그런데 왜 저놈은 양물을 잔뜩 세우
고 죽을상으로 낑낑거리고만 있나? 같이 있는 것들이 다 암캐
이고 올라타기만 하면 될 것 같은데……."

호연패가 우리 안을 살피며 이해할 수 없다는 표정을 지었
다.

"흐흐, 그렇긴 하지. 이 우리의 암캐들은 모두 잔뜩 발정이
난 것들이지. 암내를 풀풀 풍기고 질은 헤벌레 벌어져서 수컷
의 그것을 받아들일 준비가 되어 있는 것들이지. 그런데 내가
그 짓을 못하게 해놓았네. 자세히 보아야 알겠지만 암컷들의
질구를 내가 단단히 틀어막아 놓았어. 마 조각으로 말이야."

다시 음충스런 웃음을 지으며 팽충이 말했다.

"아니, 왜?"

호연패가 도무지 어이없고 이해 안 된다는 표정을 지으며
팽충을 바라보았다.

"구양발양환단(九陽發陽丸丹)을 만들기 위해서이네."

팽충의 얼굴이 음충한 웃음이 거두어지며 잔뜩 진중한 얼굴이 되었다.

"구… 구… 구양발양환단이라고? 그… 그럼……?"

믿을 수 없는 얼굴로 눈이 커진 호연패가 놀라움과 충격으로 말을 더듬었다.

"이미 말했듯이 저 적견은 수많은 개 종자 중에서도 출중한 양기를 가진 개 종자라네. 수백 마리의 암캐를 혼자 상대할 정도니까 말이야. 알다시피 암캐들은 발정이 나면 수캐의 양기를 불뚝거리게 만드는 요상한 암내를 피우거든. 그 암내를 맡으면 수캐는 양기가 더욱 충만해지고 정액을 배설하고 싶어 죽을 지경이 되지. 더구나 그런 암내를 풍기는 열댓 마리의 암캐가 자기 앞에서 엉덩이를 살랑대니 얼마나 양기가 복받치겠나. 그런데 암캐들은 모두 질구가 막혀 있어 그 짓을 할 수는 없고, 정말 죽을 맛이지. 결국 저런 상황을 만들어놓으니까 적견은 식음을 전폐하고 불뚝이는 양기를 참지 못하고 끙끙대다가 제풀에 지쳐서 한 보름 만에 죽어버리더군. 아주 피골이 상접한 채로 몸의 기운이란 기운은 양물로 모두 쏠린 채로 말이야."

적견에 시선을 둔 채로 팽충의 긴 설명이 이어졌다.

"그래서… 저놈의 양물이 저렇게 커진 건가? 기운이 양물로 몰려서?"

호연패가 적견의 팔뚝 같은 양물에서 시선을 떼지 못하며 물었다.

"그렇다네. 원래 적견의 양물이 크기도 하지만 몸의 기운이 몰려서 두배쯤 커진 거야. 암캐들과 우리에 넣은 지 열흘쯤 됐는데 저놈도 하는 꼴을 보니 며칠 못 가서 꽥, 할 것 같군."

"그럼 저 적견을 이용해서 구양발양환단을 얻는다는 얘긴가?"

"그렇다네. 적견이란 놈이 가뜩이나 양기가 충만한 짐승인데다가 보름을 그 생각만 하며 끙끙대니 또 얼마나 많은 양기가 생성되겠나? 더구나 저 양물엔 하고 싶은데 할 상대는 코앞에서 남실거리는데, 그런데 하려고 해도 해도 하지 못하는 적견의 처절한 한까지 쌓여져서 엄청난 양기가 축적되게 되지. 적견이 죽자마자 적견의 모든 양기와 한이 담긴 저 양물을 잘라서 백 가지 양성(陽性) 약초와 함께 뜨거운 불에 보름을 우려서 하나의 환단으로 만들어낸 것이 바로 구양발양환단이라네."

구양발양환단은 전설처럼 무림에서 전해져 오는 일종의 정력제였다.

그것 한 알만 먹으면 팔십 골골 노인도 열 계집을 상대할 수 있다는 말이 있을 정도였다.

일반인들은 구양발양환단을 정력제로 쓰기 위해 침을 흘

렸지만 무림인은 공력을 높이는 데 이용하기 위해 침을 흘렸다.

정력과 공력은 성질의 차이가 있기는 하지만 다 같은 체내의 기운인 것이다.

정력이 고환에 모이고, 공력은 단전에 모이는 차이가 있다. 또 정력이 양근(陽根)을 통해 힘이 발휘되고, 무공이 사지를 통해 힘이 발휘되는 차이가 있지만 무공의 고수는 정력이라도 얼마든지 공력으로 환원할 수 있는 능력을 가지고 있는 것이다.

그래서 도가의 일부 사이한 도사나 요사한 문파의 사람들이 방중술(房中術)이라는 정력 증강법을 이용해 정력과 공력을 한꺼번에 높이는 연구를 시도하곤 했던 것이다.

"그럼 자네가 견우자 소리를 들어가며 개들과 친하게 지낸 게 다 구양발양환단을 만들기 위해서였단 말인가?"

심히 감탄해 마지않는 표정으로 호연패가 물었다.

"그렇네. 사실 구양발양환단은 무림에 구언으로만 전해져 내려오는 비약이었고, 그 제조 비법은 개에 있다는 것밖에 더 알려져 있는 게 없었지 않나. 난 오랜 세월 개들과 동고동락하며 구양발양환단의 제조 비법을 연구해 왔고, 그 비법을 알아낸 순간 이곳에 와서 열심히 구양발양환단을 만들어왔지."

"그럼 꽤 상당량을 만들었겠군. 자네가 개 떼를 끌고 이곳에 들어온 것은 삼 년 전이지 않은가?"

기대에 찬 얼굴로 호연패가 물었다.

"그렇지. 다른 개종자들로도 시험해 보았지만 구양발양환단은 적견으로만 가능하더군. 적견을 구하기가 워낙 힘들어 그간 딱 다섯 개밖에 만들지 못했네."

"다섯 개나 만들었다고?"

호연패의 감탄이 이어졌다.

"정말 자네, 정성이 대단하이. 그런데 어쩐단 말인가? 진산 후개와 곡 장로의 행방이 묘연하니……."

감탄 뒤로 호연패의 깊은 탄식이 이어졌다.

구양발양환단 하나를 정력제로 복용하면 한꺼번에 백 명의 여자를 상대할 수 있는 정력을 취할 수 있고, 공력제로 사용하면 오 년 공력을 얻을 수 있다고 하였다. 다섯 개를 복용한다면 일시에 이십오 년 공력을 취할 수 있는 것이다.

작금의 개방엔 열 명의 장로가 있었다.

그중 다섯 명의 장로는 오의파였고, 나머지 다섯은 정의파였다.

양 파의 다섯 장로는 양 파의 명운이 걸린 오정대연을 위해 그간 절치부심 준비를 해왔고, 팽충도 곡반괴, 호연패와 더불어 오의파 장로 중 한 명으로 이곳 와우산에서 진산을 위해 구양발양환단을 만들어왔다는 것을 호연패는 알았다.

사실 호연패가 란주의 다리 밑에서 한겨울을 보내며 심혈을 기울여 수련했던 옥현귀진신공도 전이대법(轉移大法:자신의 공력을 남에게 전해주는 대법)을 통해 천산에서 귀환하는 진산에게 주기 위해 준비되어졌던 것이다.

전이대법을 통해 자신의 공력을 남에게 넘기게 되면 공력을 넘겨준 사람은 단전에 치명적인 손상을 입어 폐인이 되거나 절명하는 사단을 면치 못하는 게 일반적인 일이기 때문에 보통 전이대법은 자신이 운명하는 순간에나 시행되는 게 보통이었다.

그런데 호연패는 경락을 닫고 혈을 옮기는 상승 비법인 폐경이혈(廢經移穴)을 연구하다 우연히 자신의 몸속에 또 하나의 단전을 만드는 비법을 터득하게 되었다.

또 하나의 단전을 만든다는 것은 공력을 담아두는 또 하나의 창고를 몸속에 만든다는 것이었고, 자신의 경혈이나 혈도들과 직접적으로 연관하지 않은 채로 공력을 담아두는 것이 가능하게 되었던 것이다. 그리고 호연패는 개방의 여러 가지 비전 신공 중에서도 가장 맑고 정수한 신공인 옥현귀진신공을 귀환하는 진산에게 선물하기 위해 또 하나의 단전에 담아두고 있었던 것이다.

하지만 호연패의 십 년 공력에 상당하는 옥현귀진신공과 이십오 년 공력에 상당하는 팽충의 구양발양환단이 준비되어 있었으되, 그것을 받을 손님이 오지 못한 것이다. 참으로 통탄할 지경임을 느끼며 호연패는 부르르 몸을 떨었다.

"저 아이를 이용해 보는 건 어떻겠나?"

그때 돌연히 들려온 팽충의 말이 호연패를 멈칫 굳어지게 하였다.

"저 아이라니? 무슨 말인가?"

호연패가 어리둥절한 표정으로 팽충을 바라보았다.

"진산 후개가 개방을 떠난 것은 십 년 전이고, 지금이면 저 아이와 비슷한 연배일 것일세. 자세히 뜯어보면 진산 후개와 면상이 좀 다르긴 하지만 왕성히 크는 아이의 얼굴이 십 년 세월에 안 변하는 게 이상한 거고. 그리고 잠깐 봤지만 저 아이의 무공 자질이 보통이 아닌 것 같네. 저 아이에게 오의파의 명운을 걸어보는 게 어떻겠나? 신법뿐이긴 하지만 무공에 대한 자질도 대단한 놈 같은데……."

팽충의 말인즉슨 유옥을 진산으로 둔갑시켜 오정대연에 출전시키자는 거였다. 십 년 세월 동안 진산의 얼굴을 본 사람은 아무도 없었고, 친부모가 아닌 다음에야 한창 자라는 아이의 십 년 전 모습을 가지고 현재의 모습을 유추하며 따지는 사람도 없긴 할 터이다.

"그, 글쎄… 그게 가능한 일일까? 오정대연은 겨우 보름밖에 남지 않았는데……."

돌연한 제의에 호연패가 황망한 표정으로 말을 더듬었다.

"우린 선택의 여지가 없네. 저놈에게 구양발양환단을 먹이고 보름간이라도 죽어라 무공을 가르치는 수밖에."

팽충이 더 토론할 여지가 없다는 듯 결연한 어조로 말하며 유옥이 널브러져 자고 있는 초옥의 뒷문을 향해 걸음을 떼고 있었다.

第六章

개방 진풍경

◉ 개방 진풍경 ◉

　개봉(開封)은 낙양(洛陽), 정주(鄭州)와 더불어 황하의 격랑
이 실어다 준 황토가 만든 평야에서 일어난 황하문명의 발상
지 중 한 도시이다.

　삼문협(三門峽)을 지나며 황하의 격랑은 잦아들고 개봉의
옆을 지나는 황하의 붉은 물은 잔잔한 가운데 강의 양쪽에 형
성된 평야의 옥토엔 온갖 작물들이 재배되고 있었다.

　하지만 황하의 남단에 형성된 개봉 시가로부터 더 남쪽으
로 삼십여 리 떨어진 벌판은 그 근방에선 드물게도 돌투성이
의 황무지였다.

　그래서 아무 짝에도 쓸모 없다는 뜻의 불용야(不用野)라고

불리는 그 벌판을 지나 그 불용야의 끝에 푸른 잎의 나무 한 그루조차 이고 있지 않은 돌무더기의 산, 아니, 산이라기보다는 언덕배기라고 해야 맞을 개망산(開忘山) 자락을 등지고 무림을 호령하는 구파일방(九派一幇) 중의 일방(一幇) 개방이 자리하고 있었다.

그 황막한 불용야를 가로질러 나 있는, 개방으로 가는 길이라 개향로(丐向路)라 불려지는 황막한 길을 작은 수레를 끌고 가는 젊은 승려가 있었다.

구 척 장신에 백오십 근은 족히 나갈 장대한 체구의 젊은 승려의 머리 위로 늦은 봄의 태양은 제법 뜨거웠고, 태양 빛을 민대머리로 고스란히 받는 젊은 승려의 얼굴과 몸은 땀에 젖고 먼지에 절어 있었다.

"헉헉!"

한참을 쉬지 못한 듯 벌어진 입에서는 더운 김이 토해져 나왔고, 쿵쿵 내딛는 발걸음은 무겁기만 했다.

젊은 승려가 끄는 수레는 수레이기보다는 한 사람을 태우기 위해 만들어진 일인용 탈것이라고 하는 것이 맞는 모양새였다.

거친 철로 만들어진 두 개의 커다란 바퀴 위로 사람이 딱 앉기 좋게 만들어진 목재 안장이 걸려 있었고, 그 안장에 덩치로만 보면 딱 젊은 승려와 같은 장대한 체구의 노승이 아주 편한 자세로 등받이에 몸을 기대고 앉아 있었다.

젊은 승려와 다른 점이라면 햇빛을 가리는 데 부족함이 없는 창이 넓은 죽립을 민대머리 위에 올려놓고 있었고, 손에서 놓아서는 안 될 물건인 듯 보이는 철장을 자신의 어깨에 비스듬히 걸쳐 두고 있었다. 더불어 죽립이 얼굴의 대부분을 가렸음에도 나이 먹은 노승임을 판별하는 데 부족함이 없는 숱 많은 백염이 배꼽 어림까지 늘어져 있었다.

"쉬고 싶으면 한 걸음이라도 빨리 개방까지 가는 게 좋을 거다. 내가 알기로 이 불용야를 다 지나도록 개방까지 쉴 자리라고는 딱히 없는 걸로 아니까."

비 오듯 땀을 흘리며 수레를 끌고 있는 젊은 승려의 뒷모습을 보며 수레 위의 노승이 미안한 기색 하나 없이 빙글거리듯 말했다.

"끙, 그런 것 같군요."

불만을 토로할 만도 하건만 젊은 승려는 당연히 해야 할 일이라는 듯 수레를 끌었다.

꼬르륵!

수레를 끄는 젊은 승려의 배에서 나는 창자 꼬이는 소리가 노승의 귀에까지 들렸다.

"한나절 넘게 가는 길이면… 아침이나 든든히 먹게 해주시지……."

다시 꼬르륵, 젊은 승려의 배에서 창자 꼬이는 소리가 나자 더는 못 참겠는지 젊은 승려가 한마디 불만을 토로했다. 불용야로 들어서기 전에 먹었던 아침이 부실했던 모양이다.

"꼬우면… 네가 사부 해라."

역시 하나도 미안해하지 않으며 수레 위에 편하게 누운 모습 그대로 노승이 얼굴 앞으로 달려드는 파리들을 손을 휘휘 저어 쫓으며 한가로이 말했다.

"허어, 이게 개방의 꼴새라니, 그것참…별꼴일세, 별꼴이야!"

젊은 승려가 끄는 수레에 얹혀 막 당도한 개방의 대문 앞에서 노승의 탄식이 터져 나왔다.

그도 그럴 것이, 두 사람의 눈에 들어온 개방의 꼴새는 정말 노승의 말대로 별꼴 그 자체였기 때문이다.

이미 오래전의 얘기지만 노승은 탁발승으로 바랑을 메고 중원 천지를 떠돌 때 지나는 길에 개방에 들른 적이 있었다.

개방과 소림은 서로를 명문정파로 인정해 주는 터였으므로, 빌어먹는 개방의 특성상 탁발승을 크게 환대해 주지는 못해도 박대하지는 않았다.

그때도 오의파와 정의파가 큰길을 사이에 두고 다른 모양을 한 집들을 나누어 쓰고 있었지만 이런 거창하고 이상한 담장이 둘러져 있지는 않았다.

그 담장의 모습은 실로 가관이었다.

가운데 우뚝 서 있는 대문을 기점으로, 왼쪽은 보기 좋게

네모로 깎은 대리석으로 담장을 쌓았고, 담장 위에는 하늘빛 청기와가 올려져 있었다. 그런데 오른쪽의 담장은 흙과 돌덩이를 아무렇게나 섞어서 쌓은 담장에 갈대 잎으로 엮은 이엉이 볼품없이 올려져 있었다.

담장뿐만 아니라 가운데의 대문도 마찬가지 형상이었다.

대문의 한가운데를 기점으로 왼쪽은 청기와가, 오른쪽은 갈대 잎의 이엉이 올려져 있었고, 왼쪽 문은 붉은 옻칠을 한 철문이, 오른쪽 문은 곧게 자르지도 않은 송판 몇 장을 얼기설기 대놓은 나무 문이 세워져 있었다.

그리고 그 대문 앞엔 명문 무가에서 흔히 볼 수 있는 모습대로 경비무사 네 명이 경비를 서고 있었는데, 왼쪽엔 붉은 무복을 제대로 갖춰 입은 두 명의 무사가 허리에 검을 차고 서 있었고, 왼쪽엔 누구나가 익히 알고 있는 거지 차림의 개방도 두 명이 나무 몽둥이를 들고 서 있었다. 정의파 두 명, 오의파 두 명, 경비무사까지도 똑같이 안배한 것으로 보였다.

"오의파와 정의파의 알력이 이 정도라니, 방주 홍동청이 골이 아파도 엄청 아프겠구나. 쯧쯧."

노승이 심히 마뜩치 않은 표정으로 혀를 찼다.

"어디서 오신 뉘신지요?"

그때 검을 찬 붉은 무복의 경비무사 중 한 명이 두 사람의 앞으로 나섰다.

"허어, 눈구멍으로 보면 모르느냐? 절에서 온 중이지 누구 긴 누구야?"

여전히 젊은 승려가 끌던 수레 위에 앉은 채 노승이 미간을 찌푸리며 말했다. 점잖은 호통이었지만 힘이 잔뜩 들어가 있었다.

"스님이라는 건 알겠는데, 무슨 볼일로 오셨습니까?"

조금도 물러날 기색 없이 붉은 무복의 경비무사가 노승을 향해 재차 물었다.

"볼일? 대체 언제부터 개방이 볼일 있는 사람만 드나들 수 있는 삭막한 곳으로 변했단 말이냐?"

부화를 못 참겠다는 듯 들고 있던 철장으로 땅을 쿵! 치며 노승이 소리쳐 되물었다. 묵직한 진동이 주변의 땅을 흔들었다.

"저… 그게… 외부인의 출입을 관장하는 저희 수위청(守衛廳)의 허락이 없이는 아무도 총단에 들어갈 수 없습니다. 안으로 들고 싶으시면 신분과 용건을 밝히고 절차에 따라 출입증을 받으십시오."

노승의 철장이 만들어낸 진동에 잠시 움찔하던 경비무사가 물러서지 않겠다는 의지를 보이듯 한 발 더 앞으로 나서며 말했다.

"허어, 통제라……. 사십 년 전에 노부가 이곳에 왔을 땐 이곳 개방엔 이놈의 담장이니 대문이니 하는 것도 없었다! 개나 소도 아무 제한 없이 드나들 수 있었던 곳이 개방이었단 말이다! 세인들에게 허물없던 개방이 어쩌다 이런 삭막지경이 되었단 말인고!"

개방의 변신이 못내 아쉬운 듯 노승이 하늘을 우러른 채 장탄식을 터뜨렸다.

"나, 일각(一覺)은 분명히 이곳의 방주 홍동청이 보낸 초대장을 받고 왔다! 거기에 응하느라 노구를 끌고 먼 길을 왔건만 사두마차를 끌고 마중을 나오지는 못할망정 문 앞에서까지 이 무슨 경우 없는 짓이냐!"

노승이 위엄을 세울 양인 듯 수레에서 내려서며 경비무사들을 향해 우렁우렁한 목소리로 호통치듯 말했다.

"방주님이 초대장을 보내서 왔다구요? 저희들은 방주전으로부터 아무런 기별도 받은 것이 없는데……. 그럼 그 초대장을 보여주시지요."

고개를 갸웃하던 경비무사가 손을 내밀었다.

결국 노승이 드디어 폭발했다.

"이, 이 떨거지 놈들이 정말!"

여기에 이르러 노승의 울화가 폭발했다.

"어른이 그렇다면 그런 줄 알 것이지! 내 이놈의 이상하게 생겨먹은 대문짝을 때려부수고 홍 방주의 상판때기를 직접 봐야겠다!"

쩌렁한 고함과 함께 노승이 치켜든 한 손으로 우우우웅! 붉은 기운이 감도는 강력한 진기가 모이는 것이 보였다.

폭풍 같은 대력금강장(大力金剛掌)이 이상하게 생긴 대문을 박살 내는 것이 젊은 승려의 눈에 떠올려졌다. 불같은 성격과 그 성격을 바로 행동으로 옮기는 과단성(?)으로 인해 노도광승(怒濤狂僧)이란 별호를 가진 자신의 사부를 말릴 사람은 아무도 없었으므로.

"호호호호! 잠깐만요, 일각 스님!"

바로 그때, 일각의 머리 위 어림에서 낭랑한 처녀의 교소가 울려 퍼졌다.

그 웃음을 좇아 노승과 젊은 승려의 시선이 돌려졌다.

그리고 거기, 이상하게 생긴 대문의 지붕 등마루 위에 빌어먹는 것, 지저분함, 더러움, 악취 등등 개방과 관련된 여러 가지와는 전혀 관련이 없음 직한 여자로선 최고로 아름다운 자태를 뽐낼 즈음인 십대 후반의 한 처녀가 서 있었다.

흑단의 머리는 단정하게 뒤로 틀려 제비 모양의 옥비녀에 잡혀 있었는데, 그 귀 옆 머리에 꽂힌 나비 모양의 장식이 야무지고 단아하면서도 예쁘장한 얼굴과 잘 어울렸고, 몸에 딱 붙어서 탄력있는 유방과 엉덩이를 더 도드라져 보이게 하는 물빛 무복에 잘록한 허리를 강조라도 하고픈 듯 가는 허리를 힘주어 졸라맨 붉은 자단목 허리띠에 엇갈려 꽂혀 있는 옥으로 빚은 칼집에 들어 있는 한 자 길이의 두 자루 비검(匕劍)이 치장처럼 처녀의 모습을 빛나게 하고 있었다.

상상 초월이라고 했던가. 거기 있으리라곤 전혀 상상하지 않던 어떤 것이 그곳에 있으면 사람은 누구를 막론하고 잠깐은 입을 다물지 못하고 멍해지기 마련이다.

사람임으로 해서 어쩔 수 없이 멍해져 있는 노승과 젊은 승려의 앞으로 파라락! 한 마리 나비처럼 붉은 허리띠를 나부끼며 상상 초월의 처녀가 두 사람 앞에 사뿐히 날아내렸다.

"어서 오세요, 일각(一覺) 스님. 노도광승이란 별호가 절대 허명이 아니었네요. 소녀가 조금만 늦었어도 개방의 대문이 박살나는 일을 막을 수 없을 뻔했군요. 호홋."

살풋 입술을 물어 일어나는 웃음을 참으며 처녀가 노승을 향해 고개를 까닥했다. 가까이 다가선 처녀의 몸에서 감미로운 방향이 번져 나왔다.

개방이라고 여자가 없을 리 없었지만 천하를 떠돌며 한뎃잠을 자야 하고 빌어먹어야 하는 거지들의 특성상 여개방도는 많지 않았다. 더러 갑갑한 것을 싫어하여 빌어먹는 외근을 마다 않는 여개방도가 있긴 했지만, 여개방도들은 대부분 방내에서 치마를 두른 여자들에게 어울리는 허드렛일을 하였다.

소림의 노승 일각을 마중 나온 처녀도 개방에 있으니 분명 그 신분이 개방도일 것이며, 방주가 초빙한 노승을 단신으로 직접 마중 나왔으니 허드렛일이나 하는 여개방도는 아닐 것이다. 그것은 개방도로선 별꼴이란 소리를 들어 마지않을 복장과 신색으로도 알 수 있는 일이었다.

"허어, 정말 별꼴일세, 별꼴이야."

두어 발 앞에서 한창 물이 올라 도드라진 엉덩이를 흔들며 자신을 인도하는 처녀의 개방도답지 않은 매무새와 더불어 주위로 보이는 개방 내의 전경을 둘러보며 일각의 장탄식이 이어졌다.

자기 집의 주인이라면 모르되 타 문파에서는 아무리 신분이 높아도 하마(下馬:말에서 내리는 것)는 기본 예의이다. 일각도 별수없이 개방의 대문 안에서까지 젊은 승려이자 자신의 직전제자인 자명이 끄는 수레를 탈 순 없었고, 자명은 빈 수레를 끌고 일각의 뒤를 따랐다.

"쯧쯧쯧, 정말 못 봐주겠다. 이 꼴새가 개방이라니……!"

개방의 장내로 둘러보며 일각의 탄식이 계속 이어졌다.

그도 그럴 것이, 두 사람의 시선에 보이는 개방은 마치 서너 대가 나란히 달려도 거침이 없을 것 같은 넓은 직선의 대로를 경계로 왼쪽은 청색 기와로 지붕을 장식한 고루거각이 줄지어 서 있었고, 오른쪽으로는 원래의 개방다운 모습인 갈대 잎 이엉으로 아무렇게나 지붕을 덮은 초옥과 거적때기 움막이 줄지어 서 있었다. 담장의 안쪽도 정의파와 오의파가 중앙로를 경계로 편을 가른 채 지내고 있었던 것이다.

일각 자신이 탁발승으로 들렸던 사십 년 전에도 물론 이와 비슷하게 양편의 건물이 나뉘어 있었지만 이렇게 두부모 자르듯 확실한 경계를 두고 있지는 않았다. 그사이 두 파의 반목이 그만큼 더 깊어졌다는 증거였다.

"이쪽이 오의파이고, 이쪽이 정의파라는 건데… 안에서나 밖에서나 이 지경이라면 홍 방주가 머리깨나 아프겠군."

양쪽의 전각과 움막들을 번갈아 보며 마치 자신의 머리가 아프기라도 한 듯 일각이 철장을 잡지 않은 다른 손으로 자신의 머리를 툭툭 쥐어박았다.

"그런데 넌 무슨 일을 하는 여자 애냐? 홍 방주가 집안의 분란으로 골치가 많이 아픈 건 알겠는데, 재물을 멀리하고 의를 숭상하는 올곧은 오의파 아니냐? 그런데 그 작자도 별수 없이 호락에, 아니, 정의파에 물들어가는가 보다. 너 같은 애를 마중 내보는 걸 보면. 쯧쯧."

한발 앞서 자신을 인도하고 있던 처녀를 마땅찮은 눈길로 흘겨보며 또 혀를 찼다.

개방의 오랜 내부 분란에 대해선 중원 대부분의 사람들이 알고 있었고, 그걸 알고 있는 대부분의 사람들은 또 공수정심이라는 개방의 근본 정신을 저버리고 이익을 우선으로 하는 장사치나 다를 바 없는 모양으로 변신을 꾀하려는 정의파 쪽에 좋지 않은 시선을 보내고 있었다. 일각도 그런 시각을 가진 사람 중 한 사람이었고, '너 같은 애'라는 일각의 말투에는 다분히 그런 정의파에 대한 좋지 않은 감정이 실려 있었다.

"호홋, 대사님 말씀의 진의는 알겠는데요, 저는 정의파도 오의파도 아니에요. 다만 의복과 외양은 정의파를 따르고 공수정심을 추구하는 정신은 오의파를 따른다고 할까요? 뭐, 이해 안 되시면 할 수 없구요. 호홋."

일각의 뾰족한 말투에도 전혀 흔들림 없이 웃는 얼굴 그대로 처녀가 대꾸했다. 웃을 때마다 처녀의 양 볼을 파고들어가는 보조개가 도드라져 보였는데, 일각의 어깨 너머로 그런 처녀의 보조개를 훔쳐보던 자명의 얼굴이 자기도 모르게 붉어졌다.

"개방에 오의파도 정의파도 아닌 사람도 있는 게냐?"

"물론이지요. 소녀는 작년에 천안전(天眼殿)의 전주가 되면서 방주님과 십대장로(十大長老) 앞에서 어느 분파에도 들지 않겠다는 맹세를 했는걸요."

"……!"

천안전의 전주란 말에 일각의 눈이 크게 떠졌다.

"전주라 하면……. 그, 그럼 네가 방년의 나이에 천안전(天眼殿)의 전주가 되었다는… 부용쌍비(芙蓉雙匕)라는… 그 계집아이냐?"

믿기지 않는 모습으로 일각이 처녀를 다시 보며 물었다.

"호호호! 면식이 트였으니 이제 제대로 인사를 드려야겠군요. 개방의 천안전주(天眼殿主) 화화가 소림의 사대장로 중 한

분이신 일각 스님을 뵈어요."

여전히 풋풋한 웃음과 함께 일각을 인도하던 물빛 무복의
처녀 천안전주 화화가 일각을 향해 포권을 한 채 까닥 머리를
숙였다.

개방의 힘은 십만에 달하는 압도적인 개방도의 쪽수와 그
쪽수를 바탕으로 대륙 곳곳에 미치는 마당발에 있었지만, 그
보다 더 실질적인 힘의 핵심은 타의 추종을 불허하는 정보력
에 있었다.

누구나 개방도가 되면 처음 삼 년간은 일결제자인 백의개
로 빌어먹고 개방도의 식구들을 빌어다 먹이는 일이 주 업이
지만, 삼 년이 지나면 이결제자가 되면서 개목이라 불리어졌
다.

개목(丐目). 빌어먹는 일이 주 업이 아닌 거지 개(丐) 자, 눈
목(目) 자란 이름대로 눈에 불을 켜고 사방에 널린 정보를 수
집하는 일이 주 업인 개방도가 그들이었다.

빌어먹는 거지의 특성상 사해만방, 동네의 골목 어귀까지
그들의 발이 미치지 않는 곳이 없었고, 담장 너머로 보이는
풍경 하나하나, 우물가에서 오가는 동네 아낙들의 실없는 수
다까지 모두 개방의 눈과 귀로 들어와 소중한 정보가 되었다.

아무리 공명정대함을 기치로 내건 정도 문파라 해도 대소
사를 진행하다 보면 손에 때가 묻을 수 있고, 흙탕물에 발을
담글 수도 있는 것이 세상 이치이다.

더구나 암암리에 첨예한 기세 싸움을 벌여야 하는 무가(武家)에 있어서 그런 일은 더 비일비재했다.

개방은 그러한 문파들의 비리에 관한 많은 정보를 가지고 있었고, 그것은 드러나지 않은 개방의 힘이었다.

그렇게 천하에 널린 개방의 눈과 귀, 개목들을 통해 들어온 정보를 집약하고 분석, 관리하는 것이 천안전의 임무였다.

그러므로 천안전이 개방에서 가장 중요한 기관임은 두말할 나위가 없었다.

천안전주라는 자리는 정보를 주 업으로 다루는 개방의 특성상 개방에선 십만 개방도의 우두머리인 용두방주 다음으로 중요한 직책이었다.

천안전주는 오결제자 이상의 걸출한 인재가 맡게 되는 것이 보통이었는데, 일 년 전 방년의 처녀 화화가 천안전의 새 전주가 된 일은 개방을 넘어 전 무림에 큰 화제가 됐었다.

전대 천안전주 오배장이 갑작스런 심장병으로 세상을 뜨자 방주 홍동청은 기다렸다는 듯 화화를 새 천안전주로 지목했고, 당연하다는 듯 장로원에선 아무도 이의를 제기하지 않았다.

그간의 관례상 아무리 방주의 천거가 있었어도 장로원에서 동의하지 않으면 앉을 수 없는 것이 천안전주의 자리였다.

갓난아이로 개울가에 버려져 들개의 밥이 될 뻔한 것을 지나던 개방도들이 주워다 개방에서 키운 게 화화였다.

　화화와 비슷한 경위로 개방에서 자란 많은 아이들 중 그녀
는 단연 특출난 기재였다.

　열 살이 되던 해에 개목들이나 익힐 수 있는 개방의 경공과
신공을 모두 섭렵했고, 나이 열다섯이 되자 육결제자나 연성
이 가능한 취리타구봉법을 거뜬히 연성해 냈다.

　그리고 일 년여에 걸쳐 취리타구봉법을 변형시킨 취리부
용비술(醉裏芙蓉匕術)이라는 자신만의 독특한 무술을 만들어
냈다.

　두 자루의 죽엽 같은 두 자루 비수를 이용해 투박한 취리
타구봉법의 단점을 날렵하게 보완한 쌍비술(雙匕術)이었
다.

　그것을 보고 '입가에 젖비린내도 가시지 않은 계집애가 개
방의 무용질서(武勇秩序)를 어지럽힌다'고 질책하며 무위로
써 화화를 가르치려던 육결제자 마대봉이 화화의 쌍비에 사
타구니가 보이도록 옷이 발기발기 찢기고 난 뒤부터 화화는
부용쌍비(芙蓉雙匕)라는 부동의 별호를 얻으며 개방에선 아무
도 건드릴 수 없는 존재가 되었다.

　더구나 이미 개방 내 높은 결수의 개방도 대부분이 오의파
나 정의파로 자신이 지향하는 분파를 선언해 놓고 있는 상황
이었으므로, 아직 어느 파에도 치우쳐 있지 않은 화화는 양
파로 양분되어 있는 장로원에서 이의를 제기하기 어려운 유

일한 기재이기도 하였다.

"흠흠, 그랬구나. 그럼 그렇지, 홍 방주가 아무나 노부의 마중을 내보낼 리 없지. 흠흠."

한낱 심부름이나 하는 계집아이로 화화를 오인했던 자신의 착오를 얼버무리고 싶은 마음에 일각이 머쓱한 얼굴로 헛기침을 해댔다.

"기상이 그 또래답지 않다는 생각을 하긴 했다만, 네가 그 천안전주일 줄은 몰랐구나. 하긴 냄새 풀풀 나는 거지가 마중 나오는 것보다야 향내 좋고 구경 좋은 너 같은 애가 나오는 게 훨 낫지. 암, 훨 낫고말고. 그래, 방주는 잘 계시느냐?"

화화에 대한 평가가 나쁜 쪽의 '너 같은 애'에서 좋은 쪽의 '너 같은 애'로 단번에 바뀌었다. 개방에서 방주 다음가는 직책이라는 천안전주가 자신의 마중을 나온 게 마음에 들었던 것이다.

"예. 그런데 방주님께서는 지금……."

"잠깐!"

이어지는 화화의 대답을 일각의 일성이 잘랐다.

"불용야에 들어설 때부터 같지 않은 잠행술(潛行術)로 노부의 뒤를 쫓아오는 놈들이 있는데, 보자 보자 하니까 이것들이 개방 안에까지 쫓아 들어오는구나! 무슨 이유로 노부를 쫓은 것인지 쥐새끼들의 정체부터 밝히고 얘기를 듣자꾸나!"

쩌렁한 고함과 함께 우우우웅— 일각의 전신에서 폭풍 같은 경력이 회오리쳐 나오기 시작했다. 소림 칠십이 절예 중 하나인 철대공(鐵袋功)이 발산되려는 찰나였다.

"호호, 과연 대사님의 안목은 대단하시군요. 본전의 혈개목(血丐目)들 중에서도 최고의 추행잠신술(追行潛身術)을 자랑하는 사대추신개(四大追身丐)의 움직임을 이미 포착하고 계셨다니……. 얘들아, 그만 일각 스님께 정식으로 인사를 드리렴!"

아무것도 보이지 않는 일각의 뒤쪽 지표면을 향해 화화가 생긋 웃음을 흘렸다.

그러자 놀랍게도 화화가 보고 있는 지표면이 꾸물꾸물 움직이더니 땅바닥에 몸을 붙이고 엎드려 있던 황토색 은형복을 입은 네 명의 사내가 모습을 드러냈다.

"용서하십시오, 일각 스님. 저희 사대추신개는 전주님의 명을 받들어 스님을 수행해 왔을 뿐입니다."

네 명의 황토색 은형복의 사내, 사대추신개가 일각을 향해 포권하며 용서를 구했다.

천안전주는 일천에 달하는 개목들 중에서도 혈개목이라 불리는 직속 부하들을 거느렸는데, 그들은 수만에 달하는 개목 중에서 선발된 걸출한 개목들이었고, 은형복을 입은 채 일각을 미행, 아니, 수행해 온 네 명의 혈개목은 화화가 가장 가까이서 수족처럼 부리는 네 명의 호위 수하 사대추신개였던 것이다.

"수, 수행을 해왔다고? 일찍이 연초에 홍 방주로부터 오정대연의 참관인을 부탁하는 초대장을 받고 노부가 그 일을 맡아 나서긴 했다만, 개방에 아무런 예고도 없이 산문을 나섰는데 내 행적을 그리 꿰고 있을 줄은 몰랐구나!"

일각이 사대추신개와 화화를 어리둥절한 얼굴로 바라보며 말했다.

"일각 스님께선 정확히 지난 오월 십육일 진시(辰時)에 소림의 산문을 나서셨습니다."

"……!"

화화가 생긋 웃으며 말을 잇자 일각의 눈이 놀라움으로 또한 번 커졌다. 소림에서는 매달 보름이면 명월 아래 천하의 태평을 기원하는 제를 지낸다. 그 명월제(明月祭)를 지낸 다음날 동산으로 떠오르는 아침 해를 등지고 산문을 나섰으므로 진시라는 시간도 틀리지 않을 것이다.

"그, 그럼 소림의 산문에서부터 날 미행했다는 거냐?"

일각이 황망한 표정을 감추지 못하며 물었다.

"미행이라니요? 개방의 일 때문에 먼 길을 걸음하시는데 당연히 대사님의 안전은 우리 개방에서 도모하는 게 도리지요."

생긋 웃는 얼굴 그대로 화화가 당치 않다는 듯 손을 저었다.

사실 자명도 이곳으로 오는 동안 자신들을 미행하는 미세

한 기척을 몇 번에 걸쳐 느낀 적이 있었다. 하지만 일각이 아무런 언급이 없었으므로 입을 다물고 있었다. 자신이 아는 낌새를 자신의 사부 일각이 모를 리가 없었기 때문이다. 하지만 소림에서부터라니……. 자명도 새로운 사실에 놀라며 사대추신개를 다시 바라보았다.

두 번에 걸쳐 오정대연을 치르면서 비무의 승패를 단정하는, 그러니까 비무의 심판을 누가 볼 것인가도 큰 문제로 대두되었다. 아무나 비무의 심판으로 내세울 수도 없었고, 개방 내에서 심판을 맡을 만한 명망있는 대부분의 사람들은 이미 양 파에 적을 두고 있었으며, 당연히 양 파는 자기 쪽에 유리한 사람을 내보내겠다고 다퉜기 때문이다. 그래서 두 파에서 합의하여 정한 것이 명망있는 문파에서 명망있는 사람을 참관인으로 초빙하여 시비가 발생했을 때 시비를 가릴 수 있도록 하자는 것이었고, 이번 오정대연에는 무림의 태산북두 소림에서 소림 방장의 바로 밑, 사대장로(四大長老) 중 한 명인 노도광승 일각이 참관인으로 내정되어 홍동청 방주의 초대를 받았던 것이다.

"저, 정말… 대, 대단하구나! 하늘엔 천하를 굽어보는 두 개의 눈이 있는데, 그 하나는 대지를 빛내는 태양이고 다른 하나는 개방의 천안전이라더니……."

좀처럼 감탄할 줄 모르고, 남을 칭찬할 줄 모르는 일각이 화화와 사대추신개를 번갈아 바라보며 어안이 벙벙한 얼굴을 거두지 못하고 있었다.

　개방의 정보부, 대륙의 눈이라 불리는 천안전은 개방의 방주전, 공수거라 불리는 썰렁한 초옥의 바로 뒤에 자리하고 있었다.

　수십 길이나 높이 솟은 장봉의 끝에 천안전을 상징하는 붉은 눈이 그려진 커다란 홍안기(紅眼旗)가 펄럭이는 뒤로 튼튼한 목재로 지어진 삼층 거각이 천안전이었다.

　천안전이 방주전에 그렇게 가까이 자리하고 있다는 것은 신속한 업무 처리 그 이상의 의미를 내포하고 있었다. 방주전을 찾아오는 외인들은 허름한 초옥, 공수전를 보며 개방의 뜻을 읽었고, 그 뒤에 우뚝 자리한 천안전을 보며 개방의 힘을 읽었다.

　그 천안전의 사방으로 나 있는 문으로 붉은 옷을 입은 혈개들이 빠른 속도로 드나들었다.

　타 문파의 정보 기관들이 정보를 주고받음에 그 신속성을 높이 사 하늘을 나는 비둘기, 전서구를 이용하였지만 천안전은 일체의 정보를 사람의 발에 의지하였다.

　대개의 개목들이 상당한 경공술을 자랑하였고, 사해팔방에 퍼져 있는 수천 개의 분타는 행정기관에서 운영하는 마방(馬房)과 같은 구실을 하였다.

　정보를 전하는 개목이 한 구역을 최대한 빠른 속도로 달려가 다른 분타에 정보를 전하면 정보를 받은 분타에선 지치지 않은 새 개목을 다른 분타로 보냈다. 그렇게 분타에서 분타로 개목들의 발에 의해 최대한 빠른 속도로 천안전까지 대륙의 정보들은 천안전에 집결하였다.

전서구를 이용하는 것보다 속도에서 조금 늦은 감이 있긴 했지만 사람이 직접 함으로 해서 전서구를 이용했을 때 일어날 수 있는 사고들을 방지하고 완벽을 기할 수 있는 것이 개방의 정보였다.

개목들이 수집한 정보 중에서 다시 확인해야 할 정도로 중요하다거나 뭔가 미진한 부분이 있는 것엔 천안전의 직속 개목인 혈개들이 나섰다.

수만에 달하는 개목들이 수집한 정보를 일천에 달하는 혈개들이 확인하고, 천안전주 화화가 인증한 대륙의 주요 정보들이 그렇게 천안전 안의 정보가 담긴 서류를 쌓아두는 창고, 천안고(天眼庫)에 매일매일 수북히 쌓여갔다.

여간해서 외인을 들이는 법이 없는 천안전주의 집무실에 화화와 일각이 마주 앉아 있었고, 두 사람의 앞에는 김이 오르는 감잎차가 한 잔씩 놓여 있었다.

"전주는 알겠군. 우리 소림사 서열 말이야."

그사이 화화의 호칭이 일각의 입에서 전주로 변해 있었다.

"알다마다요. 무림에 한 발이라도 담고 있는 사람이라면 무림의 태두 소림의 서열을 모르는 사람이 어디 있을라구요.

소림의 수장 장문 방장의 아래로 바로 대사님께서 속해 있는 사대장로(四大長老)가 계시고, 그 아래로 삼십육호법승(三十六護法僧), 다시 그 아래로 백팔나한승(百八羅漢僧), 다시 그 아래로 수천의 일반 무승(武僧)이 있고, 그 외에도 출가하지 않은 속가제자가 수만에 달하지요."

당연한 일이라는 듯 화화의 대답이 술술 이어졌다.

"저놈이 말이야, 소림에서 제일 어린 나이에 백팔나한승의 반열에 올랐네."

일각이 방 안에 함께 있으나 찻잔을 받지 못하고 자신의 뒤에 철장을 세워 들고 멋쩍게 서 있는 자명을 엄지로 가리키며 말했다.

"소림이 수련 기간이 긴 것은 전주도 잘 알지? 그 지독한 소화운수(燒火運水)에 심법 수련에, 권법의 기초인 소림오권(少林五拳)에다 십 년 세월을 박아야 하는 거. 그걸 끝내고 나야 겨우 무술다운 무술, 초식다운 초식을 배우게 되는데 저놈 자명은 삼 년 만에 백팔나한승의 반열에 들었으니 대단한 거라고."

제자와 스승이 한자리에 앉을 수 없는 것은 무림의 규칙이었다. 술상에도, 밥상에도, 차를 나누는 자리에도 함께할 수 없는 법이다. 방 안에 들어서서부터 자명은 일각의 철장을 세워 들고 일각의 뒤에서 직전제자로서의 임무를 다하고 있었다. 자신의 생명인 무기를 맡기는 것은 직전제자에게나 허락

할 수 있는 일이었고, 그만큼 신의가 두터운 사이라는 것을 의미하는 것이기도 했다.

하지만 일각은 자신의 맞은편에서, 자신과 같은 동석에서 차를 나누는 화화가 자명과 같은 또래라는 것이 계속 마음에 걸렸다. 자신의 또래이면서 자신의 스승과 동석하고 있는 화화와 하필 자신의 뒤에 서 있어서 불가피하게 마주 보는 자세가 되어 있는 자명의 기를 그렇게라도 세워주고 싶은 마음을 표현한 것이다.

강이나 바다에서 용이 나는 게 아니라 개천에서 용이 난다는 말이 있듯이 소위 소룡(小龍)이라 불리는 젊은 기재는 오히려 소림 같은 명문정파에서 나오기가 힘든 법이었다. 소림은 아무리 자질이 뛰어나도 항렬이라 불리는 서열을 넘어설 수 없었고, 십 년에 달하는 기초 공부도 다른 제자들보다 일찍 성취를 이루었다고 해서 세월을 건너뛸 수 있는 게 아니었다.

아무리 자질이 뛰어나도 같은 항렬과 함께 서열이 올랐고, 빛을 발할 수 있는 기회도 백팔나한승이나 삼십육금강승과 같은 단체의 일원으로서 주어질 뿐이었다. 더불어 개인으로 튈 수 없는 만큼 소림 전체에 응축되어 있는 힘이 큰 이유이기가 되기도 했다.

그래서 자질이 뛰어난 개인으로서 튈 기회가 많은 개천 같은 작은 문파나 사파에서 곧잘 소룡이 나긴 하지만 시간을 두고 대립하다 보면 역사와 전통을 자랑하는 소림 같은 명문정파의 웅축되어 있는 힘을 당하지 못했다.

사실 개방도 명문정파의 하나였으므로 화화 같은 소룡이 등장하는 것은 매우 이례적인 일이었으나 개방의 서열에 대한 규칙이 여타 명문정파보다는 좀 느슨했고, 작금의 어수선한 내분 상황이 화화 같은 소룡을 등장시킬 수 있는 여건에 한몫을 했다 할 수 있었다.

"굳이 대사님께서 따로 자랑하지 않으셔도 자명 스님은 소림에서나 무림에서나 머지않은 훗날에 동량(棟梁)이 되실 분으로 보이는걸요."

나이는 방년이었으나 이미 그 심기는 칠십 능구렁이가 다 되어 있는 화화가 생긋 웃는 얼굴로 일각 너머의 자명을 건너다보며 생긋 웃음을 지었다.

그 웃음과 함께 도드라져 보이는 화화의 보조개에 햇빛에 그을린 구릿빛 얼굴도 감출 수 없을 만큼 자명의 얼굴이 붉어졌다.

화화와 달리 속세와의 인연이 드문 자명으로서는 같은 또래의, 더구나 화화 같은 어여쁜 여자와의 맞대면은 처음이라고 해도 과언이 아니었다.

평생 금욕을 하고 살아야 하는 소림승의 신분이었지만 자연의 섭리는 어쩔 수 없는 것이었다.

"그래, 홍 방주는 언제 만날 수 있는 건가?"

입에 대고 있던 찻잔을 놓으며 주위를 상기시키듯 일각이 물었다.

"방주님은… 오정대연이 열리는 유월 초하룻날이 돼서야 만나뵐 수 있을 거예요."

드물게도 화화가 어두운 얼굴이 되며 대답했다.

"아니, 왜……?"

"방주님께선 지금… 보양동(補陽洞)에 들어가 계세요."

일각의 물음이 채 끝나기도 전에 화화의 대답이 이어졌다.

"보양동? 거기가 뭐 하는 데야?"

"보양동은 저기 보이는 저 바위 언덕 가운데에 있는 동굴이죠."

일각의 옆쪽으로 열린 창을 통해 보이는 검고 투박한 바위들로 이루어진 볼품없는 산자락, 개망산을 화화가 가리켰다.

"동굴 안에 뜨거운 물이 솟는 화정(火井)이 있어 음기(陰氣)에 의한 내상(內傷)을 치료하는 데는 그만한 데가 없지요."

"뭐야? 음기? 서, 설마 홍 방주가 아랫도리를 잘못 놀려서……!"

"대사님!"

황망히 터져 나오는 일각의 말을 화화의 뾰족한 말이 가로막았다.

"자리에 함께 계시지 않지만 그분은 이곳 개방의 방주이시고 저 화화는 그분의 수하예요."

"그, 그래. 알았다, 알았어. 그래, 대체 어쩌다 홍 방주가 음기에 내상을 입었다는 거야?"

황망한 낯빛을 고개를 흔들어 거두며 일각이 궁금함을 참지 못하고 물었다.

"개방의 용두방주가 되기 위해선 삼십육로용두타구봉법(三十六路龍頭打狗棒法)과 항룡십팔장(抗龍十八掌)이 필수라는 건 대사님께서도 알고 계시죠? 그런데 그 두 가지 무공을 익히기 위해선 반드시 개방 전래의 내가 기공인 명월단문신공(明月丹門神功)이 바탕이 되어야 해요."

사뭇 더 심각한 얼굴이 되어 화화가 말을 이어 나갔다.

"명월단문신공은 오랜 세월에 걸쳐 달과 밤의 정순한 음기를 흡취하여 내가공력으로 만들어가는 것인데, 명월 아래서의 좌선연공과 더불어 필히 청루취옥배(淸疊翠玉杯)의 정수(淨水)를 흡취해야 하죠."

"청루취옥배? 무슨 술잔 이름 같구먼."

처음 들어보는 이름이었으므로 일각이 그 이름을 되짚으며 물었다.

"대개의 강호인들은 개방의 신물이 취옥장(翠玉杖)으로만 알고 있는데, 실은 청루취옥배도 그에 못지않은 개방의 신물이에요."

"그런가? 난 처음 들어보는 이름인데……."

"취옥으로 정교하게 만들어진 한 개의 잔인데요, 달이 뜬 야밤에 밖에다 놓아두기만 하면 명월의 기운을 흡수하여 저절로 옥배 안에 물이 고이는 신물이지요. 그 물이 바로 청루취옥배의 정수이고요. 방주께서는 명월단문신공을 연성하는 과정에 그 정수를 간간이 흡취해야 하는데 방주님께서는 그리하시지 못하셨어요."

"아니, 왜?"

화화가 안타까운 표정으로 말을 잇자 일각의 의문이 더 깊어졌다.

"스님께선 개방의 오정대연에 참관인으로 초빙되어 오셨으니 오정대연의 사연에 대해선 잘 알고 계시겠지요?"

화화가 일각을 정시하며 물었다.

"강호인치고 오정대연을 모르는 사람이 어디 있느냐. 그럼 홍 방주가 그리 된 것도 오정대연과 관련이 있다는 건가?"

일각이 정색을 하며 되물었다.

"예, 그래요. 대사님께서는 사십 년 전의 오정대연에서 방주님과 비무를 했던 정의파 쪽의 후개 후보 능지호를 아시지요?"

"면식은 없어도 얘기는 들은 적이 있다만."

"그자는 당시의 오정대연에서 방주님께 패한 뒤에 개방을 배신하고 청루취옥배(靑淚翠玉杯)를 훔쳐 사라졌어요."

"쯧쯧, 저런. 오정대연까지 나섰던 자가 그런 소인배였다니, 명문 정도 문파에서 일어나선 안 될 일이 일어났구나."

명문정파에서 일어날 수 없는 어이없는 일에 일각이 미간을 찌푸리며 혀를 찼다.

"능지호가 사라진 후 우리 개방에선 능지호와 청루취옥배의 행방을 많은 개방도들을 동원해 열심히 찾았지만 여전히 능지호도 청루취옥배도 오리무중이었어요. 결국 방주께선 단문명월신공을 청루취옥배의 정수 없이 연성할 수밖에 없었고, 전대 방주님에게 용두타구봉법과 항룡십팔장을 전수받았죠."

화화가 말을 이어갔다.

"용두타구봉법과 항룡십팔장은 별도의 비급이 없이 전대 방주에게서 직접 전수받아야 하니 홍 방주로서도 어쩔 수가 없었겠군."

일각이 안타까운 얼굴로 고개를 끄덕였다.

"묵정계 전대 방주께서 타계하시고 방주님께서는 예정대로 방주의 위에 올라 지금까지 개방을 잘 이끌어오셨는데요, 그런데… 지난해부터 그만 청루취옥배의 정수를 흡취하지 못했던 화가 방주님의 신체에서 발동하기 시작했어요."

더욱 어두워지는 표정으로 화화가 말을 이었다.

"화라니, 어떤……?"

"단문명월신공은 남성이 익히기에는 불합리한 음공에 가까운 무공이죠. 양의 기운이 넘치는 남성이 음공을 익히게 되면 당연히 신체에선 음과 양의 부조화로 인해 이상이 일어나기 마련인데, 청루취옥배의 정수는 그 부조화를 정제해 주는 약과 같은 구실을 하는 것이었죠. 방주께선 심오한 내공으로 그런 부조화를 극복해 왔지만 오랫동안 축적된 부조화를 이겨내시는 건 방주님으로서도 한계가 있었던 모양이에요. 결국 주화입마(走火入魔)라고까지는 말할 수 없지만… 하여간 그 비슷한 증세, 즉 기혈의 흐름이 원활치 못해 혈도에서 역류하는 지경에까지 이르셨어요."

"으음… 주화입마의 지경이라……."

화화의 말을 들은 일각이 깊은 신음을 토해냈다.

주화입마란 내공을 익히는 과정에 심적 타격을 입거나 자칫 무리한 행공을 하다 얻게 되는 상세이다. 혈도가 막히거나 기혈이 역류하는 것으로 만약(萬藥)이 소용없는, 내공을 근간으로 하는 무림인에게는 치명적인 것이었다.

"그러니까… 그 병세를 치료하러 저 보양동엘 들어갔다는 것이구면."

일각이 창 너머의 개망산을 근심 어린 얼굴로 바라보았다.

"맞아요, 대사님. 방주님께서는 석 달 전에 내상을 치료하러 보양동에 들어가셨어요. 그리고 오는 오정대연이 벌어지는 유월 초하룻날 아침에 출관하시겠다고 하셨어요. 당연히 거뜬해지신 몸으로 출관하시리라 믿어요."

화화가 의지 어린 눈빛을 빛냈다.

"전주님! 급전이 있습니다!"

바로 그때 사대추신개 중 일혼(一魂)의 다급한 일성이 방문 밖에서 들려왔다.

"외인이 들어도 무방한 일이면 말하고."

여간 급한 전갈이 아니면 내방인이 있을 때는 전하지 않는 것이 천안전의 법규였다. 그 법규를 어기면서까지 들려온 일혼의 고성에 기대되는 바가 있다는 듯 화화가 방고를 허락했다.

"오의문의 후개 후보 진산이 불용야를 지나 방문을 향해 오고 있습니다!"

사뭇 기쁨에 찬 방고였다. 화화의 지엄지명에 따라 중립을 지키고 있으나 일혼 또한 오의문 쪽에 그 뜻이 기울어져 있는 개방도들이었으므로.

"흐음, 드디어… 진산이… 진산이 온단 말이지?"

화화의 두 눈이 알 수 없는 기대로 빛나기 시작했다.

第七章

의개(醫丐) 포일비

◉ 의개(醫丐) 포일비 ◉

개방을 가로질러 흐르는, 그중에서도 오의파의 움막들 사이를 가로질러 흐르는 변옥천(便玉川)은 정말 더러웠다.

애초에 위생관념이라곤 없는 거지들이다 보니 용변을 보는 측간이 따로 없었다. 처음 개방이 들어섰을 때는 아무 데나 용변을 내질러 댔는데, 밟히는 것이 똥이다 보니 개방의 수뇌는 각 움막마다 가능하면 요강을 쓸 것을 권했다.

아침이 되면 용변으로 그득한 요강을 개방도들은 개울에 내다 버렸다.

그래서 개방 개망산에서 발원한 작은 개천 청옥천(靑玉川)은 그 고매한 이름과는 달리 늘 똥과 오줌으로 그득했다.

구린내가 진동했고, 그 위로 파리 떼가 윙윙거렸다.

그 파리 떼가 윙윙거리는 변옥천 가에 개방의 의전(醫殿)이 자리하고 있었다. 낡은 송판으로 얼기설기 지은 다 기울어져 가는 목재 건물이었지만.

그 의전 안, 역시나 낡고 때가 꼬질꼬질한 탁자 위에 한 덩이의 변이 놓여 있었다.

몇 마리 똥파리가 변 주위를 붕붕거리며 날고 있는 가운데 눈을 부릅뜨고 그 변을 들여다보고 있는 한 노인이 있었다.

구멍이 숭숭 난 문사건에 문인들이 즐겨 입는, 꼬질꼬질한 때로 인해 백의 장삼인지 흑의 장삼인지 구별이 곤란한 장삼을 걸친, 그래도 눈매만은 날카로운 초로의 노인. 다름 아닌 개방 십대장로 중 한 명이자 개방의 의개(醫丐)인 포일비였다.

"어휴, 이놈의 파리 새끼들!"

포일비가 짜증을 내며 손을 휘저어 변에 앉으려는 파리들을 쫓았다.

"허어, 이것참, 헷갈리네."

변을 들여다보던 포일비가 골치 아픈 표정을 지으며 손끝으로 자신의 이마를 쿡쿡 찔렀다. 일이 잘 안 풀리면 나오는 포일비의 버릇이었다.

"답이 잘 안 나오나요, 사부님?"

옆에서 보고 있던 개방 의개의 적통을 이을 포일비의 제자 가구손이 포일비의 눈치를 살피며 물었다.

"이게 말이다, 변에 지방 테가 끼어 있는 것을 보면 췌장염인 것 같기도 한데… 변의 색이 거무튀튀한 것을 보면 십이지장에 탈이 있는 것 같기도 하단 말씀이야."

포일비가 계속 곤혹스런 표정으로 변을 들여다보며 이마를 손끝으로 쿡쿡 찔러댔다.

"그럼 두 곳에 다 이상이 있을 수도 있잖아요, 사부님?"

"십이지장과 췌장은 서로 껴안 듯 달라붙어 있고 상호 보완하는 작용을 하기 때문에 같이 탈이 나는 경우는 거의 없다고 몇 번을 말했느냐, 이놈아!"

가구손이 괜히 거든다고 나섰다가 포일비의 매운 꿀밤을 맞았다.

"안 되겠다."

말과 함께 포일비의 얼굴이 갑자기 결연해졌다.

"또… 그, 그, 그, 그… 미각진단법(味覺診斷法)을 쓰실려고요?"

가구손이 질색을 하며 뒷걸음질쳤다.

"한심한 놈, 똥이 더럽다고 생각하는 것은 어디까지나 고정관념이야. 네놈의 뱃속에도 지금 이와 똑같은 똥이 그득하단 말이다. 똥은 절대 더러운 것이 아니야. 언제나 우리 몸과 함께하는 신체의 일부분이고."

포일비가 한쪽 팔뚝을 걷곤 아무렇지도 않다는 듯 손끝으로 변을 조금 찍어냈다.

"신맛이 나면 췌장염이고, 떫은맛이 나면 십이지장에 탈이 있는 것."

포일비가 단호히 말하며 쑥 내민 혀로 손끝에 찍은 변을 스스럼없이 가져갔다.

"와! 오의문의 후개가 오셨다!"

"진산 후개다!"

바로 그때, 밖에서 들리는 개방도들의 환호가 포일비의 동작을 뚝 멈추게 만들었다.

"뭐, 뭐! 진산이 왔다고?!"

포일비가 손끝에 묻힌 변을 닦을 새도 없이 의전의 문을 향해 달음질쳤다.

"진산 후개 만세!"

"오의파 만세!"

"정의파 따위 문제없다!"

거기에 진산이 오고 있었다.

수많은 오의파의 후개들이 환호를 하며 따르는 가운데 개들이 끄는 마차 위에 호연패와 팽충의 수행을 받으며 헌헌장부가 된 진산이 앉아 있었다.

역시 개방도의 오의파다운 낡고 때에 절은 복색을 하고 떡 벌어진 넓은 어깨에 그때나 지금이나 한눈에 보아도 훤한 얼굴의 미남, 진산이었다. 오른손엔 멀리서 보아도 알 수 있는 곡반괴의 술단지 금와진천주병이 불끈 들려져 있었다.

아마도 곡반괴는 이곳 개방에 있을 때 사흘에 한 번은 어김 없이 들러서 금와진천주병을 채워와야만 했던 개봉 오종촌의 술도가로 소홍주를 퍼먹으러 달려갔을 것이라 사람들은 생각 하고 있을 것이다.

"오오, 진산 후개!"

의전의 문을 열고 그 모습을 보고 있던 포일비가 감개무량 한 얼굴로 마차 위의 진산을 향해 달려갔다.

그리곤 말릴 사이도 없이 퉤퉤퉤! 진산의 얼굴에다 묽은 가 래침을 세 번 세차게 뱉었다.

"이게 얼마 만인가! 이 포일비의 허리가 꼬부라지는 동안 후개는 헌헌장부가 되셨네그려!"

그리곤 진산의 어깨를 싸안고 반가움에 어쩔 줄 몰라 하는 포일비였다.

"이봐, 그만 해."

그때 호연패가 포일비의 어깨를 툭 쳤다.

"후개는 오랜 여행으로 심신이 지쳐 있네. 일단 안으로 들 이고 보세."

호연패가 굳은 얼굴로 눈에 힘을 주며 포일비에게 말했다.

딱히 서열이 정해져 있는 것은 아니었지만 오의파의 다섯 장로들 사이에선 은연중에 제일 높은 배분으로 인정을 받는 게 호연패였다.

"아, 알았네."

호연패의 눈빛에 알 수 없는 어떤 의미가 담겨 있다는 것을 느끼며 포일비가 고개를 끄덕였다.

"정말 십 년 전 얼굴이 그냥 딱 남아 있네!"

"개방의 후개로 전혀 모자람이 없는 위용이야!"

진산이, 아니, 여기에 모인 오의파 개방도들이 진산이라고 알고 있는 유옥이 의전 안으로 들었는 데도 오의파의 개방도들은 의전의 문앞을 떠나지 못하고 기대에 찬 얼굴로 웅성거리고 있었다.

"그렇게 지키고 있으면 진산이 쉬는 데 방해가 되잖나! 여독이 풀리는 대로 오의파 문도들 모두에게 정식으로 인사를 할 것이니 아쉽겠지만 그만들 물러가!"

창문으로 고개를 내민 호연패의 호통이 이어진 뒤에야 의전 앞에서 웅성이던 오의파 문도들이 아쉬운 발길들을 돌리기 시작했다.

의전 안으로 들어선 진산은 그래도 때에 절고 낡았으나 의전 안에서 제일 나은 진료용 나무 의자에 앉아 있었다.

너무나 큰 반가움으로 냉정을 잃었던 포일비였지만 진산이 엉거주춤한 걸음으로 마차에서 내려 의전 안으로 들어설 때부터 뭔가 이상한 낌새를 느끼고 있었다.

꿈을 꾸고 있는 듯 눈빛은 초점을 잃고 흐렸으며, 발걸음은 허수아비가 걷는 듯 부자연스러웠다.

거기다 반쯤 헤 하고 벌어진 입에선 침까지 질질 흘리고 있는 게 아닌가.

그리고 본인은 아니라고 하지만 포일비 자신이 보기엔 방정맞기 그지없는 방충도 이상했다. 방정맞은 입을 벙긋도 하지 않았고, 얼굴은 흡사 마려운 똥을 참는 표정으로 잔뜩 힘이 들어가 있었다.

호연패가 따로 언급은 하지 않았지만 뭔가 이상한 낌새를 느낀 포일비가 가구손을 내보냈다.

"일단 진맥부터 한번 해보게."

포일비를 보며 호연패가 턱짓으로 진산을 가리켰다.

포일비가 진맥을 하기 위해 진산의 왼쪽 손목을 잡았다.

그리고 진산의 경동맥에 손을 얹고 지그시 눈을 감은 채 잠시 진산의 진맥을 살피기 시작했다.

"……!"

진맥을 살피던 포일비의 눈이 놀라움으로 크게 떠졌다.

"뭐, 뭐야?! 지금 진산 후개는… 실심(失心)을 한 상태잖아!"

실심, 즉 정신을 잃고 기절해 있는 상태라는 거였다.

"대체 이게 어떻게 된 일인가? 진산 후개가 어쩌다……!"

포일비가 믿을 수 없다는 표정으로 소리치며 진산을 다시 살피는 순간,

"아이고! 기력이 딸려 더는 못하겠다!"

아까부터 똥 마려운 표정으로 온몸에 잔뜩 힘을 주고 있던 팽충이 풀썩 자리에 주저앉았다.

그러자 놀랍게도 진료용 의자에 의연히 앉아 있던 진산도 휘청 몸이 기울더니 쿠당탕! 마룻바닥으로 눈을 허옇게 뜬 채 널브러졌다.

"이, 이거… 팽 장로가 차력전이대법(借力轉移大法)으로 기절한 진산 후개를 움직인 거지? 맞지?"

기절한 모습으로 눈을 허옇게 뜨고 널브러져 버린 진산과 탈진한 모습으로 주저앉아 거친 숨을 몰아쉬고 있는 팽충을 번갈아 보며 포일비가 상황이 짐작이 간다는 듯 소리쳤다.

차력전이대법은 자신의 내공을 이용해 다른 사람의 몸을 움직이게 하는 신술로, 삼 갑자 이상의 내공 고수만이 운용할 수 있는 상승 경지의 내공전이술을 이르는 것이었다.

"이거 봐! 눈은 개안혈(開眼穴)을 짚어 억지로 뜨게 해놓았구먼! 대체 진산 후개한테 무슨 일이 있었던 거야?"

손끝으로 진산의 눈 주위를 만지던 포일비가 두 사람을 돌아보며 황망히 소리쳐 물었다.

"후우, 얘기를 하자면 길어. 현암산에서 이곳까지 오는 동안 줄곧 그놈의 차력전이대법을 시전했더니만 발가락 하나 까닥일 힘도 없다. 짱박아둔 보양환이나 몇 알 줘봐라, 변개."

진력이 다 빠져나간 팽충이 긴 한숨을 토하며 지친 얼굴로 포일비에게 한 손을 내밀었다.

"뭐? 변개? 너 지금 나더러 변개라고 했냐?"

포일비가 팽충을 잡아먹을 듯 노려보며 험악한 인상을 지었다.

포일비는 개방에 대대로 내려오는 정통 의개였다. 정의파 쪽 개방도들이 자기들끼리 외부 의원을 초청하여 따로 의원을 차리고선 이곳 의전을 이용하질 않아서 오의파만의 반쪽짜리 의개로 전락해 있었지만.

주로 사람이 배출한 용변을 가지고 병세를 판단한다고 해서 비슷한 배분의 개방도들이 의개라는 정식 명칭을 두고 농담 삼아 변개(便丐)란 칭호를 쓰곤 했는데, 포일비는 이 변개란 칭호를 무지하게 싫어했다.

"환자는 제쳐 두고 만날 똥만 들여다보고 있는데 의개보단 변개가 맞지 뭘 그러냐?"

포일비가 불끈하는 것이 재미있는 듯 팽충이 빙글거리며 포일비의 비위를 한 번 더 긁었다.

"아이구! 저런 무식한 똥땡이와 개방 십대장로의 반열에 함께 있다는 것이 부끄럽다, 부끄러워! 변이라는 것이 뭐냐? 입으로 들어가 오장(五臟)을 돌아 항문으로 나오는 것이 변 아니냐? 그렇게 변이 오장을 돌아 나오니 오장의 모든 상태가 은연중에 변에 기록되는 것이고, 변만 잘 살피면 속병이란 속병은 다 감지를 할 수 있는 것이다! 저번에 썩은 개고기를 잘못 처먹고 장염에 걸려서 뒈질 뻔한 것을 살려준 은혜를 벌써 잊었느냐? 그대로 뒀으면 네놈의 장은 벌써 썩어문드러졌을 것이다, 이놈아!"

속이 터진다는 듯 주먹으로 자신의 가슴팍을 연신 두드리며 흥분해 마지않는 포일비였다.

"쯧쯧, 그렇게 말싸움들이나 하고 있을 때가 아닐세. 어서 진산 후개의 상세부터 자세히 좀 살펴봐."

호연패가 혀를 차며 두 사람의 싸움을 말렸다.

"다시 한 번 변개라고 했단 봐라! 그놈의 혀를 확 뽑아버릴 테니!"

포일비가 한 번 더 험악하게 인상을 쓰고 다시 진맥을 하기 위해 진산의 손목을 잡았다.

팽충과 호연패가 지켜보고 있는 가운데 진산의 손목을 쥐고 진맥을 하던 포일비가 고개를 갸웃하더니 진산의 하복부에 한 손을 올려놓았다.

"……?"

그렇게 한 손을 진산의 단전에 올려놓고 상세를 살피던 포일비의 눈이 의문으로 다시 커졌다.

"이, 이럴 수가? 곡 장로의 매서운 훈육을 받으며 십 년을 하루같이 오정대연을 위해 무공 수련을 해왔을 신체에 겨우 중단전에 일 년 경공력이 쌓여 있을 뿐 다른 내가공력이 하나도 축적되어 있지 않다니……! 이게 대체 무슨 말도 안 되는 개 같은 경우인가?"

포일비가 황망한 얼굴 그대로 호연패와 팽충을 향해 물었다.

이제 두 사람은 포일비의 앞에 놓인 젊은이가 진산이 그 옛날 곡반괴의 손을 잡고 개방을 떠났던 그 진산이 아니라는 것을 사실대로 발설할 때가 왔음을 알았다.

개방의 정의파 쪽의 전경은 어느 방파에 못지않은 행색으로 꾸며져 있었다.

질서정연하게 자리한 전각들은 모두 이층 이상이었고, 자기들 나름으로 미리 지어놓은 차후의 방주전, 태화전(太和殿)정의파 부지의 한가운데에 우뚝 솟은 채 개방을 오시하고 있었다.

그 옆에 태화전에 못지않은 화려함으로 치장된 삼층 건물이 곧 있을 오정대연에 출전할 정의파의 후개 후보 용사비가 기거하고 있는, 정의파의 염원이 담겨 지어진 이름, 출룡전(出龍殿)이었다.

용사비는 목욕을 좋아했다.

아침부터 종일 대륙 각지에서 초빙된 여러 무술 사부들로부터 힘든 고련을 마치고 나면 꼭 뜨거운 물에 몸을 담그고 한 시진을 보냈다.

그러던 것이 최근엔 한낮에도 툭하면 입욕을 청했다.

"이게 뭐야, 씨!"

출룡전의 한쪽에 용사비의 요구로 특별히 건축된 욕실 앞에서 수건을 팔뚝에 감고 시중을 들던 개방 십대장로 중 한 명인 진대목을 향해 한마디 투정과 함께 퓨웃! 날카로운 예기가 담긴 무엇인가가 화살처럼 날아왔다.

"……!"

진대목이 멈칫 놀라며 고개를 젖혀 피하자 그것은 진대목의 바로 뒤 석벽에 파악! 소리를 내며 비수처럼 꽂혔다.

그것은 한 잎의 붉은 장미 꽃잎이었다.

"이 운남산 적장미는 싫다고 했잖아, 영감! 저번에 띄웠던 백장미 향이 내 구미에 딱 맞았다구! 이건 완전히 싸구려 냄새가 팍팍 나! 씨!"

붉은 장미 잎이 가득 떠 있는 티벳산 대리석으로 만들어진 욕탕 안에 들어앉아 있는 용사비가 또 투정을 부리고 있었다.

"전에 그 백장미는 봉향화(鳳香花)라고 불리는 건데, 황실에서도 황비가 기거하는 비봉궁(飛鳳宮)의 정원에서만 길러지는 거래. 그때 그건 소 장로가 황실에 들렸다가 우연히 한 줌 얻어온 것으로, 천만금으로도 도저히 구할 수가 없는 거니까 후개가 이해하라구."

오의파에서도 그렇듯 정의파에도 후개 후보라고 불러야 마땅한 용사비를 자기네 파가 오정대연에서 승리할 것이라는 걸 확신이라도 하듯 대놓고 후개라 지칭했다.

"그럼 이것들 다 걷어치워 버려! 이런 싸구려 냄새 팍팍 나는 건 없느니만 못하다구! 씨!"

용사비가 두 발로 풍당풍당 물장구를 치며 짜증을 냈다.

"알았어, 알았어, 후개. 잠깐 기다려."

용사비가 생떼를 쓰기 시작하면 아무도 못 말린다.

별수없이 진대목은 두 팔을 걷고 물 위에 떠 있는 장미 잎을 걷어내기 시작했다.

'어린 놈이 참 싸가지 더럽게 없군!'

입에서 울컥 쌍욕이 쏟아져 나오려는 것을 진대목은 꿀꺽 삼켰다.

진대목은 분을 삼키며 정의파의 백 년 묵은 대원(大願)을 이루려면 당연히 치러야 할 대가라고 생각했다.

백이십 년 전, 개방의 선각자 백추련이 정의파의 이론을 정립하고 개방의 개혁을 주장하며 정의파를 일으킨 후 세 번에 걸쳐 오정대연이 있었고, 그 세 번의 오정대연에서 승리를 쟁취하지 못했다.

동자 개방도 중에서 우수한 인재만을 골라 수련시키는 개방의 부서인 기련원에서 정의파나 오의파나 일곱 살 이전의 후개 후보를 점지할 수 있었으나 이번엔 기련원을 무시하고 외부에서 무골이 뛰어난, 장차 정의파의 미래를 걸만한 인재를 팔방을 뛰어다니며 발굴해 들인 게 바로 용사비였다.

정의파는 재물의 힘을 절대적으로 믿는 사람들로 뭉쳐진

집단이었다.

재물이 곧 악의 근원이 된다는 오의파와는 정반대되는 개념을 가진 사람들의 집단이니 용사비를 키우는 것도 돈의 힘을 빌렸다.

공력을 키울 수 있는 갖가지 비약을 구해다 먹였고, 뛰어난 무술 비법이 적혀 있는 비급을 비싼 돈으로 사다가 수학을 시켰다.

한편으로는 뛰어난 무공을 가진 자 역시 비싼 돈을 들여 채용해서 그 사람으로 하여금 직접 용사비에게 무공을 전수하도록 하기도 했다.

물론 자기네 문파의 비술을 돈을 받고 팔아넘기는 것을 무지하고 몰상식한 짓으로 여기는 명문정파에게는 가당치 않은 일이었으나 몰상식한 짓을 우습게 여기는 사파(邪派)에도 고수는 많았다.

최근에는 사파 쪽에서 십대고수의 반열에 든다는 귀변팔법(鬼變八法)의 고수 고신사무가 한 달에 걸쳐 용사비에게 비술을 전수하고 갔다.

정의파에선 그 대가로 전망 좋은 동정호수변의 무망산 자락에다 근사한 별장을 고신사무에게 지어 바쳐야 했다.

자신을 비롯한 정의파의 오대장로는 물론이고 정의파의 모든 식솔들이 목을 메고 떠받들다 보니 버릇이 엄청나게 없어지긴 했지만, 용사비는 이번에야말로 정의파의 오랜 비원을 풀어줄 인재라는 것을 정의파의 모든 사람들은 믿어 의심치 않았다.

'그래, 이제 며칠만 기다리면 개방은 정의파의 것이 된다!'

느긋하게 물에 몸을 담근 채 지그시 눈을 감고 뜨끈한 느낌을 즐기고 있는 용사비를 흘깃 보며 진대목은 기대에 찬 얼굴로 장미 잎을 주워냈다.

바로 그때, 콩콩콩콩! 욕실 쪽으로 나 있는 복도를 달려오는 발소리가 들렸다.

사전에 기별을 하지 않고 용사비가 들어 있는 내전에 직접 들어올 수 있는 사람은 장로들만이 가능했다.

십대장로 중 다섯은 오의파이고 나머지 다섯은 정의파였는데 다섯 장로 중 두 장로는 외유 중이었고, 저렇게 당당히 출룡전에 들어올 수 있는 사람은 자신을 포함해 현재 개방에 남아 있는 두 장로 소춘풍과 진종자 중 한 명일 터였고, 그 방정맞은 발소리로 보아 그 발소리의 주인은 틀림없이 표풍개(飄風丐) 소춘풍일 것이다.

"와, 와, 왔네, 왔어!"

욕실의 문을 왈칵 열어젖히며 역시 표풍개 소춘풍이 안의 두 사람에게 다급히 소리쳤다.

"뭐가 말인가?"

장미 꽃잎을 주워내던 진대목이 물었다.

"진산이 왔네!"

"······!"

소춘풍의 말에 뜨끈한 포만감에 몸을 맡기고 있던 용사비가 두 눈을 번쩍 떴다.

물론 놀라기는 진대목도 마찬가지였다.

"뭐야!"

같은 때에 눈을 크게 뜨며 놀라는 사람이 또 하나 있었다. 포일비였다.

"진산 후개와 곡 장로가 변을 당했다고! 그게 정말이야?"

도저히 믿겨지지 않는 황망지경의 얼굴로 호연패와 팽충을 향해 포일비가 소리쳐 물었다.

"그래, 변개. 믿기지 않고 믿고 싶지 않을 테지만 받아들여야 할 사실인 것 같다."

침통한 얼굴로 팽충이 고개를 끄덕였다.

"천하의 곡 장로를 어떤 놈들이······! 곡 장로나 진산의 시체를 본 것은 아니지 않은가?"

이를 갈다 이 사실을 믿고 싶지 않다는 듯 호연패의 소맷자락을 움켜쥐며 포일비가 다시 다그쳐 물었다.

"저 진천금와주병이 어떤 건가? 포일비, 자넨 저 술병이 곡장로의 손에서 떨어진 것을 본 적이 있나?"

애초에 막수의 물가에서 유옥이 주웠고, 그것을 들고 있음으로 해서 진산으로 오해를 받았던, 그리고 팽충의 차력전이

대법의 기운을 빌려 유옥이 들고 들어와 지금은 의전의 구석 낡은 찬장 위에 놓여 있는 진천금와주병을 호연패가 턱짓으로 가리켰다.

"……!"

그러고 보니 정말 포일비는 한 번도 곡반괴가 그 병을 들고 있지 않은 것을 본 적이 없다는 것을 새삼 깨달았다.

"틀림없어! 정의파, 그 개종자들이 홍웅루에 청부를 넣어 두 사람을 해친 게 틀림없다구!"

팽충이 정의파의 전각이 있는 서쪽을 보며 뿌드득 이를 갈았다.

"이 개똥보다도 못한 종자들!"

분기탱천한 모습으로 주먹을 불끈 쥐고 문 쪽으로 달려나가려는 포일비를 호연패가 허리를 안아 잡으며 말렸다.

"참게, 참아. 심증은 가지만 물증이 없네. 섣불리 움직이면 개망신만 자초하는 격이 되고 말 거네."

정의파가 발호한 지 백이십 년 동안 세 번의 오정대연을 거치면서 오정대연은 누구도 부인할 수 없는 개방의 관례가 되고 말았다.

분란과 대립의 산물이었고, 그 부작용도 만만치 않았지만 오정대연은 양 파의 치열한 준비로 인해 개방의 무공을 발전시켜 온 것도 엄연한 사실이었다.

그리고 납득할 수 없는 이유를 대지 못하며 오정대연에서 자기 쪽 후개 후보를 비무대에 올리지 못하는 것은 용납될 수 없었고, 패배도 참혹한 패배를 의미하는 것이었다.

"크으! 급살을 맞을 놈들! 하다 하다 이젠 청부 살수까지 동원해!"

포일비가 분기탱천한 모습으로 몸을 떨며 이를 갈았다.

하지만 포일비 또한 섣불리 물증도 없는 일을 따지러 정의파에 달려가선 아무런 소득이 없다는 걸 알고 있었다.

장사를 하는 사람들은 타산을 따지는 그 계산성으로 인해 매사에 치밀하기 마련이다.

정의파의 다섯 장로를 비롯해 정의파 수뇌부 대부분이 중원 곳곳에 장사가 되는 사업을 벌여 운영하고 있었고, 아울러 그런 자들이 작정하고 행한 일이 분통한 마음 하나로 쫓아가 해결될 일이 아니란 것을 포일비도 잘 알고 있었다.

"휴우! 어차피 기호지세(騎虎之勢:달려가는 호랑이에 올라탄 상황. 돌이킬 수 없이 시작된 일을 이름)일세."

호연패에게서 긴 한숨이 새어 나왔다.

"이놈에게 진천금와주병을 들려 진산 후개랍시고 만방에 선을 보였으니 이제 다른 방도는 없네."

호연패의 굳은 시선이 의전의 낡은 침상에 혼절해 누워 있는 유옥에게 향했다.

"어떻게든 이놈을 살려 오정대연에 내보내야 해. 정의문 놈들에게 손도 안 대고 코 풀게 해줄 순 없는 일 아닌가."

혼절해 있는 유옥을 내려다보며 호연패가 다시 한 번 의지를 다지듯 말했다.

"말도 안 돼! 지금 저쪽 후보로 나오는 용사비란 놈은 지금까지 나왔던 정의파 후보들은 쩝도 안 된다는 소리를 듣는 특출한 놈이야! 단전에 공력 한 줌 가지고 있지 못한 이런 놈을 내보내서 어쩌자는 건가?'

포일비가 어이없어 미치겠다는 듯 자신의 가슴을 주먹으로 팡팡 때려댔다.

"어쨌든 자네의 의술로 저놈의 정신이나 들게 해주게. 아직 열흘이 남았으니 무슨 수든 강구해 봐야지."

유옥을 내려다보며 애써 힘주어 말하는 호연패의 얼굴에 한줄기 진땀이 흘러내리고 있었다.

"제길! 그놈의 홍웅루에 첫 분기 흑자 분을 다 투자했던 건데……."

따라락!

주판알을 손끝으로 튕기며 정의파의 다섯 장로 중 한 명인 산수개(算數丐) 진종자가 잔뜩 아쉬운 얼굴로 말했다.

"청부를 이행하지 못했으니 청부금의 두 배를 토해내 놓는 것이 중원의 규칙이야. 손해는 무슨! 그놈의 돈이야 앞으로 벌면 되는 것이지만 진산이란 놈이 멀쩡히 살아온 것이 문제지!"

탕!

진대목이 탁자를 손바닥으로 치며 불만을 토했다.

출룡전의 거실에 정의파의 다섯 장로 중 외근하느라 개방을 떠나 있는 백여연과 조천우를 뺀 세 장로가 원형의 탁자에 둘러앉아 있었다. 그리고 장미꽃이 화려하게 그려진 장포를 걸친 용사비가 호랑이 가죽으로 등 테가 둘러진 태사의에 세 사람을 건너다보며 앉아 있었다.

"그렇다면… 이분기 흑자 분이 두 배로 튀겨지는 거고!"

진대목의 말에 좋아라 하는 표정이 되며 진종자가 따라락! 다시 주판알을 튕겼다.

"내 앞에서 그놈의 주판알 좀 튕기지 마. 짜증나니까."

용사비가 인상을 찌푸리며 뾰족한 어투로 말했다.

구걸이 아닌 사업으로, 혹은 장사로 개방의 생업을 바꾸려는 개혁을 꿈꾸는 정의파에게 주판은 최고로 중요한 도구였다.

농사를 짓는 사람에겐 괭이처럼 중요한 도구였던 것이다.

그런데 용사비는 산수를 죽어라 싫어했다. 따라서 주판도 싫어했다. 산수개 진종자가 여러 차례에 걸쳐 주판과 산수를 가르치려 했지만 소용없었다.

"에휴, 우리 후개가 저 빼어난 용골에, 무공에, 산수 능력까지 겸하면 그야말로 용중용(龍中龍)일 텐데……."

잔뜩 아쉬운 표정을 지으며 진종자가 주판에서 슬그머니 손을 떼었다. 올해 정월 초하룻날 자축연에서 회연에 들어간

비용을 산출하느라 용사비의 경고를 무시하고 주판알을 튕기다가 용사비가 던진 그릇에 들어 있던 뜨거운 고기 국물을 고스란히 뒤집어썼던 일이 생각났기 때문이다.

"설마 방주가 돼서 주판알이나 튕기고 있으라는 건 아니지?"

전혀 열여덟 살답지 않은 용사비의 매서운 눈초리가 진종자의 얼굴에 꽂혔다.

"하하, 하긴 산수야 밑의 사람들 시키면 되지. 암, 그렇고말고."

진종자가 용사비의 비위를 맞추려 억지웃음을 지으며 손을 저었다.

"그나저나 어떻던가? 그놈 진산이, 좀 다듬어져 온 것 같던가?"

화제를 바꾸려는 듯 진종자가 옆의 소춘풍 쪽으로 고개를 돌렸다.

"나도 내 눈으로 직접 보진 못했는데, 목도한 애들의 얘기를 들어보니까 그 기상이 보통이 아닌 모양이야. 팽충의 강아지새끼들이 끄는 마차에 떡하니 올라앉아 있었는데, 대문에서 의전까지 가는 동안 고개 한 번 돌리지 않고 눈 한 번 깜빡하지 않고 앉아 있는 모습이 늠름하고 의연하기가 철탑 같았고, 알 수 없는 살벌한 기운이 전신에서 팍팍 풍겨져 나오더래."

소춘풍은 발도 빨랐지만 말도 빨랐다. 그리고 들은 말을 보태고 다듬어 재미있게 하는 재주가 있었다.

'마차 위에 꿈쩍 않고 앉아 있는 모습이 마치 바위 같더라'는 유옥을 직접 본 한 수하의 말이 소춘풍의 입에서 한결 듣기 좋게 보태어지고 다듬어져 나왔다.

"하긴 그 지독한 곡반괴가 보통 훈육을 하진 않았을 거야. 그 영감이 기린원주 때부터 남 가르치는 데는 타고난 인간이었거든. 그래도 설마 우리 용 후개를 당하진 못하겠지?"

진종자가 용사비 쪽을 흘깃 보며 불안한 기색을 감추지 못했다.

"무슨 말도 안 되는 소릴! 우리 용 후개는 개방의 정식 후개가 되어 방주로부터 직접 물려받아야 하는 용두타구봉법과 항룡십팔장을 제외한 개방의 전 무공을 이미 삼 년 전에 통달했고, 그 후에 생돈을 들여 덧보탠 타 방파의 무공이 얼만데! 더구나 얼마 전엔 고신사무의 그 유명한 귀변팔법까지 전수를 받았지 않은가! 제아무리 진산이란 애가 날고 기어도 우리용 후개한테는 안 될……!"

"그만 해, 영감!"

얼어붙듯 차가운 용사비의 말이 한참 수다를 이어가던 소춘풍의 말을 잘랐다.

"금전 해결을 우선으로 하는 정의파의 원칙을 따라야 한다고 해서 그냥 두고 보고 있었는데, 사실 난 이번 진산인가 뭔가 하는 그놈에 대한 영감들의 처사에 불만이 많았어. 손 안 대고 코 푸는 것도 좋겠지만, 난 비무대 위에서 만 개방도들이 지켜보는 가운데 놈을 박살 내주고 싶었다구. 놈의 대갈통을 짓밟고 서서 개방도들의 환호를 받으며, 그렇게 개방의 적통 후개가 되고 싶었다구."

말을 이어가는 용사비의 두 눈에서 이글이글 살기가 끓어올랐다.

"그래도 조심해야 해, 용 후개. 옛날 얘기지만 클 나무는 싹부터 다르다고 진산, 그애가 보통은 아니었어. 다섯 살 되던 해에 사서삼경을 독파해 주위를 놀라게 했고, 기골 또한 보통이 아니었다구."

"맞아. 여기 개방을 떠나던 여덟 살 나이에 취리행편보를 발휘할 줄 알았고, 취리타구봉법을 삼절까지나 시전해 냈었거든. 더구나 곡반괴, 그 독종의 조련을 받은 걸 생각하면……."

소춘풍과 진종자가 굳은 얼굴로 서로의 말을 거들었다.

"진 장로는 강굴강(剛屈剛)의 원칙도 몰라? 강한 자를 꺾으면 더 강한 자로 대접받는 원칙 말이야."

용사비의 뾰족한 말이 다시 두 사람의 말을 잘랐다.

"잘 생각해 봐, 영감들! 내가 싸우지도 않고 적통 후개가 된다면 오의파 쪽에서 술술 나를 적통 후개로 인정해 주려 하겠어?"

"……."

맞는 말이었다.

정의파 오대장로가 계획했던 대로 진산의 기권패를 이끌어낸다고 해도 용사비가 온전히 개방의 적통 후개로서 인정받기는 어려울 터이다.

어쩌면 막강한 개방의 정보력을 동원해 자기들이 저지른 청부 살해에 대한 내용을 파내게 될지도 모를 일이었다.

비무대 위의 승리는 쉬운 일이겠지만 그 뒤의 일이 굉장히 어려워질 수 있다는 것을 오대장로는 간과하고 있었던 것이다.

"이제 더 이상 왈가왈부하지 마, 영감들!"

단호한 말과 함께 용사비가 태사의에서 몸을 일으켰다.

"예정대로 오정대연을 준비하고, 내가 비무대에 오르거든 응원이나 신나게 해줘."

자신 넘치는 냉랭한 웃음을 흘리며 거실의 출구를 향해 용사비가 씩씩한 걸음을 떼었다.

"어디 가는 거야, 후개?"

진대목이 용사비의 앞을 막아서며 다급히 물었다.

"음주 수련."

앞을 막아선 진대목의 얼굴을 들여다보며 용사비가 씨익, 짓궂은 웃음을 지었다.

오정대연에서 비무대에 오르는 양편의 후개 후보는 비무대에 오르기 직전에 한 말의 화주를 마셔야 했다.

두 번째 오정대연에서 팽팽했던 양쪽의 후보가 장장 이틀에 걸친 비무 후에도 승부가 나지 않자 대연에 공식 참관자로 초대되었던 남궁세가의 가주 남궁력의 제안으로 두 후보에게 비무를 멈추고 술을 마시게 했다. 오정대연의 승부는 비무대에서 먼저 떨어지는 자가 패하는 것으로 정해져 있었고, 균형 감각을 흐트러뜨리는 술을 마시게 하자 한 식경이 지나지 않아 승부가 가려졌다고 한다.

그 이후 오정대연부터는 두 후보는 미리 한 말의 술을 똑같이 마시고 비무대에 오르는 것이 관례가 되었고, 이제 얼마 후에 있을 오정대연에서도 두 후보는 필히 한 말의 화주를 소화해야만 했다.

술을 이기는 힘, 그것도 중요한 문제라고 생각한 진대목은 일 년 전부터 종종 용사비를 데리고 개봉 시내의 한 객잔을 드나들었다.

술이라는 것은 먹으면 먹을수록 늘고, 몸도 그에 적응하기 마련이다.

그런 진대목의 노력(?) 덕에 용사비는 한 말의 화주 정도엔 발걸음 하나 흐트러지지 않는 술꾼이 되었다.

그런데 어디 객잔에 술만 있던가.

얼마 전부터 용사비는 그 객잔의 벽요라는 기녀와 눈이 맞았다. 물론 그 후로 이젠 진대목이 말려도 사흘이 멀다 않고 객잔으로 달려가는 용사비였다.

"안 돼, 용 후개! 오정대연이 열흘도 남지 않았어! 정기를 흩뜨리는 짓을 해선 안 될 시기라구!"

진대목이 황망히 말하며 용사비의 팔뚝을 잡아채려고 손을 뻗었다.

진대목의 손이 용사비의 팔뚝을 잡았다 싶은 순간, 쉬잇 한 줄기 바람처럼 용사비의 모습이 어디론가 사라졌다.

번뜩, 황망히 놀라고 있는 진대목의 너머로 역시 바람처럼 용사비가 나타났다. 현관을 향해 걸어가는 뒷모습으로.

얼마 전에 고신사무에게서 배운 귀신이 부리는 조화라는 신법 중의 신법 귀변팔법이었다.

"하하하! 걱정 마, 진 장로! 정기는 조금도 흐뜨러뜨리지 않고 정말 딱 화주 한 말만 마시고 올 거니까!"

호탕한 웃음과 함께 현관 밖으로 멀어지는 용사비의 뒷모습이 오늘따라 더 커 보인다고 진대목은 문득 생각했다.

포일비는 여간해선 침을 쓰지 않았다.

오장육부에 탈이 난 것에는 약을 쓰고, 기혈의 흐름이 원활치 못해 일어나는 특별한 병에만 침을 썼다.

"아이고, 이 답답한 사람들아! 아무리 좋은 거라도 담을 만한 그릇이 되나 어쩌나를 보고 했어야지! 구양발환환단 같은 영약은 일단 먹으면 위장에서 전신으로 그 기운이 혈을 타고 번져 나가게 돼. 그 다음에 다시 전신에 퍼진 그 기운을 단전에 모아 축적시켜 주어야 제대로 된 공력으로 자리매김하는 것인데, 지금 이놈은 전신으로 퍼져 나온 영약의 기운을 감당할 신체가 못 돼서 이 꼴이 되고 만 게야. 쯧쯧쯧."

발가벗겨진 전신에 흡사 고슴도치마냥 촘촘히 침이 꽂혀 있는 유옥을 내려다보며 포일비가 옆의 두 사람, 호연패와 팽충을 보고 혀를 차며 말했다.

"쩝, 마음이 워낙 급해서 그것까진 미처 생각하지 못했다."

팽충이 머쓱한 얼굴로 뒷머리를 긁적였다.

"어떻게, 정신은 차릴 것 같은가?"

호연패도 걱정스런 얼굴로 유옥을 내려다보며 물었다.

"이놈의 팔다리, 즉 사지(四肢)의 끝하고 머리끝 천정혈에 약 기운이 몰려 있어. 이게 다시 돌아서 단전으로 그 기운이 모여야 하는데… 이게 쉽지 않을 것 같군. 침을 놓은 지 한 시진이 지났는데 혈이 도는 기색이 전혀 안 보여. 이거 아무래도 내 제침술로는 안 되는 모양일세."

포일비가 유옥의 안색을 살피며 심각해져 말했다.

더불어 호연패와 팽충의 얼굴도 굳어졌다.

"무슨 다른 방법이 없겠나? 이놈을 살려내지 못하면 우리 오의파는 끝장이라구!"

"그래, 이 사람아. 다시는 변개라고 안 할 테니 무슨 다른 방법 좀 강구해 봐."

호연패와 팽충이 간절한 얼굴로 포일비를 바라보았다.

"으음… 이걸 어떡해야 하나……."

포일비가 곤혹스런 얼굴로 새끼손톱을 입으로 가져가서 깨득깨득 깨물었다. 심각한 고민이 생겼을 때 나오는 포일비의 버릇이었다.

"으음, 이걸 어쩌나, 이걸 어째……."

간절한 얼굴로 자신을 보고 있는 두 사람은 아랑곳 않고 포일비는 일각 정도를 더 손톱을 뜯으며 끙끙댔다.

"그거라면… 그거라면 될 것 같기도 한데……."

문득 새끼손톱을 잡아뜯던 포일비가 서광 어린 눈빛을 빛냈다.

"그게 뭔가?"

"뭐든 빨리 좀 해봐!"

호연패와 팽충이 포일비의 팔뚝을 잡으며 재촉을 해댔다.

"취구환(翠救丸)을 먹이는 걸세."

포일비가 결연한, 한편으로는 불안한 두 가지 표정을 동시에 지으며 두 사람을 보며 말했다.

"취구환?"

호연패와 팽충의 눈이 동시에 왕방울만 하게 커졌다..

개방하면 떠오르는 것은 방주의 장문신령으로 비취빛 옥으로 만들어진 지팡이, 취옥장(翠玉杖)이다.

그리고 그 한 알에 십 년 공력이 들어 있으며 기혈에 관한 어떤 병도 고칠 수 있다는 역시 비취빛의 영약, 취구환(翠救丸)이 있었다.

취구환은 신묘한 효능이 있는 삼백육십여섯 가지의 약초를 일정한 비율에 맞추어 빚어 만들어지는데, 일단 그 삼백육십여섯 가지의 약초를 모으는 것도 어려운 일이거니와 환으로 숙성시키는 데도 십 년 세월이 걸렸다.

그래서 수많은 약초를 구하는 어려움과 제조의 어려움, 긴 숙성 시간으로 인해 방 내엔 겨우 한두 개의 취구환이 비치되어 있었고, 방주와 후개 두 사람 이외엔 어떤 사람에게도 처방되지 않았다.

"취구환은 다른 효능도 많지만, 특히 뭉치고 막힌 혈을 풀어주는 데 최고의 효능이 있네. 그거라면 능히 이놈을 소생시키는 데 부족함이 없으리라고 보네만."

유옥을 내려다보며 말하는 포일비가 지그시 입술을 물었다.

어떤 경우에도 취옥환은 방주와 적통 후개에게만 처방되어져야 했다.

취구환은 대대로 의개들이 관리하며 포일비는 전대 의개로부터 한 개의 취구환을 물려받았다. 그리고 자신이 의개가 된 후 각고의 노력 끝에 또 하나의 취구환을 만들어냈다.

그렇게 해서 두 개의 취구환이 있었지만 그중 하나는 작년에 청루취옥배의 부재로 인해 생긴 부작용을 치료하기 위해 홍동청 현 방주에게 처방해 주었다.

물론 워낙 병세가 까다로워 큰 효험을 보지 못한 방주는 보양동으로 들어가고 말았지만.

"하지만 그건 방주와 적통 후개에게만 쓸 수 있는 거 아닌가?"

심히 걱정스런 어조로 포일비의 안색을 살피며 팽충이 물었다.

"물론 그렇지. 만약에 이 일이 탄로난다면 난 앞으로 개방에 적을 두고 있지 못할 것일세. 아니, 개방도들에게 집단 돌팔매를 맞아 죽게 될지도 몰라."

포일비의 얼굴이 더 굳어졌다.

"그것도 그렇지만 이 일을 정의파 놈들이 알기라도 한다면, 이때다 하고 이의를 제기하고 나올 걸세."

"그것도 그렇군."

팽충과 호연패가 함께 고개를 끄덕이며 걱정스런 얼굴이 되었다.

"그럼 다른 방법이 있어? 있으면 빨리 말하고."

포일비가 두 사람을 보며 말했다.

"……."

하지만 그런 포일비를 바라보며 두 사람은 아무 말도 할 수 없었다. 다른 방법이 없었기 때문이다.

"다른 방법이 없는 모양이군."

포일비가 작정한 듯 허리에 차고 있던 열쇠 꾸러미를 풀어 냈다.

그리고 그 방에서 유일하게 철로 만들어진 벽 한쪽에 설치 되어 있던 벽장의 문에다 열쇠를 끼워 돌렸다.

벽장의 문이 열리고, 다시 그 안에 들어 있던 커다란 철함 의 문이 열리고, 그 철함의 안에 들어 있던 비취빛 옥함이 포 일비의 손에 들려져 나왔다.

포일비가 신중하게 비취빛 옥함을 방 가운데의 탁자 위로 옮겨놓았다.

그리고 그 옥함의 뚜껑을 열자, 오랫동안 빛을 보지 못했던 탓에 더욱 그 빛이 오연한 한 개의 호두알만 한 환단이 모습 을 드러냈다.

바로 개방 최고의 영약 취구환이었다.

세상에서 제일 더러운 문파—지금은 반쪽만이지만—개방에 도 밤이 왔다.

개방의 의개 직을 걸고, 아니, 목숨을 걸고 포일비는 정통 후개나 방주가 아니면 쓸 수 없는 개방의 영약 취구환을 혼절 해 있는 유옥에게 먹였다.

단단한 영단으로 되어 있는 취구환을 혼절해 있는 유옥이 먹을 수는 없었으므로 포일비가 취구환을 씹어서 유옥의 입 안으로 흘려 넣어주었다.

그 일을 한 지 세 시진이 지났지만 유옥에게는 아무 일도 일어나지 않고 있었다.

다만 씹어서 먹여주는 일을 한 포일비가 취구환의 잔여물을 삼킨 탓인지 몸이 더워진다며 몇 사발째 냉수를 들이키고 있었다.

"뭐야, 변개?! 애한테 먹인다 해놓고 지가 다 꿀꺽해 버린 거 아냐? 왜 얘는 아무런 기별이 없고 변개, 너만 약 기운을 받아 후끈거리는 거야?"

아무런 변화 없이 혼절해 있는 유옥을 가리키며 팽충이 포일비가 가장 싫어하는 말, '변개'를 들먹거렸다.

"야, 이 팽가야! 아무려면 내가 무슨 영화를 더 보겠다고 그걸 꿀꺽하겠냐? 의심할 걸 의심해라!"

"늙으면 명줄에 대한 욕심이 많아지는 법이야! 그 취구환을 먹으면 다 죽어가던 골골 노인도 벌떡 일어나고, 족히 십 년 명줄은 늘려준다는 말을 나도 들었어! 욕심이 날 만하지, 뭘!"

"어휴, 정말 이놈이 만날 썩은 개고기만 처먹더니 머리가 이상해져도 한참 이상해졌구나! 새 정신이 들게 하는 대침이라도 한 방 놔줘야겠다, 팽가 이놈!"

"됐으니까 맞으려면 변개, 너나 맞아라! 내 정신은 멀쩡해!"

툭하면 일어나는 두 사람의 말싸움이 또 시작됐다.

"쉿! 조용히들 좀 해보게."

하지만 막 유옥의 머리를 짚어보던 호연패의 말에 두 사람의 말싸움이 중단되었다.

"미미하지만 이 아이의 몸에 온기가 일어나고 있는 것 같네만. 포 장로가 한번 보게."

유옥의 머리를 짚은 채 호연패가 말했다.

"어디!"

포일비가 유옥에게 다가서서 호연패가 하던 대로 유옥의 머리를 짚었다.

"오! 정말 체열이 아까보다 많이 높아졌군! 여기 몸 쪽은 아주 후끈후끈해!"

윗옷을 걷어붙이고 유옥의 가슴팍에 손을 대보며 포일비가 반색을 했다.

"좀 늦긴 했지만 취구환의 훈기가 드디어 이놈의 체내에서 운용되기 시작했어!"

계속 유옥의 몸을 만지며 포일비가 기대에 찬 얼굴로 소리쳤다.

"……."

유옥을 내려다보는 호연패와 팽충의 두 눈도 새로운 것에 대한 기대로 빛나고 있었다.

밤이 깊어지자 개방의 사위도 모든 것이 잠든 듯 잠잠해졌다.

개방에서 제일 깨끗한 곳, 접객청(接客廳)의 정원 연못가에 평판처럼 놓여진 바위 위에 일각이 가부좌를 틀고 앉아 있었다.

지그시 눈을 감은 일각의 얼굴 위로 은은한 후광이 번져 나왔다.

소림의 사대신공(四大神功) 중 하나인 합반관음신공(合班觀音神功)을 수련하는 중이라는 것을 일각의 뒤에서 천안전에서와 같은 모습으로 철장을 세워 들고 시립해 있는 자명은 알고 있었다.

어쩔 수 없이 이곳도 개방의 한곳이라는 것을 알려주기라도 하는 듯 어디선가 비릿한 구린내가 바람을 타고 번져 왔다.

"에잉! 이놈의 냄새 때문에 집중이 안 된다, 집중이 안 돼!"

몽유지경에 들어 있는 것 같던 일각이 자신의 코앞으로 손을 흔들어 냄새를 쫓으며 짜증을 냈다.

하지만 자명은 일각의 짜증이 구린내 때문만은 아님을 알고 있었다.

그의 스승 일각은 좌선운공을 할 때 모든 소리를 자신으로부터 차단하는 진기의 막, 불광방막(佛光防幕)을 함께 운용하여 시끄러운 곳에서도 곧잘 좌선운공을 했던 것이다.

그의 스승 일각은 오정대연의 참관인으로 홍동청 방주의 초대를 받고 그 초대에 응하여 개방에 걸음하였지만, 홍 방주를 만나면 근자에 소림에서 일어난 아주 골치 아픈 한 가지 일을 상의하고자 작정하고 있었다.

하지만 그 홍 방주는 폐관 중이라 만나지도 못했고, 그 아주 골치 아픈 그 일이 개방의 아무나 잡고 상의할 수 있는 일도 아니었기에 그것이 못내 마음에 걸려 있는 상태였으며, 그 불편한 심기가 외부의 문제보다 내부의 문제가 더 크게 작용하는 좌선운공을 중단하게 만든 것이었다.

"에잉! 그만 들어가자. 소림이 이 지경인 마당에 운공은 무슨 운공!"

엉덩이를 털며 자리에서 일어나던 일각이 발 앞에 뒹굴고 있던 애꿎은 주먹만 한 돌멩이 하나를 걸어찼다.

아무 생각 없이 휘두른 발끝에 자기도 모르게 공력이 실렸던 모양이다.

파앙!

화살처럼 날아간 돌멩이가 정원으로 들어오는 어림에 세워져 있던 사자 모양의 석등에 맞으며 석등이 산산이 박살이 났다.

"호호홋, 대사님께서 노도광승이 허명이 아니라는 걸 또 한 번 확인시켜 주시네요. 그 석등이 그래 봬도 정주 최고의 석공인 모합계의 작품이에요. 제법 값이 나가는 거라구요."

낭랑한 웃음과 함께 정원의 입구에 언제 왔는지 화화가 서 있었다. 낮과 다르게 붉은 화의 하나를 물빛 무복 위에 덧입은 모습으로.

"험험, 일부러 그런 건 아니다. 제기랄! 까짓 거, 물어달라면 물어주고."

낭패스런 상황에 일각이 헛기침을 해댔다.

"대사님께서 낮에 뵈었을 때보다 심기가 많이 불편해 보이세요. 그사이 접객청에서 접대에 소홀한 것이라도 있었던가요?"

화화가 일각의 뒤에 멀뚱히 서 있는 자명을 향해 물었다. 자신에게 말을 걸어오리라 생각지 않고 있던 자명이 멈칫 놀랐다.

"아, 아뇨. 그, 그런 일은 어, 없는 걸로 아는데……."

자명이 구릿빛 얼굴을 붉히며 말을 더듬었다.

"이 일각이 쩨쩨하게 접대가 소홀했다고 인상이나 찡그릴 사람으로 보이냐? 이잉, 그만 들어가자꾸나, 자명아."

일각이 마땅치 않은 기색으로 화화를 지나쳐 정원의 입구 쪽으로 휘휘 걸어갔다.

"만자혈인장(卍字血印章) 때문인가요, 대사님?"

만자혈인장!

대수롭지 않은 듯 입을 뗀 화화의 그 말이 일각의 머리에 화살처럼 들어와 박혔다.

더불어 일각을 따르던 자명도 일각 못지않게 충격을 받으며 놀라고 있었다.

만자혈인장은 외부에 알려지지 않은 소림의 신물로 만년

한철로 만들어진 인장이었는데, 장문인으로 임명된 소림의 대승(大僧)이 어깨에 불로 달궈진 만자혈인장의 만 자(卍字) 인장을 받음으로써 장문인으로서 정식 인증을 받는, 황실로 치면 옥쇄와 비견되는 소중한 신물이었다.

"마, 마, 마… 만자혈인장 때문이라는 걸 네가 어찌 아느냐?"

일각이 충격을 거두지 못하며 생긋 미소를 짓고 서 있는 화화를 보며 황망히 물었다.

"호호, 그 만자혈인장이 소림이 최고로 소중히 여기는 가전신물이라는 걸 아는 사람은 많지 않죠. 그 만자혈인장을 지난 삼월에……."

"잠깐!"

웃음과 함께 이어지던 화화의 말을 일각이 다급히 소리쳐 막았다.

화화의 말을 중단시킨 일각이 한 손을 들어 가슴 앞에 세우더니 우우우웅! 진기를 운용하기 시작했다.

미미한 파동이 세 사람의 주위로 번져 가는 것을 화화는 느끼고 있었다.

"들고나는 모든 소음을 차단한다는 진기의 방막, 불광방막을 운용하는 거군요?"

일각에게서 번져 나간 진기가 풍선처럼 세 사람을 에워싸는 것을 느끼며 화화가 말했다.

"그렇다. 만자혈인장에 대한 얘기가 혹여라도 남의 귀에 들어가선 안 된다. 너는 만자혈인장이 분실된 것을 알고 있는 것 같다만."

일각이 불광방막을 운용하는 자세 그대로 바위처럼 진중해진 모습으로 두 눈을 번뜩이며 말했다.

"분실된 것이 아니라 도둑맞은 게 더 큰 문제 아닌가요?"

"……!"

화화의 말에 일각의 충격이 더 커졌다.

"으으으음, 이럴 수가! 만자혈인장의 도난 사실은 방장과 사대장로, 삼십육금강승만이 아는 방 내의 일급 비밀이거늘……!"

"그럼 방장과 사대장로, 삼십육금강승까지 총 마흔한 분이 알고 계신 일이군요. 아, 여기 자명 스님도 알고 있으니까 마흔두 분이 되겠군요. 마흔두 분씩이나 알고 계신 일을 저희 개방 천안전에서 모를 리가 없죠."

화화가 야릇한 미소를 지은 채 말했다.

"설마 개나 소나 다 알도록 떠벌린 건 아니겠지?"

"호호, 염려 마세요. 개방 천안전의 보안은 소림의 수좌들보다도 더 철저하다고 장담할 수 있으니까요."

"제기랄! 대체 어떤 놈이 외인에게 발설을 한 게야! 내 돌아가면 이놈을 찾아내서……!"

일각이 분을 참지 못하는 모습으로 뿌드득 이를 갈아붙였다. 화화의 비아냥처럼 그 사실을 알고 있는 마흔둘 중 누군가의 발설에 의해서 개방의 천안전이 알고 있을 터였으므로.

"발설한 자를 찾는 일보다 만자혈인장을 훔쳐 간 자를 찾는 것이 더 급선무잖아요, 대사님."

"그럼 넌 만자혈인장을 누가 훔쳐 갔는지도 알고 있다는 거냐?"

설마 하는 얼굴로 일각이 화화를 흘겨보았다.

화화가 생긋 웃으며 하늘의 달을 가리켰다. 보름이 열흘쯤 지난 달이 반달을 넘어 초승달에 가까워진 모습으로 동녘 하늘에 떠 있었고, 일각은 화화가 초승달을 가리킨 그 의미를 너무나도 잘 알고 있었다.

"너, 너… 그 도둑놈이 신월비인(新月秘人)이란 것도 알고 있었다는 거냐?"

"네. 언제나 신월이 뜨는 야밤에 도둑질을 하며, 한 번도 누구에게 잡힌 적도, 진면목을 드러낸 적도 없어 남자인지 여자인지조차도 밝혀지지 않은 이 시대 최고의 도둑이 신월비인이죠. 아무리 신월비인이라도 대소림의 만자혈인장을 훔쳐 냈다는 사실에 저도 놀랐어요."

"으! 정말 어떤 놈이 이런 것까지 다 발설을 했는지 소림에 돌아가면 단단히 따져 봐야겠다!"

일각이 다시 이를 갈며 터져 나오는 분기를 감추지 못했다. 아무리 천안전의 정보 수집 능력이 탁월하다고 하지만, 누구보다도 탄탄한 신의로 뭉쳐져 있다고 자부하던 소림의 간부

중 누군가가 이 사실을 누설했다는 자체가 너무나도 어이없는 일각이었다. 황실의 옥쇄와 비견되는 만자혈인장이 분실된 것도 큰일이었지만 대소림이 일개 도둑에게 신물을 도둑맞았다는 사실이 중원에 알려지는 것은 소림에 있어서 크나큰 굴욕이었다. 그래서 소림의 방장 무허 대사는 특명까지 내려 이 일을 비밀에 부치고자 노력하였던 것이다.

드드드드드드!

침상에 눕혀져 있던 유옥의 몸이 진동을 넘어 격동하고 있었다.

호연패, 팽충, 포일비 세 장로가 격동하는 유옥의 팔다리를 잡은 채 그 격동을 진정시켜 보려 애쓰고 있었지만 허사였다.

"이놈이 왜 이러는 거야?"

"나도 잘 모르겠어! 네놈이 먹인 구양발양환단의 기운하고 취구환의 기운이 몸속에서 부딪치며 무슨 작용을 일으키고 있는 모양인데……!"

유옥의 몸을 누른 채 팽충과 포일비가 황망히 말을 주고받았다.

"이놈에게 내 청명진기(淸明眞氣)를 주입해 보는 건 어떻겠나?"

역시 격동하는 유옥의 한 팔을 잡아 누른 채로 호연패가 포일비를 향해 다급히 물었다.

"글쎄… 나쁘진 않을 것 같은데……! 혈도를 통해 진기를 주입하려면 진기를 받는 사람의 기혈이 차분히 가라앉아 있어야 하는데, 지금처럼 이렇게 이놈의 신체에서 내기가 격동을 하는 상황에서는 아무래도 어려울 것 같네!"

"그럼 어떡해야 하나?"

"글쎄… 하여간 이 고비를 넘기지 못하면 후개고 뭐고 다 나무아미타불이 될 것 같네!"

드드드드!

세 장로가 황망히 말을 주고받는 가운데에도 유옥의 신체에서 격동하는 기운은 더 거세지고 있었다.

"이놈아! 정신 차려! 네놈에게 이 팽충이 십 년이나 공을 들인 구양발양환단이 투자됐고, 개방의 신약 취구환도 투자됐어! 이대로 네놈이 어찌 되면 진짜 이 포일비는 살맛이 나지 않을 거다, 이놈아!"

드드드드!

더 거세게 진동하는 유옥의 한 팔을 잡아 누른 채 포일비가 애통한 얼굴로 소리를 쳐댔다.

순간, 푸우웅! 체내에 가득 차 있던 바람이 터져 나오듯 유옥의 전신에서 알 수 없는 기운이 사방으로 폭발하듯 터져 나왔다.

"헛!"

"우앗!"

그 폭멸하는 강기를 감당하지 못하고 유옥의 몸을 잡고 있던 세 장로가 뒤로 튕겨져 나갔다.

바로 그 순간, 마치 강시처럼 눈을 허옇게 뜬 채 유옥이 벌떡 자리에서 일어났다.

세 장로가 말릴 사이도 없이 콰앙! 널빤지로 엮여져 있던 의전의 벽을 뚫고 유옥이 밖으로 달려나갔다.

"야, 이놈아!"

"서!"

다급히 소리치며 유옥을 쫓아 세 장로가 의전 밖으로 달려나갔다.

어디서 그런 힘이 났는지 의전의 벽을 부수고 달려나간 유옥이 역시 널빤지들을 엮어 만들어놓은 의전의 담장까지 박살 내며 저만치 어둠 속으로 달려가고 있었다.

"더구나 문제가 더 심각해진 것은 그 만자혈인장을 훔쳐 간 신월비인이 그 만자혈인장을 걸고 소림에 흥정을 해온 것이죠."

접객청의 정원에서 화화가 말을 잇고 있었고, 화화의 말에 일각과 자명의 놀라움은 더욱 커지고 있었다.

"으음, 그것까지 알고 있었구나. 정말 부끄러운 일이지 뭐냐. 그 도둑놈이 훔쳐 간 만자혈인장과 황금 일만 냥을 바꾸자고 하니 말이다."

일직이 무겁게 말하며 수치스러움을 이기지 못하겠다는 듯 고개를 떨구었다.

"호호호호! 황금 일만 냥 정도라면 대소림에서 그리 큰 부담은 아닐 듯한데요."

"떽!"

화화의 말에 일각이 참지 못하고 호령을 하며 한 발을 들어 바닥을 쿵! 하고 굴렀다.

"황금 일만 냥이 문제겠느냐! 대소림이 일개 도적 따위에게 우롱당한 걸 세상 사람들이 알기라도 하면 어찌 강호에 낯을 들고 다니겠느냐!"

분기탱천한 얼굴로 일각이 소리쳤다. 불광방막이 둘러져 있지 않았다면 주위의 개방도들을 다 깨우고도 남을 천둥 같은 소리였다.

"더구나 그 도적놈은 근자에 강호 곳곳에서 발호의 기미를 보이고 있는 흑도천상회(黑道天上會)에 그것을 넘기겠다고 엄포를 놓고 있다!"

"……!"

일각의 흑도천상회라는 말에 화화가 멈칫 놀랐다.

신월비인이 만자혈인장을 걸고 황금 일만 냥을 요구한다는 정보까지는 확보가 되었지만, 흑도천상회에 대한 정보는 처음 듣는 것이었기 때문이다.

오십 년 전에 강호에는 흑도천상회의 난이 일어났었다.

태사곤이라는 한 마두가 등장하여 전 사파를 일통한 뒤 정
파에도 선전포고를 하곤 전 무림을 손아귀에 넣으려 하였다.
 결국 그 흑도천상회를 제멸코자 소림을 비롯한 정도 문파
들이 합세하여 군림맹(君臨盟)을 결성하였고, 군림맹은 삼 년
에 걸친 혈난 끝에 흑도천상회의 대부분을 괴멸시키고 회주
인 태사곤과 그 수족인 천상구왕(天上九王)을 나포하는 데 성
공하였다.
 그리고 그들을 소림의 천금쇄옥(天琴鎖獄)인 금마동(禁魔
洞)에다 가두었다.
 그런데 흑도천상회의 혈난이 끝난 지 오십여 년이 지난 작
금에 흑도천상회의 후인들을 자처하는 무리들이 준동하는 기
미가 강호의 곳곳에서 포착되고 있었다.
 강호의 중심이 아닌 변방에서 발호하여 중원인들이 느끼
는 것은 미미하였지만 사해만방에 떠도는 대부분의 정보를
접하는 화화는 흑도천상회의 발호를 심각한 수준으로 여기고
있었던 것이다.
 "호호, 신월비인은 정말 혈기방장하기 짝이 없는 도적이군
요. 감히 대소림에다 그런 호언을 하다니요."
 언제 놀랐냐는 듯 화화의 얼굴에 다시 웃음이 감돌았다.
 "정말 부처님 무서운 줄 모르는 쥐새끼 놈이지!"
 일각이 두 눈에 살기를 풍기며 뿌드득 이를 갈았다.
 "그러니까 대사님께서는 그 신월비인의 정체를 밝히고, 그

신월비인을 잡는 데 저희 개방의 조력을 구하고 싶으신 거죠?"

화화가 제대로 정곡을 찔렀다.

"으으음, 그렇다. 삼십육금강수호승의 대부분이 많은 무승들을 이끌고 그놈을 쫓아 강호에 출도해 있다만… 쉽지가 않구나. 개방이 놈의 정체를 밝히는 데 조력을 해준다면 일이 쉽게 해결될 것도 같다만."

별수없이 일각이 침음하며 고개를 끄덕였다.

"소림과 개방은 고래로부터 강호의 일에 명운을 함께해 왔으니 당연히 도와드려야겠지요. 물론 방주님의 내락이 있어야겠지만요."

"그래, 이번 일을 도와준다면 소림에서도 큰 보답이 있을 것이다."

두 사람이 말을 주고받는 사이 일각의 철장을 받아 들고 시립해 있던 자명이 멈칫 담장의 한쪽으로 몸을 돌렸다. 자명이 몸을 돌리는 그쪽, 담장의 뒤로 심상치 않은 인기척이 있었기 때문이다.

콰아앙!

굉장한 폭음과 함께 자명의 바로 앞 담장이 어떤 기세에 의해 박살이 났다.

"……!"

멈칫 놀라고 있는 세 사람을 향해 무너진 담장 쪽에서 한 인영이 담장이 무너지며 일어난 먼지를 뚫고 벼락처럼 닥쳐들었다.

"비켓!"

황망히 그 인영을 막으려 하는 자명을 향해 일갈하며 일각이 한줄기 장풍을 벼락처럼 뿜어냈다.

파앙!

장풍이 자명의 앞으로 닥쳐들던 인영의 가슴팍을 정통으로 때렸다.

달려들던 인영이 투웅! 뒤로 튕겨지더니 느티나무 정원수의 가지에 터억 걸렸다가 바닥으로 철퍼덕 소리를 내며 널브러졌다.

"뭐 하는 놈인데 미친 멧돼지처럼 날뛰는 게냐? 저놈이 불문곡직 먼저 덤볐으니 뒈졌어도 난 책임없다!"

엉겁결에 반야금강장(般若金剛掌)을 발출했던 일각이 널브러져 있는 인영을 보며 두 손을 탁탁 털었다. 그사이 화화가 나무 아래 널브러져 있는 사람을 향해 다가가고 있었다.

"······?"

널브러져 있는 사람을 내려다보던 화화가 고개를 갸웃했다.

때에 절고 여기저기를 기운 의복, 역시 때에 절은 얼굴에 아무렇게나 헝클어진 머리카락, 어디로 보나 개방도로서 손색이 없는 자기 또래의 청년인데 한 번도 본 적이 없는 얼굴이었기 때문이다.

개방도, 그것도 방 내 개방도의 얼굴을 화화가 모른다는 것은 있을 수 없는 일이었다.

대외의 정보를 다루는 천안전이지만 방 내의 정보에도 소홀하지 않았다. 지부를 통해 입문하는 개방도든 본문을 통해 입문하는 개방도든 입문과 함께 신상명세서와 초상이 그려져 천안전에 보고되었고, 특히 방 내에 근무하게 되는 신입 개방도의 초상은 천안전의 현관에 열흘간 붙어 있다 입고되었다.

"아!"

한참을 널브러져 있는 의문의 사내를 내려다보던 화화의 입에서 가벼운 탄성이 새어 나왔다.

오늘 개방에 입문했지만 미처 그 얼굴을 견식하지 않은 유일한 한 사람이 생각났기 때문이다.

어릴 적 여덟 살이 되던 해까지 개방에서 유년을 함께 보냈던 오의파의 후개 후보 진산. 어떻게 어떤 모습으로 청년이 되어 있을지 너무나 궁금했지만 천안전주라는 자신의 직책 때문에 차마 달려나가서 그 얼굴을 확인해 보지 못했던 사람. 그녀의 생각이 틀리지 않다면 자신의 앞에 널브러져 있는 이 사내는 틀림없이 진산일 것이다.

화화는 가만히 손을 뻗어 사내의 얼굴을 덮고 있는 헝클어진 머리칼을 걷어 올렸다.

거기 자신과 같은 또래의 한 청년의 얼굴이 달빛 아래 확연히 드러났다.

오의파임으로 해서 때에 절어 있는 얼굴이긴 했으나 시원한 이마와 반듯한 이목구비를 갖춘 청년의 얼굴이었다.

십 년이라는 짧지 않은 세월의 틈새로 인해 온전히는 읽을 수 없었지만 청년의 얼굴에서 곡반괴 장로를 따라 개방을 떠나가던 해맑은 진산의 얼굴을 얼마만큼은 읽을 수 있었다.

"진산……."

자기도 모르게 화화는 가만히 손을 뻗어 사내의 얼굴을 만졌다. 십 년 전 그 시절, 특별히 가까이 지내던 유년의 정염이 담긴 손길이었다.

그때, 사내가 눈을 떴다.

먼저 사내의 코에 향긋한 방향이 스며들었고, 초점이 잡혀지는 중인 눈에 한 여인의 얼굴이 흐릿하게 잡혔다.

"진산, 나야. 나… 화화야."

닿을 듯 가까운 거리에서 자신의 얼굴을 내려다보며 생긋 미소 지은 채 말하는 화화의 얼굴이 사내의 두 눈에 확연히 잡혔다. 별빛처럼 맑은 두 눈이 영롱하게 빛을 내며 자신을 내려다보고 있었다.

"……?"

자신의 얼굴을 내려다보고 있는 미소녀에게 의문을 품으며 유옥이 상반신을 일으켰다.

그때 오의파의 세 장로, 호연패, 팽충, 포일비가 유옥이 무너뜨린 담장으로 헐레벌떡 달려들어 왔다.

"허어! 이놈이 하필 접객청으로 왔군!"

"어떻게 이놈이 화화 전주하고 같이 있는 게야?"

화화와 마주 앉아 있는 유옥을 보며 세 장로가 당황한 표정을 감추지 못했다.

"얘가 진산 맞죠?"

유옥을 보고 있던 화화가 세 장로에게 물었다.

"그, 그럼. 과연 천안전주 화화일세. 척 보고 한눈에 알아봤구먼."

"전주가 진산을 알던가?"

팽충이 천만다행이라는 듯 고개를 끄덕이자 포일비가 의외라는 듯 화화에게 되물었다.

"그럼요. 여덟 살 때까지 개방에서 함께 지냈는걸요."

아련한 추억을 떠올리는 눈빛으로 화화가 말을 이었다.

"선배 개방도들을 따라 함께 비럭질을 나갔다가 개한테 쫓기던 일, 개봉에서 돌아오는 길에 행운천에서 가재를 잡으며 놀던 기억도 나요. 또래 애들하고 소꿉놀이를 하면 꼭 이 애가 아빠를 하고 제가 엄마를 하곤 했어요. 여덟 살이 되던 해 봄에 완고한 곡 장로님의 손에 이끌려 개방을 나서던 진산의 뒷모습이 아직도 눈에 선한걸요. 함께 놀던 친구들하고 떨어지기 싫었는지 아쉬운 눈빛을 하고 자꾸만 돌아보던 그 모습이요. 사실 얘가 돌아왔다는 전갈을 받고 냉큼 달려가 반기고 싶었지만 괜히 정의파 쪽의 오해를 받을까 봐 참았어요. 그런데 얘, 왜……? 무슨 문제가 있는 거예요?"

유옥을 보며 말을 잇던 화화가 유옥이 성난 멧돼지처럼 담장을 뚫고 접객청의 정원으로 달려들어 온 이유에 대한 의문을 표했다.

"핫핫, 아무것도 아냐. 이놈이 곡 장로한테 너무 혹독한 고련을 받은 탓에 내기를 운용하는 데 약간의 문제가 있었던 모양이야. 미미한 발작 중세라고나 할까. 전주는 신경 쓸 거 없어. 핫하! 뭐 하나, 팽충? 어서 이놈을 의전으로 옮겨 마저 치료를 해야지."

"하핫, 그, 그렇지. 얼른 가자, 이놈아."

세 장로가 난망한 상황을 웃음으로 얼버무리며 얼른 이 자리를 피하는 게 상수라는 듯 어리둥절해하고 있는 유옥의 손을 잡아끌었다.

"절대 우려할 상황이 아니니 전주는 신경 쓸 거 없다구. 일봐."

막 정신을 차린 유옥의 손을 잡아끌며 들어왔던 담장이 무너진 곳을 향해 포일비 일행이 얼른 그 자리를 떴다.

"뭐야? 보아하니 개방의 장로쯤 되는 것 같은데 개방에 온 손님에게 인사도 안 차려?"

"오의파의 장로님들인데 자기편 후개 후보에게 탈이 나 황망 중이라 그런 것이니 대사님께서 이해하세요."

어리둥절해하는 유옥을 잡아끌며 서둘러 멀어지는 세 사람을 보며 투덜대는 일각을 화화가 달랬다.

개방 쪽에서 보면 시커먼 바위만 보일 뿐 잎 달린 나무라고는 하나도 보이지 않는 개망산 뒤쪽에 숲이라고 생긴 것이 하나 있었으니, 여러 나무 중에서도 바위틈으로도 뿌리를 내리는 질긴 생명력을 자랑하는 대나무로 만들어진 숲이었다.

해가 서녘으로 기울어가는 신시(申時) 무렵, 호연패와 유옥은 그 대나무 숲에 있었다.

일각의 일장을 맞았던 가슴팍이 시퍼렇게 멍이 들고 쟁반을 엎어놓은 듯 부어 있었지만 거동에 지장을 줄 정도는 아니었다.

정신을 차린 유옥에게 호연패는 지금까지의 여러 가지 정황―진산을 대신하여 오의파의 후개 후보로 오정대연에 나가주어야 하는 것, 속성으로 공력을 증진시키게 위해 구양발양환단을 먹인 것, 취구환을 먹인 것 등등―을 세세하게 설명했다.

머리가 나쁜 편이 아니었으므로 유옥은 이내 이 일은 자기가 피하고자 해도 피할 수 있는 상황이 아니라는 것을 알았다. 그리고 상당히, 아주 상당히 위험부담이 있는 일이긴 했지만 성공하면 굉장한 수익을 얻을 수 있는 일이라는 것도 알

왔다. 겨우 개방의 일개 개방도가 되게 해달라고 호연패에게 매달리던 자신이 아니었던가.

그런데 잘만 하면, 물론 지금의 자신의 능력으로는 지극히 어려운 일이고 엄청난 요행이 따라야 가능한 일이었지만 차후에 십만의 방도를 자랑하는 개방의 대장인 방주가 되는 후개가 될 수 있는 기회가 주어진 것이다.

더 이상 내려갈 데 없는 거지의 인생에서 단 한 방의 모험으로 새로운 인생을 쓸 수 있는 기회를 맞은 것이었다.

이런 기회란 아무 때나 오는 것이 아니었고, 가능성이 낮긴 했지만 유옥은 지금의 이 기회에 필생의 노력을 기울일 작정을 하였다.

두 사람이 서 있는 앞으로 대나무 숲의 안쪽에 세 길 정도의 일정한 높이로 백여 그루의 대나무가 위쪽이 잘려진 모습으로 서 있었다.

오정대연은 지금 두 사람이 보고 있는 것과 같은, 세 길 길이의 백 개의 대나무가 바둑판 모양으로 세워진 백죽대(百竹坮)에서 거행된다.

상대를 다치게 하는 일체의 살수를 써선 안 되는 규칙이 있었으며, 승패는 백죽대에서 먼저 떨어지는 자가 지는 것으로 가려졌는데, 이는 처음으로 오정대연을 벌일 수밖에 없었던 십이대 방주 장대항이 고육지책으로 만든 방식이었다. 살수를 허용하여 상대편이 다치거나 죽는 상황이 일어나면 양 파의 분란은 더 커질 것이었으므로.

살수를 쓸 수 없음으로 해서 오정대연의 대결은 백죽대 위에서 균형을 잘 유지하고 잽싸게 상대의 손을 피하며 움직이는 경공이 무공보다 중요한 구실을 하였다.

무공으로 겨룬다면 전혀 불가능한 일이었겠지만, 그래서 호연패는 경공에 대단한 재량을 보이는 유옥에게 아주 희망이 없지는 않다고 생각하고 있었다.

호연패는 유옥에게 하루를 더 쉬게 한 뒤, 그 다음날 아침부터 오의파의 개목 몇 명을 이 대나무 숲에 동원해 대나무를 잘라 백죽대와 비슷한 모양을 만들었다.

유옥으로 하여금 미리 백죽대와 같은 상황에서 훈련을 시켜 오정대연에 대비하고자 하였던 것이다.

그 잘려진 대나무들을 올려다보며 호연패는 잠시 감회에 젖었다.

오십 년 전, 지금의 홍동청 방주가 오의파의 후개 후보로 나서서 정의파 후보 능지호와 겨루던 모습이 떠올랐기 때문이다.

그때 홍 방주는 개방 전래의 신법인 술 취한 사람이 비틀거리는 듯한 신법, 취팔선(醉八仙)을 발휘하며 한 시진 가까운 신경전을 벌이다 능지호의 번개 같은 취금수(翠禽手)를 아슬아슬하게 피해낸 뒤, 절묘한 시점에 능지호의 발을 걸어 능지호를 백죽대 아래로 떨어지게 하였던 것이다.

능지호를 떨어뜨린 홍 방주가 백죽대 위에서 두 손을 들어 보이자 오의파의 개방도들이 세상이 떠나가라 환호했었다.

그때의 전율이 오십 년 세월을 넘어 짜릿하게 호연패의 가슴을 훑고 지나갔다.

"저 잘려진 대나무 위로 올라가 보아라."

호연패가 잘려진 대나무를 가리켰다.

"그 정도야……."

유옥은 망설이지도 않고 훌쩍 세 길 높이의 잘려진 대나무 위로 몸을 솟구쳤다.

자신이 가르쳤던 탈견보로는 어림도 없고, 그 탈견보보다 두 수쯤은 위인 취리행편보 정도의 경공을 발휘할 수 있어야 가능한 도약력이었다. 그런 도약력을 유옥은 오천산에서 노루를 쫓으며 앞을 막는 바위나 나무를 뛰어넘으며 자연스럽게 익혔던 것이다.

잘려진 대나무들 위로 솟구쳤다 대나무 위로 내려설 때 몸의 균형을 잃어 약간 기우뚱했을 뿐 유옥은 큰 무리 없이 세워진 죽대 중 두 개를 한 발에 하나씩 딛고 섰다.

"과연!"

흡족한 얼굴로 고개를 끄덕인 호연패도 유옥이 훌쩍 뛰어 올라 서 있는 대나무들 위로 몸을 날렸다.

그리고 유옥보다 훨씬 사뿐히 유옥에게서 십여 장 정도 떨어진 맞은편의 잘려진 대나무 끝으로 내려섰다.

"이렇게 생겨먹은 백죽대라는 비무대 위에서 오정대연의 비무가 벌어진다. 여기서 먼저 떨어지는 놈이 지는 거야."

맞은편의 유옥을 굽어보며 호연패가 진중하고도 심각한 어조로 말했다.

"살수를 쓸 수 없으므로 다칠 염려는 없다. 물론 너는 쓸 수 있는 살수도 없긴 하지만. 지금부터 오정대연의 방식대로 나는 너를 떨어뜨리고, 너는 나를 떨어뜨리는 시합을 해보도록 하자."

파앗!

말이 끝나자마자 딛고 있던 대나무 끝을 박차고 유옥을 향해 호연패가 벼락처럼 몸을 날려왔다.

슈웅!

대나무를 박찼다 싶은 순간에 벌써 유옥의 코앞으로 호연패의 신형이 들이닥쳤다. 개방의 가전신공 중에서 가장 빠르다는 취리비천신풍이었다. 벼락처럼 들이닥친 기세 그대로 유옥을 어깨로 들이받을 심산이었다.

하지만 유옥 역시 벼락 같은 동작으로 자세를 낮추었다. 란주의 오천산에서 토끼를 쫓을 때 앞으로 닥쳐드는 나뭇가지들을 피하느라 익힌 반사신경으로 작동되는 본능적인 동작이었다.

몸을 날려온 기세를 멈추지 못하고 자세를 낮춘 유옥의 머리 위로 호연패가 휘잉— 바람처럼 지나쳐 갔다. 아니, 지나쳐 가는 것 같았다. 그러나 지나쳐 가는 그 순간에 호연패는 번개같이 금나수(擒拿手)의 한 초식으로 한 손을 뻗어 아무렇게나 자라 있는 유옥의 뒤 머리채를 낚아챘다.

홰액!

유옥의 뒤 머리채를 잡아 낚아챈 호연패가 몸을 회전시키는 원심력을 보태어 유옥을 어깨 너머로 사정없이 던졌다.

던져진 유옥이 잘려 나간 대나무들이 늘어선 곳을 지나 저만치 밖으로 날아갔다.

쿠당탕!

아주 꼴사나운 모습으로 유옥이 대나무 숲 바닥으로 나뒹굴었다.

"씨이! 연습이니까 다시 해도 돼죠?"

유옥이 바로 엉덩이를 털고 일어났다.

일어난 유옥이 다시 잘려진 대나무들 위로 날아올라 왔고, 두 사람의 백죽대에서 먼저 떨어뜨리기 시합이 계속되었다.

유옥이 호연패의 손을 피하기도 하고, 호연패를 밀어내 보려 하기도 하고, 자신의 모든 능력을 동원해 시합에서 이기려는 노력을 기울여 보았지만, 그 후로도 열 판을 더 유옥은 호연패에게 밀려 잘려진 대나무 위에서 바닥으로 떨어졌다. 오기만으로 될 일이 아니었던 것이다.

"그만 하자."

열 번을 바닥으로 떨어지고 다시 잘려진 대나무 위로 뛰어

오르려는 유옥을 호연패가 막았다.

"씨, 더 할 수 있는데⋯⋯."

말은 그렇게 하면서도 지칠 대로 지친 유옥이 헉헉! 가쁜 숨을 쉬며 바닥에 주저앉았다.

"⋯⋯."

그런 유옥을 잘려진 대나무들 위에서 호연패가 말없이 내려다보고 있었다.

가상의 백죽대 위에서 호연패는 유옥의 능력을 다시 한 번 가늠해 볼 수 있었다.

일단 달리는 경신술만으로만 따져도 자기가 가르쳤던 탈견보를 훨씬 뛰어넘는 취리건곤보나 취리행편보의 수준에 다다라 있었고, 어떻게 터득한 것인지 몰라도 순간적으로 몸을 이동시키는 취리표홀신법도 어느 순간에 구사가 되는 것을 감지할 수 있었다.

그리고 이어타정(鯉魚打艇)이라고 하기도 뭣하고 철판교(鐵板橋) 신법이라고 하기도 뭣한, 순간적으로 몸을 젖히거나 틀어서 자신의 손아귀를 피하는 동작—유옥이 토끼를 쫓으며 나뭇가지를 피하며 익힌 동작—은 가히 저만의 일절이었다.

하지만 피하고 도망가는 신법은 호연패가 생각한 수준 이상이었으나 그것만으로 용사비를 이길 수는 없었다.

상대를 백죽대에서 밀어내거나 던져 버리는 힘, 그것이 유옥에게 없었던 것이다.

힘은 경공력에서 나오는 것이 아니라 무공력에서 나오는 것이다.

구양발양환단에 담겨 있던 이십오 년 공력과 취구환에 들어 있던 십 년 공력이 제대로 자리를 잡았다면 당연히 단전에 자리하고 있어야 하는 것인데, 놈의 신체 어디로 들어가 박혀 버렸는지 포일비도 도무지 감을 잡을 수 없다고 하였다.

유옥이 백죽대 위에서 겨루어야 할 용사비는 이미 좌선연공만으로도 삼십 년 공력을 쌓았다는 얘기가 들렸고, 그 외에도 비싼 돈을 들여 산 갖가지 영약으로 공력을 드높이고 있을 터이다.

유옥이 용을 쓰고 피해보았지만 결국 자신의 손에 잡히고 백죽대 밖으로 내던져졌듯 피하기만 하는 것은 시간을 끄는 것 그 이상의 의미가 없었다.

종내에는 용사비의 무자비한 금나수에 잡혀서 백죽대 밖으로 처참하게 내던져지고 말 것이다.

이제 남은 시간은 팔 일. 호연패는 대나무 숲의 바닥에 주저앉아 아직도 가쁜 숨을 고르고 있는 유옥을 내려다보며 과연 '용사비를 백죽대 밖으로 밀어낼 수 있는 한 수'가 있는지 고심해 보고 있었다.

第八章

오정대연(烏靜大宴)

◉ 오정대연(烏靜大宴) ◉

　유월 초하루의 해가 떠오르자 개방 전체는 부산스러워졌다.

　오의파와 정의파의 사이에 자리한 넓은 공터, 연무장의 가운데는 이미 개방도들의 밤샘 작업 끝에 백 개의 죽대를 세워 만든 비무대인 백죽대가 만들어져 있었고,

　둥둥둥둥!

　"와와와!"

　그 백죽대를 사이에 둔 채 북을 울리고 고함을 지르는 오의파와 정의파의 개방도들의 절정에 달한 기세 싸움이 오정대연의 시간이 임박했음을 알리고 있었다.

다행히 방주 홍동청은 예정했던 시간에 보양동에서 출관하여 양 파 사이에 마련된 천막 아래 자리를 잡고 앉아 있었다. 아직 병세가 가시지 않은 초췌한 모습에 출관한 모습 그대로 자리로 온 듯 어깨와 머리엔 먼지가 잔뜩 쌓여 있었으나 그의 앞 탁자에 놓여진 비취빛 지팡이 취옥장이 방주의 위엄을 대신하고 있었다. 그 옆에 참관인으로 초빙된 일각과 화화가 나란히 앉아 있었고, 일각의 뒤에는 언제나와 마찬가지로 그의 직전제자 자명이 일각의 철장을 세워 들고 시립해 있었다.

"진산 후개 만세!"

"오의파 만세!"

"개방 만세!"

자신이 진산인 줄로 알고 있는 수많은 오의파 개방도들의 환호 속에 유옥은 백죽대를 바라보며 잔뜩 긴장한 얼굴로 서 있었고, 포일비, 팽충, 호연패 세 장로가 그런 유옥을 걱정스런 표정으로 보고 있었다.

"용사비 후개 만세!"

"앞으로의 개방은 정의파가!"

"정의파 만세!"

오의파에 질세라 정의파 진영에서도 환호가 터져 나왔다.

그 환호 짓는 무리 속에 정의파의 후개 후보 용사비가 주먹을 불끈 쥐고 대기하고 있을 터이다.

해가 중천 어림으로 오르자 작은 키에 염소수염을 한 초로의 노인이 징 하나를 들고 장중으로 나섰다.

뛰어난 언변으로 방 내의 행사 진행을 도맡는 개방의 육결제자 호언개(好言丐) 장모동이었다. 개방 내에서 드물게도 그는 양쪽의 어느 파에도 적을 두지 않았는데, 방 내의 행사 진행을 도맡는 것을 자랑스럽게 생각하고 있었고, 그가 중립의 자리에 있는 것은 그 자랑스런 행사 진행의 역할을 계속하고 싶어서라는 말도 있었다.

장중으로 나선 장모동이 고개를 들어 중천의 해를 한 번 올려다보더니 채를 들어 들고 있던 징을 힘차게 두드렸다.

데에에엥—!

긴 여음을 남기며 쟁쟁한 징 소리가 장내로 울려 퍼졌다.

그 징 소리에 양쪽의 환호가 잦아들자 장모동이 헛기침을 한 번 하고는 장중을 향해 입을 열었다. 호언개란 별호에 어울리는 쨍쨍한 발음으로.

"에헴! 우리 개방의 대행사를 하늘도 아는 듯 날씨도 화창하군요. 아시다시피 오늘은 우리 개방의 적통 후개를 가리는 오정대연이 열리는 날입니다. 오정대연에 대해선 따로 설명하지 않아도 모르는 분은 없으실 테고요. 우리 오정대연에 대해 대외에서는 이렇다 저렇다 말이 많습니다만, 저 장모동은 이 오정대연이 우리 개방의 발전을 도모하는 측면이 많다고 생각합니다. 개방도 어디까지나 무림에 적을 둔 무가이고, 무가는 무술로 말하는 법이죠. 따라서 오정대연은 그간 나태했던 개방의 무술 발전에 크게 한몫하고 있다고 저 장모동은 생각하는 바입니다."

"일절만 해라!"

"무슨 사설이 그렇게 길어!"

장모동의 연설이 길어지자 여기저기서 비무를 기다리는 개방도들의 불만에 찬 고함이 터져 나왔다.

하지만 이미 많이 겪어본 일인 듯 얼굴빛 하나 변하지 않고 장모동의 연설은 계속되었다.

"에헴! 꼭 이런 성스러운 자리에 성질 급한 몇몇 분이 분위기를 흐리시더군요. 아무리 급해도 바늘 허리에 실을 매고서 바느질을 할 수 없는 법이고, 뜸이 들지 않은 밥을 먹을 수는 없는 법이죠. 아무리 급해도 무시하고 갈 절차가 있고, 무시할 수 없는 절차가 있는 법이라구요. 지지난 오정대연에서부터 더욱더 공명정대한 오정대연을 구현코자 덕망 높으신 외부 인사를 참관인으로 초대를 해왔는데요. 이번에는 우리 개방과 함께 정의를 구현하며 무림을 이끌어가고 있는 대방파 소림에서 사대장로의 한 분으로, 만 무림 동도들의 추앙을 받고 계시는 일각 대사님께서 참관인으로 먼 길을 마다 않고 내방해 주셨습니다. 내인들께서는 박수로 일각 대사님의 행차를 환영해 주십시오."

장모동이 자리에 앉아 있는 일각을 정중히 가리켰다.

짝짝짝짝!

양쪽의 개방도들이 박수를 치자 일각이 자리에서 일어나 합장을 하며 불호를 외웠다. 부처님의 이름으로 공명정대하게 참관인의 역할을 하겠다는 의지의 표시였다.

"비무를 보고파 하시는 성질 급한 분들이 많으니 사설은 이만 하겠소! 양 파의 두 분 후개 후보는 백죽대 쪽으로 나와 주시오!"

들고 있던 징을 다시 대앵ㅡ! 치며 장모동이 양쪽 진영을 향해 소리쳤다.

잔뜩 긴장한 얼굴 그대로 유옥이 한 발 앞으로 나섰다.

"알았지? 반드시 깍지를, 깍지를 껴야 한다!"

호연패가 앞으로 나서는 유옥의 등을 손바닥으로 밀며 두 사람만이 이해할 수 있는 한마디를 다급히 내뱉었다.

"알았어요."

고개를 끄덕이며 유옥이 떨리는 마음을 죽이며 애써 힘찬 걸음으로 백죽대를 향해 걸어나갔다.

힘찬 걸음으로 걸어나간 유옥이 백죽대 앞에 서도록 정의파의 용사비는 모습을 드러내지 않았다.

"정의파의 후개 후보도 어서 등단하시오!"

다시 장모동이 정의파 쪽을 보며 대앵ㅡ! 징을 한 번 더 두드렸다.

그러자 휘리릭! 누군가가 던진 붉은 융단 꾸러미가 백죽대

쪽으로 던져지고, 두 자 넓이의 붉은 융단이 백죽대와 정의파 쪽으로 길처럼 깔렸다.

그리고 그 길처럼 깔린 융단 위로 정의파의 후개 후보 용사 비가 걸어나왔다.

감색 호박이 박힌 황금색 두건을 머리에 두르고 황금색의 비단 장포에 탄탄한 허리가 돋보이도록 바짝 조여 두른 혁대 는 운남에서도 더 남쪽의 이국에서나 구할 수 있는 악어 가죽 을 가공한 혁대였는데, 마디마디엔 빛나는 진주 알이 하나씩 박혀 있었고, 그 아래로 발에 신고 있는 신발은 가벼우면서도 질기고 아름다워서 무인들이라면 누구나 탐내는 설표(雪彪) 의 가죽으로 만들어진 것이었다.

머리에서부터 발끝까지 돈을 들일 수 있는 한껏 돈을 들여 서 치장한 용사비의 모습은 제대로 된 거지꼴을 하고 있는 유 옥의 모습에 대비되어 더욱 그 멋스러움이 돋보였다.

"그게 무슨 꼴이냐! 돈 놀음을 하고 싶으면 신성한 개방에 서 나가서 지랄을 떨든지 말든지 해라!"

"무슨 개소리냐! 이제 구린내 그만 피우고 사람 사는 것처 럼 살아보자!"

"거지가 거지다워야 거지지! 구홍장 개파조사의 공수정심 을 저버리지 마라, 정의파 놈들아!"

"정심(正心)이 어째서 거지에게서만 난다는 거냐! 잘 먹고 잘살면서도 정의 구현은 얼마든지 할 수 있는 거다, 이 냄새

니는 오의파 놈들아!'

아주 제대로 대비가 되는 두 사람이 백죽대 앞으로 마주 서자 양쪽에서 기다렸다는 듯 설전이 벌어졌다.

"그만들 하시오! 참관인으로 오신 일각 대사님께 부끄럽지도 않소!"

데엥—!

장모동이 호통을 치며 주의를 환기시키듯 징을 두드렸다.

"두 후개에게 화주를 대령하시오!"

다시 대엥—! 징을 두드리며 장모동이 큰 소리로 외쳤다.

기다렸다는 듯이 진행을 맡은 두 명의 개방도가 각각 한 말의 술이 담긴 항아리를 하나씩 들고 나와 마주 서 있는 유옥과 용사비 앞에다 내려놓았다.

"아뿔싸!"

그제야 느껴지는 게 있는 듯 호연패의 입에서 탄식이 터져 나왔다.

"이런 빌어먹을! 왜 우리가 화주 생각을 못했지?"

"저 자식, 술을 먹어본 적이 있기나 한 거야?"

팽충과 포일비도 그제야 술에 대해 인식을 한 듯 난망지경의 얼굴들이 되었다.

오정대연의 비무 전에 양편의 후개 후보는 백죽대에 오르기 전에 한 말의 화주를 마셔야 한다는 것을 모르는 사람은 없었다. 물론 호연패를 비롯한 세 장로도 그 사실을 너무나 잘 알고 있었다.

하지만 승부를 가르는 문제, 백죽대에서 먼저 떨어지지 않아야 한다는 더 절실한 문제만을 생각하느라 술에 대한 생각을 미처 하지 못했던 것이다.

화주라는 것이 양민들이 흔히 이용하는 값싼 술이지만 여러 가지 술 중에서도 독하기는 으뜸이었다. 특히 화북지방의 화주는 추위를 이기기 위해 남방의 화주보다 훨씬 독했고, 보통 사람은 한 말이 아니라 한 되만 먹어도 몸의 중심을 잡기 힘든 것이 일반적이었다.

"두 후개 후보는 화주를 드시오! 일각 안에 마셔야 하오!"

기다릴 여유도 없이 장모동이 뎅―! 징을 두드렸다.

"……."

앞에 놓인 화주가 가득 든 항아리를 내려다보며 유옥은 벌써부터 난망한 얼굴이 되어 있었다.

호연패에게서 백죽대에 올라가 어떻게 싸우라, 저렇게 싸우라는 얘기만 들었지 술에 대해선 어떤 언급이 없었던 것이다.

유옥이 술을 전혀 마셔보지 않은 건 아니었다. 란주에서 구걸을 할 때 지극히 드문 일이었지만 잔칫집에서는 더운밥에다 화주까지 곁들어진 상을 받아본 적도 있었다. 그렇게 화주를 얻어 마신 날이면 알딸딸하게 기분이 좋아져서 방충과 함께 휘적대고 거리를 걸으며 각설이타령을 더 신명나게 불러

대곤 했다.

하지만 앞에 놓인 항아리의 술은 전에 마셨던 몇 잔의 술과
는 차원이 다른 것이었다.

한 말의 술을 일각 안에 마셔야 하다니…….

풍겨오는 독한 냄새에서부터 위압감을 주는 술 항아리를
내려다보다 자신보다 더 난망한 얼굴이 되어 있는 호연패를
돌아보며 유옥이 어쩔 줄 몰라 하는 사이, 용사비는 술 항아
리를 통째로 불끈 들어 올려 벌컥벌컥 마셔대고 있었다. 단숨
에 항아리의 술을 다 마셔 버릴 기세였다.

"뭐 해, 임마?! 마셔! 죽을 때 죽더라도 일단 마셔야 한다
구!"

우물쭈물하고 있는 유옥을 보다 못한 팽충이 소리를 꽥 질
렀다.

당황한 얼굴의 유옥이 술을 들이키고 있는 용사비 쪽을 바
라보았는데, 항아리의 기울기로 보아 용사비는 술을 거의 다
비워가고 있는 듯했다.

"빨리 마시라니까! 그거 안 마시면 백죽대에 올라가지도
못하고 지는 거야!"

팽충의 다급한 고함은 이제 더 어물거릴 짬이 없다는 것을
말해주고 있었다. 호연패도 손짓을 하며 술을 마시라고 재촉
했다.

별수없이 유옥은 앞에 놓인 술 항아리를 두 손으로 잡아 들

었다.

한 말의 술에 항아리의 무게가 보태졌으므로 마음대로 다룰 수 있을 정도로 가벼운 것이 아니었고, 유옥은 온 힘을 다해 술 항아리를 들어 입으로 가져갔다.

술 항아리를 입에 대자 얼마나 독한 술인가를 알려주듯 화끈한 주향이 코를 찔렀다.

절대로 피할 수 없는 일이라는 것을 알고 있는 유옥이었기에 용사비가 하던 대로 술 항아리를 기울여 벌컥벌컥 술을 들이키기 시작했다. 눈을 질끈 감고서.

급하게 들이킨 화주는 역시 불 화(火) 자 화주답게 목구멍을 타고 넘어가자마자 곧장 불처럼 뜨거운 느낌을 전신에 전해주었다.

유옥이 전신에서 느껴지는 거부감을 참으며 술을 들이켰지만 한 말이나 되는 술을 단숨에 들이키는 것은 한계가 있었다.

결국 유옥은 술 항아리를 입에서 떼고 학학, 가쁜 숨을 내쉬었다. 얼굴은 순식간에 화주의 뜨거운 기운으로 붉게 달아오르고 있었다.

"와하하하! 술도 못 마시고, 기권하려나 보다!"

"저 달아오른 얼굴 좀 봐! 백죽대에 올라갈 필요도 없겠다! 하하하!"

마시던 술 항아리를 든 채 달아오른 얼굴로 학학대고 있는 유옥을 보며 정의파의 개방도들이 재미있다는 듯 야유와 환호를 함께 보냈다.

용사비는 이미 술이 비워진 항아리를 앞에다 내려놓고 가소로운 미소를 빙긋이 지은 채 그런 유옥을 바라보고 있었다.

"마저 마셔! 마셔야 된다구, 임마!"

유옥을 향해 발로 쾅! 바닥을 구르며 팽충이 다급한 고함을 질렀다.

유옥이 정신을 차려보려 머리를 흔들었다. 그리곤 마시다 내려놓은 술 항아리를 내려다보았다. 채 반의반도 비워지지 않았는데 이미 들이킨 화주의 술기운이 머리를 흔들고 속을 울렁거리게 하고 있었다. 남은 술을 다 마신다면 제대로 서 있을 수도 없을 거라는 걸 유옥은 짧은 순간이지만 스스로 확신했다. 그사이 눈까지 흐려져 왔다.

정신을 차려보려 유옥은 흐려지는 눈을 두 손으로 비볐다.

그때 문득 유옥의 눈에 누군가의 눈길이 들어왔다.

그저께 밤, 달빛 아래 자신의 얼굴 아주 가까이서 하늘의 별빛처럼 영롱하게 빛나던 눈빛, 화화의 눈빛이었다.

방주와 일각, 화화가 앉아 있는 자리는 백죽대와 아주 가까운 곳에 차려져 있었으나 유옥은 그때까지 지나친 긴장감으로 인해 화화를 제대로 볼 기회가 없었다.

찰나였지만 지지난밤, 영롱했던 화화의 눈빛은 유옥의 뇌리에 각인되어 있었고, 황망 중에도 유옥은 그 눈빛이 바로

이 눈빛이라는 것을 깨달았다.

자신을 진산이라고 부르며 따듯한 손으로 자신의 얼굴을 만져 주었던 화화. 그 눈빛, 그 따스한 손길, 목소리까지, 짧은 순간이지만 유옥의 뇌리에 각인되어 있었다.

황망 중이었지만 그 눈빛이 말하고 있는 의미를 유옥은 알았다. 소꿉놀이를 하면 아빠를 하고 엄마를 했던 애, 떠나가는 뒷모습이 눈에 박혀 있던 애, 뜻깊은 유년의 친구 진산이 이겨주길 간절히 바라는 눈빛이라는걸.

화화를 바라보던 유옥의 눈빛이 다시 술통으로 향했다.

그리고 다시 유옥의 눈빛은 맞은편의 용사비를 향했다.

빼어난 용모를 하고 있지만 같은 나이의 덩치를 하고 있는 용사비. 한 말의 술을 단숨에 마신 용사비가 아무렇지도 않다는 듯 뒷짐을 진 채 자신을 비웃고 있는 모습이 선연히 유옥의 눈에 들어왔다.

용사비의 배통이 자신보다 더 큰 것이 아니다. 술을 마시는 것은 무공의 문제도 아니다. 정신의 문제인 것이다. 그리고 이 일은 이제 유옥 자신만의 문제가 아니었다. 대개방의 운명이 걸려 있는 문제인 것이다. 진산의 역할을 하기로 한 이상 죽기 살기로 해내야 할 일이 되고 만 것이라는 것을 유옥은 알고 있었다.

'정신의 문제다!'

힘껏 속으로 되뇌이며 유옥은 두 눈을 부릅뜨고 술통을 다시 부여잡았다.

그리고 힘껏 입을 벌리고 술통을 젖혀서 자신의 목젖으로 술을 들이부었다.

마음을 달리하자 그것은 술이 아니라 물이 되어 유옥의 목으로 넘어갔다. 물론 목으로 넘어간 뒤에 그것은 물이 아니라 술이겠지만은.

"야호!"

"진산 후개 만세!"

"일각 안에만 마시면 될 걸 괜한 호기로 단번에 마시는 것도 바보짓이지, 뭘!"

유옥이 다 마셔 치운 빈 술통을 텅! 발 앞으로 던지자 짝짝 짝짝! 오의파의 개방도들이 박수와 환호를 보내며 유옥을 응원했다.

"저놈이 그래도… 저걸 다 먹네!"

놀랍다는 듯 팽충이 벌린 입을 다물지 못했다.

"먹은 게 아니라 그냥 오기로 밀어 넣은 것 같은데……. 그리고 취기가 오르는 앞으로가 진짜 문제일 것 같고."

포일비의 말은 틀리지 않았다. 힘껏 몸에 힘을 주고 서 있었지만 다리가 후들거리기 시작했고, 유옥의 눈에 백죽대를 이루고 있는 꼿꼿한 대나무들이 구불구불한 모양으로 보이고 있었다.

"두 후개는 백죽대에 오르시오!"

숨을 돌릴 여유도 없이 뎅—! 요란한 징 소리와 함께 장모동의 고함이 유옥의 귓전에 들려왔다.

말이 떨어지기가 무섭게 용사비가 백죽대를 향해 한 마리 새처럼 솟구쳤다.

도약력을 과시라도 하듯 세 길 높이의 백죽대 위로 세 길은 더 솟구친 뒤에 핑글핑글핑글 몸을 세 번 뒤집으며 백죽대 위로 떨어져 내리더니 백죽대를 이루고 있는 한 개의 대나무 끝에 한 마리 새가 날아내리듯 사뿐히 내려섰다.

"와아! 멋지다, 용 후개!"

"한 마리 새가 따로 없구나!"

정의파 무리에서 환호가 터져 나왔다.

급하게 마신 술은 반응도 그만큼 급하게 오는 법이다. 머리가 멍해오고, 속이 부글거리고, 눈에 보이는 사물들이 흔들리고, 땅을 딛고 서 있는 두 다리가 후들거리고, 온몸이 뜨겁게 달아오르는 신체적 상황을 맞이하고 있었지만 유옥은 백죽대의 위로 올라야 한다는 것을 알고 있었다.

하지만 술에 취하면 의지만큼 몸이 말을 듣지 않는 법이다.

"뭐 하고 있어, 백죽대에 올라가 보지도 않고! 적통 후개를 포기할 참이냐!"

호연패의 호통이 귓전을 때린 뒤에야 유옥은 '이얏!' 하고 힘껏 고함을 지르며 땅을 박차고 백죽대를 향해 도약했다.

　　있는 힘을 다했으므로 백죽대로 도약하는 것은 문제가 없었다.

　　하지만 백죽대 위로 내려서는 게 문제였다.

　　술에 취하면 힘을 쓰는 것은 큰 문제가 되지 않는다. 문제가 되는 것은 균형 감각이다.

　　백죽대 위로 무난하게 솟아올랐던 유옥이 백죽대의 대나무 끝에 내려서가 싶었는데 휘청 균형을 잃고 아래로 떨어졌다.

　　"……!"

　　호연패를 비롯한 세 장로와 오의파 개방도들의 눈이 경악으로 커졌다.

　　하지만 다행히 떨어지는가 싶던 유옥은 자신이 디뎠던 대나무의 끝을 두 손으로 잡고 매달리는 데 성공했다.

　　"와하하하! 저 매달린 꼴 좀 봐!"

　　"설산에서 수련은 않고 눈사람만 만들다 왔나 봐!"

　　"내가 올라가도 쟤보단 낫겠다!"

　　그것을 보며 정의파 개방도들이 재미있어 죽겠다며 웃음을 터뜨렸다.

　　유옥이 간신히 잡고 있던 대나무를 잡고 몸을 끌어 올려선 대나무 끝으로 올라섰다.

"쯧쯧, 다른 건 모르겠는데 일단 오의파 애는 술이 무지 약한 것 같군. 아니면 뭐, 허허실실 전법이라도 쓰는 건가?"

아무 말 않고 상황을 보고 있던 일각이 심히 우려가 된다는 듯 혀를 찼다.

일각의 옆에 앉아 자신이 진산으로 알고 있는 유옥에게서 눈을 떼지 않고 있던 화화는 뭔가 진산에게 문제가 있음을 느끼고 있었다.

사람에게는 기본적으로 그 사람의 인격과 능력에 걸맞는 기도(氣道)라는 것이 있기 마련이다.

화화가 알고 있는 진산은 여덟 살 코흘리개 시절에도 또래 중에서 대장 역할을 했었다.

어린 나이일 때였지만 또래들을 이끄는 듬직함이 좋았고, 그래서 화화는 다른 애들보다도 진산과 더 어울렸다.

그리고 지금은 곡반괴 장로의 설산 고련에 의해 자신보다 더 출중한 인격과 무공을 겸비하고 있으리라 믿었다.

하지만 오정대연에 나서던 진산에게서 화화는 자신이 생각했던 진산의 기도를 느낄 수 없음에 의아해했다.

그리고 이제 술을 이기지 못하는 진산에게서 더욱 큰 의구심을 느끼고 있었다.

곡 장로의 십 년 고련 중에는 당연히 술을 이기는 훈련도 들어 있었을 것이다. 하지만 지금의 진산은 술에 대한 대비가 전혀 되어 있지 않은 모습을 보여주고 있었다.

하늘에 떠 있는 또 하나의 눈이라는 대륙 최고의 정보 기관인 천안전의 전주로서 쌓은 감이라는 것은 절대로 무시할 수 없는 것이었고, 진산에게서 일어난 어떤 문제에 대해 화화는 고개를 갸웃하고 있었다.

"비무를 시작하시오!"

데에에에엥—!

어쨌든 불안하기 짝이 없는 모습으로나마 유옥이 대나무를 딛고 서자 지금까지 두드렸던 것보다 훨씬 힘차게 장모동이 징을 치며 비무의 시작을 알렸다.

양 파의 개방도들은 숨을 죽인 채 백죽대를 올려다보고 있었고, 머지않아 승자와 패자가 가려질 것이다.

유옥과 용사비는 땅에서 도약하여 올라섰던 백죽대 위에서 한동안 상대를 바라보며 서 있었다.

힘겹게 한 말 술을 들이키고 백죽대에 올라섰지만 주위 사람들이 경계해 마지않던 진산이다. 더구나 사람을 훈련시키는 데 특별한 재주가 있다는 곡반괴의 설산 수련을 십 년씩이나 받고 온 상대이다.

용사비에게는 어눌하게 술을 마시고 백죽대에 오른 유옥의 그 허술한 모습이 오히려 더 경계심을 불러일으켰다.

허허실실의 전법, 내용은 그렇지 않으면서 상대에게 허술하게 보여서 상대의 방심을 유도하는 전법. 유옥이 백죽대에 오르는 일련의 과정들은 용사비로 하여금 진산이 허허실실

전법이라는, 그런 잔머리를 굴릴 수도 있다는 생각을 하게 만들었다. 술이 오를 대로 올라서 홍시처럼 붉어진 얼굴에서 진땀이 흐르고 잔뜩 흐려진 눈, 후들거리는 다리도 용사비의 의심스런 눈초리에는 다 이상하게만 보일 뿐이었다.

용사비는 한 자리에 서서 일각이 넘는 시간 동안 유옥을 살피고 또 살폈다.

그러다 용사비는 천천히 몇 걸음 유옥에게로 걸어갔다. 유옥의 반응을 살펴보기 위함이었다.

그러나 유옥은 어떤 반응도 없이 술에 취해 후들거리는 모습 그대로 서 있을 뿐이었다.

용사비가 다시 몇 걸음 더 유옥에게로 걸어갔다.

그리곤 유옥의 앞 다섯 장 정도의 거리에 멈추어 섰다. 물론 온몸의 신경을 곤두세운 채로.

장풍을 발출한다든지 비도를 날릴 수 있다고 한다면 굉장한 위험 거리에 들어선 것이다.

하지만 오정대연에서는 일체의 살수 행위가 금지되어 있었다. 장풍을 쓸 수도, 상대에게 상처를 입히거나 골절을 일으킬 수 있는 타격이나 꺾기도 할 수 없었다. 오직 상대를 백죽대에서 밀쳐 내거나 잡아서 던지는 것만 허용되었다.

다섯 장의 거리까지 다가와 유옥을 살펴보니 과연 유옥의 꼴은 가관이었다.

다리는 눈에 보이게 후들거리고 있었고, 소변이라도 질금

거렸는지 가랑이는 홍건히 젖어서 물이 뚝뚝 떨어지고 있었다. 얼굴은 이제 달아오른 지경을 넘어서 백지장처럼 창백해져 있었고, 모공의 곳곳에선 식은땀이 줄줄 흐르고 있었다. 눈빛은 아예 검은 동자가 잘 보이지도 않을 정도로 흐려져 있어서 제정신으로 서 있는 것인지 조차 분간이 어려울 지경이었다.

바로 그때, 정말로 저 인간이 술기운을 감당 못해서 저 모양을 하고 있는 건가 하는 의심을 불식시키는 일이 일어났다.

왜애액!

간신히 버티고 있던 유옥이 구토를 한 것이다.

억지로 들어갔던 한 말의 화주가 한꺼번에 발출이라도 되는 듯 다섯 장 거리에 서 있는 용사비에게까지 토사물의 일부가 튀어왔다.

"저, 저런……!"

호연패를 비롯한 두 장로와 오의파 개방도들이 그 모습을 보며 사색이 되었다.

'호오, 이것 봐라?'

용사비의 얼굴에서 씨익, 회심의 미소가 감돌았다. 유옥의 그 꼴사나운 모습이 술을 이기지 못해 그런 것이라는 확신이 선 것이다.

순간 더 볼 것도 없다는 듯 파앗! 딛고 있던 죽대를 박차고 용사비의 신형이 화살처럼 유옥을 향해 돌진해 갔다. 표풍개 소춘풍에게서 배운 취리표홀신법도, 고신사무에게서 배운 귀변팔법도 다 필요 없었다. 그냥 취리비천신풍으로 진산에게 돌진해서 술에 힘겨워 간신히 서 있는 유옥의 몸통을 들이받아 백죽대 밖으로 떨어뜨리면 되는 것이었다.

그렇게 폭풍처럼 용사비가 돌진해 오는 데도 유옥은 아무 방비도 없이 서 있을 뿐이었다.

유옥의 뒤쪽으로 백죽대는 겨우 두 발의 여유가 있었고, 용사비에게 받혀서 두 발만 밀려나면 유옥은 백죽대에서 추락하게 되고 오정대연의 패배자가 되는 것이었다.

모든 사람의 눈에 그런 결과가 선연하게 그려지고 있는 바로 그 순간, 막 돌진해 온 용사비의 어깨가 유옥의 가슴팍에 닿는다 싶은 바로 그 순간, 유옥의 두 손이 번쩍 움직였다.

그리고 파앙! 용사비의 어깨가 유옥의 가슴팍을 들이받는 바로 그 순간과 동시에 콰악! 유옥의 두 팔이 용사비의 허리 어림을 힘차게 껴안았다.

"헛!"

자신이 의도했던 대로 유옥의 가슴팍을 제대로 들이받은 용사비의 입에서 당혹스런 신음이 터져 나왔다. 자신의 의도대로라면 자신의 어깨에 받혀서 유옥만 백죽대 밖으로 튕겨져 날아가야 했다.

그런데 어느 순간, 정말 자신도 느끼지 못하는 순간에 유옥이 자신의 허리를 두 손으로 껴안아 버린 것이다.

그래서 자신은 백죽대 위에 남아 있어야 하는 것인데 튕겨져 나가는 유옥이 자신을 껴안음으로 해서 자신도 같이 백죽대 밖으로 튕겨져 나가게 생긴 것이었다.

함께 추락하면 지는 것은 아니지만 이기는 것도 아니다. 무승부가 되는 것이다.

함께 추락하기. 오정대연을 무승부로 귀결 짓기. 이것이 바로 호연패가 의도한 회심의 작전이었다.

개망산의 대나무 숲에다 만들었던 가상의 백죽대 위에서의 실험으로 호연패는 피하고 도망 다니는 능력밖에 가진 게 없는 유옥으로서는 아무리 용을 써도 용사비를 이길 수 없다는 걸 알았다. 그래서 고육지책으로 택한 것이 무승부 작전이었다.

그래서 그때부터 호연패는 금나수의 일곱 가지 동작 중에서 '번개같이 상대를 껴안는 수' 금나포악쇄(擒拿捕岳鎖) 하나만을 유옥에게 가르쳤다. 나보다 강한 상대를 안고 장렬하게 함께 추락한다. 그래서 무승부를 유도해 낸다. 그리고 다음을 기약한다는 것. 그것이 호연패의 작전이었던 것이다.

처음으로 마셔본 한 말의 화주에 의해 비몽사몽에 빠져 있던 유옥이었지만 주지시키고 주지시키고 또 주지시켰던 '용사비 껴안기'는 잊지 않고 있었다. 그리고 결정적인 한순간에 용사비 껴안기를 성공시킨 것이다.

그리고 오히려 우려했던 술에 의해 그 무승부 작전은 아주 빠른 시간에 성공을 거둘 것 같았다.

하지만 용사비의 능력은 호연패가 생각하는 것보다 좀 더 위에 있었다.

자신의 힘에 의해서 퉁겨진 유옥에 의해 백죽대 밖으로 끌려나가려는 마지막 순간에 용사비는 백죽대의 맨 가에 자리한 죽대에 아슬아슬하게 한 발을 딛고 버티어 섰다.

자신을 껴안고 매달려 있는 유옥의 무게와 비천신풍을 발휘했던 자신의 힘을 이겨내며 한 치밖에 되지 않는 죽대 위에서 한 발로 버티어낼 수 있었던 것은 용사비에게 가공한 공력이 있었기 때문에 가능했다.

용사비는 한 발로 죽대 위에 거뜬히 버티어 섰고, 그 용사비의 허리에 유옥이 매달려 있었다. 이미 한 말의 술에 의해 초주검이 되어 있었으므로 이젠 유옥이 훨씬 불리한 상황이 되었다. 용사비는 이제 허리에 매달린 유옥을 떨어내기만 하면 되는 것이다.

백죽대 아래서는 다들 침을 꿀꺽 삼키며 그 아슬아슬한 상황을 지켜보고 있었다.

"개자식! 얼마나 버티나 보자!"

자신의 허리를 껴안고 매달려 있는 유옥을 내려다보며 용사비가 이를 갈았다.

생각 같아서는 자신의 허리를 감고 있는 유옥의 한 팔을 잡아 꺾어버리면 그만이었다.

하지만 그것은 상대를 다치게 하는 수, 금지된 수인 것이다.

순간, 그 자세에서 용사비가 몸을 휘익 회전시켰다. 물론 용사비의 몸에 매달린 유옥도 용사비의 허리를 부여잡은 채로 함께 휘돌려졌다.

한 치 두께의 죽대를 축으로 해서 회풍비류(回風飛流)의 신법으로 휘이이잉! 회오리처럼 무서운 속도로 용사비가 맴을 돌았다. 물론 유옥도 용사비가 휘도는 속도와 마찬가지의 속도로 휘돌려졌다.

이제 용사비의 작전은 명료해졌다.

팽이처럼 제자리에서 휘도는 신법, 회풍비류로 자신의 허리를 잡고 늘어져 있는 유옥을 떨어버리자는 것. 그것은 절대로 상대를 다치게 하는 수가 아니었으므로 지금의 상황에선 가장 적절한 수였다. 사람이 무언가에 매달려서 버티는 것은 한계가 있는 법이었고, 회풍비류로 몸을 휘돌리면 잡고 버티는 사람은 훨씬 더 힘들어진다. 누가 보아도 유옥이 용사비에게서 떨어져 나가는 것은 시간문제로 보였다.

"저, 저, 저걸 어째!"

"저렇게 해선 진산 후개가 버티기 힘들겠어!"

"아이고, 어떡하면 좋아!"

그 아슬아슬한 모습을 지켜보는 오의파의 진영에서 탄식의 소리들이 터져 나왔다.

"저래 가지고 얼마를 버티겠어!"

"승부가 나는 건 시간문제다!"

"용사비 후개 만세다!"

더불어 반대편 정의파 쪽에선 승리를 확신이라도 하는 듯 즐거운 환호가 터져 나왔다.

"쯧, 저래가지고서야… 오의파가 이기긴 틀린 것 같구나."

보고 있던 일각도 아쉬운 듯 혀를 찼다.

일각의 옆에서 그 모습을 보고 있던 화화의 얼굴에도 수심이 드리워졌다.

천성이 아름다운 것을 좋아하고 멋을 내는 것을 좋아해서 외양은 정의파 흉내를 내는 화화였지만 정신은 오의파의 공수정심을 존중하는 그녀였다. 그리고 십 년 전의 일이기는 하지만 진산은 어디까지나 그녀의 동무였다. 마음의 추가 진산에게로 기우는 것은 어쩔 수 없는 현상이었던 것이다.

하지만 그 상황을 올려다보면서도 회심의 미소를 짓고 있는 한 사람이 있었다. 호연패였다.

휘이이잉!

죽대 위에서 용사비의 회풍비류신법은 속도를 더하며 계속되었지만 어쩐 일인지 유옥은 떨어져 나가지 않았다.

유옥이 용사비에게서 떨어져 나가지 않고 버틸 수 있는 이유는 용사비의 허리를 부여잡고 있는 유옥의 깍지 낀 두 손에 있었다.

오정대연에 출전시키기 전에 호연패는 유옥에게 명록수(明

鹿手)란 이름의 투명한 장갑을 양손에 끼워주었다.

명린수는 기련산맥에 서식하는 백록의 창자로 만든 장갑이었는데, 포일비가 욕창이나 나병 환자를 다룰 때 손에 끼던 것이었다. 워낙 투명해서 그것을 착용해도 다른 사람들은 알아차리기가 힘들었다.

원래 맨손으로 깍지를 껴도 양손의 손가락 마디와 마디가 엇물려서 강하게 결속되기 때문에 풀기가 힘들다. 거기다 탄력있고 질긴 장갑을 끼면 그 결속력은 훨씬 더 강해지기 마련이다.

거기다 더 힘이 강해지면 마디가 아닌 쪽은 더 얇아지고 마디 쪽으로는 장갑의 면이 밀려서 손가락은 더 빠져나오기 힘든 상황이 된다. 더구나 손에는 체온이라는 것이 있고, 마찰의 힘이 가해져서 체온이 높아지면 백록의 창자로 된 명록수는 녹아서 서로 붙어버리는 성질까지 있었다.

"……?"

온 힘을 다해 회풍비류신법을 발휘해도 유옥이 떨어져 나가지 않자 용사비가 난망한 얼굴이 되었다.

열여덟의 나이에 전혀 어울리지 않는 고강한 내공을 소유하고 있는 용사비였지만 회풍비류신법을 시전하는 데는 상당한 내공이 필요했다. 더구나 한 치 두께의 죽대 위에서는 회풍비류신법을 운용하는 것보다 몸의 균형을 유지해야 하는 것에 더 많은 공력이 소모되었다.

일각의 시간에 걸쳐 회풍비류신법을 발휘하고 나서야 용사비는 자신을 부여잡고 있는 진산이 생각 이상의 어떤 능력을 가지고 있다는 생각을 하게 되었다.

그리고 이대로 회풍비류신법을 계속하게 된다면 놈을 떨어뜨리기 전에 자신이 먼저 공력이 바닥나 주저앉을 수도 있다는 생각이 들었다.

더불어 용사비는 지금의 회풍비류신법 그 이상의 어떤 수를 써야만 놈을 떨칠 수 있음을 깨달았다.

몸속에 들어 있는 공력을 밖으로 방출하는 것을 발경(發勁)이라고 한다.

그 발경은 주로 장풍이라는 이름으로 양 손바닥에 있는 신문혈(神門穴)을 통해 방출이 되는데, 무공의 고수는 사실 몸의 어떤 혈도로도 발경이 가능하다.

용사비는 귀변팔법을 배웠던 고신사무에게서 특이한 발경술을 하나 배웠는데, 그것은 암문전신발경(暗門全身發勁)이라는 이름의 발경술이었다.

몸속에 있는 공력을 전신의 혈도를 통해 발경하되 전혀 밖에서는 감지 할 수 없는, 그래서 암문(暗門)이라는 이름이 붙은 발경술이었다. 그것은 상대의 신체가 자신의 신체가 접촉해 있을 경우에만 가능했다.

신체와 접촉을 한 상태에서 발경을 한다는 것은 자신의 공력으로 상대의 혈도를 공격하는 것으로써 심각한 내상을 유발할 수 있는 살수였으므로 오정대연에서 사용하는 것은 엄연한 불법이었다.

그렇지만 고신사무가 가르쳐 준 암문전신발경술은 밖에서 보았을 때는 전혀 발경을 눈치 챌 수 없게 개발된 발경술로써 바로 이런 경우에 쓸 수 있게끔 대비하여 배워두었던 것이다.

용사비의 내가공력은 열여덟이라는 그의 나이에 전혀 걸맞지 않게 오십 년 공력에 달해 있었다. 개방 전래의 운기조식법으로 삼십 년 공력을 얻은 위에다 각종 값비싼 영약으로 이십 년 공력이 더 보태어져 있었다.

회풍비류신법을 운용하는 가운데 암문전신발경술을 운용한다면, 유옥은 회풍비류신법으로 가해지는 원심력 외에도 용사비의 몸에서 터져 나오는 엄청난 발경 내공을 폭풍을 맞듯 온몸에 맞게 될 것이다. 그래도 떨어지지 않는다면 놈은 사람이 아니라고 용사비는 생각했다.

하여 용사비는 회풍비류신법을 운용하는 가운데 암문전신발경술을 시전하기 위해 회풍비류신법을 쓰는 데 필요한 내공만을 남겨두고 모든 내공을 자신의 단전으로 모아갔다. 단전에 모았다 한꺼번에 발출해야 발경의 위력이 배가되기 때문이었다.

회풍비류신법을 운용하던 용사비의 신체가 잠시 움츠러들었다 싶은 순간—물론 회풍비류신법이 시전되고 있는 상황이었으므로 구경하는 사람들은 전혀 눈치 챌 수 없는 움직임으로—암문이라는 이름답게 아무런 소리도 없이 엄청난 위력의 발경이 용사비의 신체에서 발출되었고, 그 발경은 용사비를 잡고 있는 유옥의 두 팔의 혈도를 통해 유옥에게로 전해졌다.

그 충격은 유옥의 내부를 엄청난 위력으로 뒤흔들었고, 유옥은 한순간에 정신을 잃었다. 명록수가 아니었으면 당연히 용사비의 허리를 놓을 수밖에 없는 상황이었다.

그런데,

백죽대에서 추락하는 것은 유옥만이 아니었다. 용사비가 함께 떨어지고 있었다.

용사비가 발출한 암문전신발경은 유옥에게만 충격을 준 것이 아니라 용사비에게 연결되어 있는 유옥 이외의 또 하나의 물건, 용사비가 발을 딛고 있던 죽대에도 충격을 주어 아주 조금이긴 하였지만 죽대의 끝 부분이 부서져 나갔던 것이다.

모든 경공술은 지지대가 있어야만 가능하다. 아무리 작은 것이라도 일단 몸을 지탱하고 발휘할 근간이 있어야 가능한 것이다. 물론 허공답보(虛空踏步) 같은 지지대 없이 허공을 걸어다니는 경공술이 있다곤 하지만, 그런 경공은 가히 신선의 경지에서나 가능한 것이었다.

더구나 용사비는 암문전신발경을 시전하느라 단전에 품고 있던 공력을 한순간에 다 소진해 버린 터였고, 디딤대인 죽대가 부서져 나가리란 생각을 전혀 하지 않고 있었기 때문에 자신의 힘으로는 어떻게 할 수 없는 상황이 되어버리고 만 것이다.

용사비의 암문전신발경에 의해 정신을 잃었지만 유옥의 몸은 명록수 때문에 용사비에게서 떨어져 나가지 않고 있었다.

그렇게 정신을 잃은 유옥이 용사비를 껴안은 자세로 두 사람은 백죽대에서 떨어져 추락하고 있었다.

"이, 이런!"

속절없는 푸념이 용사비의 입에서 신음처럼 튀어나왔다.

"아!"

유옥이 용사비를 껴안은 자세 그대로 세 길 높이의 백죽대에서 떨어지는 촌각의 시간에 그것을 보고 있는 양 파 사람들의 입에서 장탄식이 터져 나왔다.

하지만 단 한 사람, 두 사람이 동시에 백죽대에서 떨어지는 것을 연출하기 위해 각고의 노력을 기울였던 단 한 사람, 호연패만은 회심의 미소를 짓고 있었다. 하지만 호연패조차도 용사비가 암문전신발경을 구사한 것에 대해선 눈치 채지 못하고 있었다.

쿵!

부서진 죽대들과 함께 먼지를 일으키며 두 사람이 백죽대 아래 연무장 바닥으로 떨어졌다.

"저거, 어떻게 된 거야?"

"둘이 같이 떨어졌잖아!"

"그럼 승부는 어떻게 되는 거야?"

두 사람이 떨어지는 바람에 일어난 먼지 때문에 두 사람의 모습은 잘 보이지 않았다. 그사이에 양 파에서 생각지도 않았던 상황에 대한 갑론을박의 웅성임이 일어났다.

휘잉!

한줄기 바람이 불어치며 먼지를 걷어가자 떨어진 두 사람의 모습이 보였다.

용사비의 허리를 놓치지 않기 위해 끝까지 용을 썼던 유옥은 혼절한 모습으로 바닥에 널브러져 있었고, 용사비는 자리에서 일어나 난망한 모습으로 유옥을 내려다보고 있었다.

"용 후개! 괜찮나?"

진대목을 비롯해서 소춘풍, 진종자, 그리고 외부에서 사업을 벌이고 있다 오정대연을 맞아 입문한 정의파의 또 다른 한 명의 장로 백여연이 후닥닥 용사비를 향해 달려나왔다.

이에 질세라 오의파의 세 장로, 호연패, 팽충, 포일비도 달려나왔다.

"다친 덴 없는 거지? 괜찮은 거지?"

달려나온 진대목이 난망한 얼굴로 서 있는 귀하디귀한 자기편 후개 후보 용사비의 아래위를 훑어보며 황망히 물었다.

"저딴 데서 떨어졌다고 내가 뭐 어떻게 되겠어?"

역시 버르장머리없는 용사비답게 퉁명스럽게 대답하며 턱

짓으로 백죽대를 가리켰다.

"이봐! 정신 차려!"

호연패가 바닥에 널브러져 있는 유옥을 잡아 흔들었지만 유옥은 요지부동이었다. 용사비의 전신발경에 충격을 입은 것인지, 백죽대에서 떨어질 때 받은 충격 때문인지 눈을 허옇게 뜬 채 입에서는 허연 거품이 흐르고 있었다.

"우리 용 후개가 이긴 거야! 같이 떨어지긴 했지만 우리 용 후개는 멀쩡한데 그애는 뻗어버렸지 않나? 우리 정의파가 이긴 거라구!"

"맞아요! 이건 무조건 우리 정의파가 이긴 거예요!"

기선을 제압해야겠다는 생각인 듯 표풍개 소춘풍과 백여연이 발빠르게 오의파의 장로들을 향해 소리쳤다.

"오정대연의 승부는 백죽대에서 먼저 떨어지느냐 마느냐로 가리는 것이지, 떨어진 뒤의 일을 가지고 논하는 것이 아니라고 알고 있네만."

단호한 얼굴로 호연패가 고개를 저었다.

"우리 정의파가 이긴 거다!"

"아니다! 같이 떨어졌으니까 무승부다!"

기다렸다는 듯 양 파의 개방도들이 자기편 장로의 주장을 응원하려는 듯 소란하게 고함을 질러댔다.

"잠깐만요!"

그때 뾰족한 음성이 장내에 울려 퍼졌다. 천안전주 화화의 음성이었다.

"이런 상황이 벌어졌을 때 객관적으로 명확한 판단을 부탁드리려고 참관인을 초빙한 것 아닌가요? 일각 대사님께서 이 상황을 정리해 주셨으면 합니다만."

뾰족한 한마디로 장내의 소란을 잠재운 화화가 옆자리의 일각을 향해 정중하게 심판을 내려줄 것을 부탁했다.

일각이 천천히 자리에서 일어났다.

그리곤 불호와 함께 입을 열었다.

"아미타불. 빈승이 알기론 오정대연의 승부는 백죽대에서 먼저 떨어지는 사람이 지는 걸로 되어 있고… 떨어진 뒤의 일에 대해선 언급이 없는 바, 이 승부는 무승부가 맞는 것 같소."

"아!"

정의파 쪽에선 아쉬운 탄식이 터져 나왔고,

"와아아!"

오의파 쪽에선 환호가 터져 나왔다.

호연패가 바라던 대로 네 번째 오정대연의 승부는 무승부로 귀결 지어졌다. 구양발양환단과 두 알의 취구환을 바치고 개망산의 대숲에 마련된 가상의 백죽대에서 열흘간을 훈련하며 기획한 일이 성공한 것이다. 입은 열지 않았지만 세 장로의 얼굴이 기쁨으로 빛났다.

바로 그때, 오정대연의 승부에 대한 의견을 말하고 자리에 앉는 일각의 귓전으로 한가닥 전음이 들려왔다.

그 전음의 주인이 홍동청 방주라는 것을 인식하며 그쪽을
바라보는 일각의 시선에 방주 홍동청이 자리에서 눈을 허옇
게 뜬 채 통나무처럼 기우뚱 쓰러지고 있었다.

석 달 전, 방주 홍동청이 보양동에 들어간 후로 비어 있던
개방 방주의 거주지 공수전에 모처럼 사람들이 모였다.

공수전의 가운데 놓인 낡은 침상에 창백한 낯빛으로 누워
있는 홍동청의 한쪽 손목을 쥐고 개방의 의개 포일비가 진맥
을 하고 있었고, 호연패와 팽충, 그리고 정의파의 다섯 장로
중 네 장로 진대목, 소춘풍, 진종자, 백여연과 일각, 화화가 걱
정스레 홍동청을 보고 있었다. 물론 일각의 그림자 자명은 일
각의 철장을 세워 든 여전한 모습으로 방 한구석에 시립해 서
있었다.

"어떤가, 포 장로?"

심각히 진맥을 하고 있는 포일비를 보며 팽충이 걱정스런
얼굴로 물었다.

"휘유, 어렵군, 어려워."

포일비가 쥐고 있던 홍동청의 손을 놓으며 한숨과 함께 고
개를 절레절레 저었다.

"역시 그놈의 청루취옥배가 문제야. 방주의 일신상에 문제
가 발생한 건 방주가 예전에 청루취옥배의 정수 없이 명월단

문신공을 익혔던 것 때문이라는 건 모두 알지? 그게 세월이 지나면서 점차 방주의 신상에 주화입마와 비슷한 상세로 나타났고 말이야. 방주께선 보양동의 양기와 고강한 내가공력으로 내상을 치유해 보려 했지만, 그건 절대로 쉬운 일이 아니었거든. 지금 보니까 오히려 내가공력을 무리하게 운용하는 바람에 단전을 비롯한 전신 기혈이 돌이킬 수 없는 지경으로 뒤틀려 있어. 오늘 아침에 보양동에서 나오셔서 입 한 번 벙긋 안 할 때부터 뭔가 문제가 있는 것 같다 했는데, 오정대연이 끝나기만을 기다리며 겨우 버티다 이렇게 되신 거야. 화타가 와도 지금의 상세는 돌이킬 수 없는 지경이라네."

팽충에게 홍동청의 상세를 설명하면서도 포일비가 곱지 않은 눈빛으로 정의파의 세 장로를 흘깃거렸다. 지난날 청루취옥배를 훔쳐 사라진 능지호에 대한 질책의 의도가 다분히 담긴 행동이었다.

"지난날에 능지호가 청루취옥배를 훔쳤다는 것은 오의파 쪽에서 하는 얘기고, 대체 능지호가 청루취옥배와 같은 시간에 사라졌다는 것뿐 능지호가 청루취옥배를 훔쳐 갔다는 증거가 어디에 있어요?"

포일비의 곱지 않은 시선을 그냥 받아넘기지 않겠다는 듯 백여연이 앞으로 한 발 나서며 따져 물었다. 그녀는 개방의 십대장로 중 유일한 여성 장로였는데, 채 오십이 되지 않은 나이에 뛰어난 미모와 언변과 무공으로 정의파의 오대장로의 반열에 들었고, 지금은 소주(蘇州)에서 십여 개에 달하는 큰 기루를 운영하며 돈으로 말하는 정의파의 재정에 큰 몫을 담당하고 있었다.

"이거 왜 이래? 청루취옥배를 능지호, 그자가 훔쳐 갔다는 건 무림 전체가 인정하는 공공연한 비사(秘事)라구!"

뾰족한 말을 앞세우고 나서는 백여연에 맞서 그나마 오의파의 장로들 중에서는 제일 나은 말발을 자랑하는 팽충이 고개를 주억거리며 앞으로 나섰다.

"글쎄, 능지호인가 뭔가 하는 인간하고 청루취옥배가 같은 시간에 사라진 거 말고 무슨 증거가 있냐구요? 증거를 대봐요, 증거를!"

"허엉, 이거 왜 이래! 꼭 찍어 먹어봐야 쇠똥인지 춘장인지 아나?"

"이게 지금 정황만으로 이야기할 사안이에요? 이 백여연이 고개를 끄덕일 수 있는 증거를 내놓으라니까요!"

"허어, 이런! 백 장로가 옷을 입고 있어도 여자인지 남자인지 다 아는 것하고 같은 거야, 이건! 너무나 뻔한 사실이라구!"

백여연이 손바닥을 내밀며 한 발 더 앞으로 나섰고, 팽충도 머리를 주억거리며 한 발 더 앞으로 나섰다.

"방주님께서 이렇게 위태하시고, 외부의 손님까지 계신 이런 자리에서까지 분파 싸움을 하시겠다는 건가요?"

화화의 올바르기 그지없는 뾰족한 말이 있고서야 두 장로는 머쓱한 얼굴이 되어 한 걸음씩 물러섰다.

"그럼 이제 방주님은 어떻게 되는 거예요?"

화화가 잔뜩 걱정 어린 얼굴로 홍동청을 보며 포일비에게 물었다.

"화타가 와도 소용없다고 했잖아. 오직 희망을 걸어볼 수 있는 게 있다면 사후약방문 격이긴 하겠지만서도 청루취옥배의 정수를 드시게 해보는 게 유일한 방법이라면 방법이랄까."

포일비가 답답한 얼굴이 되어 고개를 흔들었다.

그때, 외인임으로 해서 괄괄한 성질을 죽이고 가만히 듣고만 있던 일각이 헛기침을 하면서 나섰다.

"에헴! 빈승이 한마디 하고 싶은 게 있소만… 실은 홍 방주께서 쓰러지시던 순간에 제가 한가닥 전음을 들은 게 있소이다."

"……!"

의외의 일각의 말에 장중의 사람들이 멈칫 놀랐다.

"방주님께 말입니까?"

호연패가 일각에게 황망히 물었다.

"그렇소이다."

"대체 어떤 내용이었나요?"

일각이 고개를 끄덕이자 백여연이 채근했다.

그때 화화가 입을 열었다.

"그 전음은 대사님만 들으신 게 아니에요. 저도 들었어요."

일각을 보고 있던 장중의 사람들이 멈칫 놀라며 화화 쪽으로 고개를 돌렸다.

"포 장로님께서도 말씀하셨듯이 보양동에서 출관하신 방주님께선 오정대연의 귀결을 목도하시려고 전신의 기혈이 뒤틀린, 숨도 쉬기 어려울 만큼 고통스런 상태로 자리를 지키고 계셨던 것 같아요. 그리고… 오정대연이 그렇게 무승부로 귀결 지어지자마자 더 견디시지 못하고 쓰러지신 거구요."

화화가 침통한 얼굴로 혼수에 빠져 있는 홍동청을 바라보며 말을 이었다.

"그거야 다 아는 얘기고, 대체 방주께서 무슨 전언을 남기셨다는 거야?"

성질 급한 소춘풍이 궁금해 죽겠다는 듯 자기 주먹으로 가슴을 탕탕 두드려 댔다.

"방주님께서 전음으로 남기신 전언의 내용은 이러했어요. 오정대연이 무승부로 끝난 것을 당신께서도 인정하시겠다고 하셨구요, 그리고 연장전이라고 해야 하나요? 두 사람을 다 적통 후개로 할 수는 없는 거니까 어떤 식으로든 오정대연의 승자와 패자를 가려야 하잖아요."

"그래서? 그래서 방주께서 승패를 가리는 방식이라도 제안해 주셨다는 거야?"

화화가 말을 끝자 소춘풍이 다시 다그쳤다.

"맞아요. 방주님께선… 양 파의 두 후개 후보 중에서 사십 년 전에 분실된 청루취옥배를 먼저 찾아오는 사람을 적통 후개로 인정하고 싶다고 하셨어요."

"빈승이 들은 내용도 같은 내용이었소이다."

화화가 단호하게 눈을 빛내며 말하자 기다렸다는 듯이 일각이 고개를 끄덕였다.

오정대연이 있던 날, 유월 초하룻날도 이내 저물고 개방에 밤이 찾아왔다.

벌써부터 여름이 당도했음을 알리듯 모기가 윙윙거리는 변옥천 가 개방 의전의 처마엔 작은 초롱 하나가 걸려 바람에 흔들거리고 있었다.

"이거, 이거… 손목하고 어깨까지 다 탈골됐잖아!"

맨몸으로 의전 안의 낡은 침상에 누워 있는 유옥의 퉁퉁 부어오른 두 팔을 만지며 팽충이 혀를 찼다.

"지금 탈골이 문제가 아니야. 이놈 상세를 보니 아무래도 그 용사비 놈에게 발경 공격을 받은 거 같으이."

유옥의 가슴에 손을 대고 상세를 살피던 포일비의 인상이 울상으로 찌푸려졌다.

"발경 공격이라니?"

"보이지 않는 공력의 공격을 받았다는 거지. 이놈의 오장(五臟)이 제자리에서 이탈해 있고, 혈도들도 죄다 뒤틀려 있는 걸로 봐서 틀림없는 것 같네."

"그럼 살수를 쓴 것이 아닌가? 오정대연의 법도를 어긴 거잖아?"

"맞아. 아무래도 비무대에서 추락하기 직전에 용사비가 발공(發功)을 해서 이놈을 이렇게 만들어놓은 모양이야. 이놈이 용사비를 껴안고 있는 상태였으니까. 즉 혈도와 혈도가 닿아 있는 상황이었으니 보이지 않는 발경 공격이 가능한 상황이었거든."

"이 개종자들을 당장!"

"쓸데없는 짓일세. 그 자리에서였으면 몰라도 지금 가서 따져 본들 무슨 소용이 있겠나?"

팔뚝을 걷어붙이며 달려나가려는 팽충을 문가의 낡은 의자에 앉아 있던 호연패가 자리에서 일어나며 말렸다.

"이놈을 아주 못 쓰게 만들어놨는데 그냥 넘어가자는 거야?"

유옥 쪽으로 가는 호연패의 등을 향해 한 번 더 빽! 고함을 질렀지만 팽충도 그것이 부질없는 짓이라는 걸 알고 있었다.

"휘유, 무승부를 이끌어내서 한고비 넘겼다고 생각했는데, 제기랄."

결국 정의파로 달려가 따지는 것을 포기한 팽충이 한숨을 쉬며 허탈한 모습으로 호연패가 앉아 있던 의자에 털썩 주저 앉았다.

유옥 쪽으로 다가온 호연패가 찬찬히 유옥을 살폈다.

상세를 살피기 위해 발가벗겨 놓은 유옥의 몸은 비록 거지답게 사느라 목욕을 하지 않아 꼬질때에 절어 있었지만 산에서 뛰어노는 한 마리 야생 노루처럼 근골이 잘 발달되어 있었다. 빌어먹는 거였지만 고른 음식으로 끼니를 거르지 않았고, 비럭질을 하는 것 자체가 걷고 뛰는 운동이었으니 열여덟 한창 피어나는 나이에 어울리는 근골이라고 호연패는 생각했다.

특히 호연패가 모르는 새에 경공을 발휘하며 노루와 토끼를 쫓던 유옥의 장딴지와 종아리는 흡사 다듬이 방망이처럼 보기 좋게 근육이 발달해 있었다.

하지만 유옥의 신체 위쪽으로 시선을 옮기던 호연패는 자신도 모르게 인상을 찌푸렸다.

비무대 위에서 용사비의 회풍비류신법에도 떨어지지 않으려고 버티었던 두 팔은 어깨와 팔꿈치, 손목이 모두 탈골되어 한 뼘은 족히 늘어나 있었다. 그리고 극심한 신체의 이상을 알리려는 듯 관절 부위는 퉁퉁 심하게 부어올라 있었다.

진산을 마중하러 란주로 향하는 길에 우연히 인연이 닿았던 아이, 지난 한겨울을 나는 동안 옥현귀진신공을 익히는 데 결정적으로 도움을 주었던 아이, 탈견보를 가르쳐 주었을 뿐인데 취리표홀신법 비슷한 것까지 스스로 터득해 버린 아이, 왜 거지에게도 차등이 있냐며 개방도가 되게 해달라고 매달리던 아이, 그리고 오정대연에 오지 못한 진산을 대신하여 오의파의 운명을 걸고 오정대연의 비무대에 올라갔던 아이. 만난 지 채 일 년이 되지 않았지만 호연패 자신의 의도에 의해서, 혹은 호연패의 의도완 상관없이 정말 숨 가쁘게 변화해 온 아이였다.

그렇게 한참을 유옥을 내려다보던 호연패가 손을 뻗어 유옥의 늘어져 있는 한 손을 잡았다.

손과 손의 결연히 지어졌던 네 손가락의 중간 마디들도 모두 탈골이 되어 퉁퉁 부어올라 있었고, 양 손가락의 엄청난 마찰에 의해 손가락끼리 닿았던 부분은 껍질이 벗어지고 화상을 입은 상태였다.

용사비의 회풍비류신법이 발휘되던 시간은 거의 일각에 가까웠다.

그 시간 동안 양 어깨와 팔꿈치, 팔목이 차례로 탈골되고 손가락이 이 지경이 되는 동안 겪었을 유옥의 끔찍한 고통을 생각하며 호연패는 지그시 자신의 입술을 깨물었다.

용사비에게 매달려 있는 것에 명록수의 힘을 빌리긴 했지만 고통에서 벗어나고자 했다면 얼마든지 손을 뺄 수도 있었을 것이다.

호연패는 유옥의 그 부어오르고 화상을 입은 손마디를 만지며 다시 한 번 유옥의 옹골진 성격을 읽었다.

그리고 다시 한 번 다짐하는 호연패였다.

어떻게든 이 아이를 살려서 기필코 오의파의 미래를 이 아이에게 걸겠노라고. 개방의 미래를 걸겠노라고.

그때, 팽충과 포일비는 정말 드물게도 흐린 호롱 불빛에 의한 것이긴 했지만 호연패의 두 눈에 얼핏 어리는 눈물을 보았다.

"할 수 없군."

포일비가 퉁명스레 말하며 허리에 차고 있던 열쇠 꾸러미를 꺼내 들었다.

그리고 저번에 취구환을 꺼냈던 벽장을 열고 옥함을 꺼냈다.

"뭐야? 저번에 이놈에게 먹인 게 마지막이라더니 남아 있는 게 있었잖아?"

그 옥함 안에서 또 하나의 취구환을 꺼내 드는 포일비를 보며 팽충이 놀랍고 어이없는 얼굴로 소리쳤다.

"이게 진짜 마지막 취구환이다. 팽충, 네놈이 무슨 병고가 생기면 달라고 떼쓸까 봐 숨겨둔 거였어."

"야야, 변개! 내가 아무리 죽을 상황이 되어도 취구환에 욕심을 내겠냐? 너 정말 사람을 잘못 봐도 한참 잘못 봤다!"

"잘못 본 거 아냐. 네놈은 충분히 그럴 수 있는 놈이거든."

두 사람의 언쟁의 강도가 높아지자 호연패가 나섰다.

"팽 장로 때문이든 누구 때문이든, 어쨌든 한 개의 취구환이 더 남아 있는 것은 천만다행인 것이고, 그걸 또 저 아이에게 먹이겠다는 건가?"

"그렇네. 이놈의 취구환이 뭐니 뭐니 해도 내상에는 최고의 약이니까. 그나저나 정말 이제 이놈이 정통 후개가 되지 못하면 난 죽었다."

포일비가 말하며 취구환을 자신의 입으로 가져갔다. 저번처럼 자신이 씹어서 유옥에게 먹이려는 거였다.

"잠깐!"

순간 팽충이 번개같이 손을 뻗어 포일비가 입으로 넣으려는 취구환을 낚아챘다.

"이번엔 내가 씹어 먹일게."

팽충이 말릴 새도 없이 낚아챈 취구환을 잽싸게 자신의 입에 밀어 넣었다.

"너, 너… 씹는 척하며 조금이라도 삼키면 국물도 없어!"

씹어서 유옥에게 먹여주기 위해 우물우물 취구환을 씹는 팽충을 보며 우려를 금치 못하는 얼굴로 포일비가 팽충을 노려보며 소리쳤다.

개방의 밤이 더 깊어졌지만 개방 접객청의 정원 연못가에 잠 못 이루고 있는 한 사람이 더 있었다.

화화였다.

인공 연못가에 놓인 대리석 평판 위에 앉아 연못에 드리워져 있는 달 그림자를 보며 사색에 잠겨 있었다.

전혀 개방답지 않은 달빛 어린 연못가에, 또 전혀 개방 사람답지 않은 용모의 화화가 앉아 있는 모습은 잘 다듬어진 주위의 정원수들과 어우러져 한 폭의 그림처럼 아름다웠다.

개방을 불처럼 들뜨게 했던 오정대연은 끝났고, 언제 무슨 일이 있었냐는 듯 개방의 사위는 쥐 죽은 듯이 잠들어 있었다.

무승부. 자신으로서도 전혀 생각지 않았던 오정대연의 귀결이었다.

화화는 천산에서 돌아온 진산의 진면목을 보기 전에는 오의파 쪽에 승산이 있다고 생각했다.

정의파 쪽의 용사비의 자질이 뛰어나고 아무리 재물로 덧칠을 해도 오의파의 묵은 장맛 같은 전통과 깊이를 감당하지 못할 것이라고 생각했던 화화이다.

하지만 오정대연에 모습을 드러낸 진산을 보고 화화는 솔직히 크게 실망했다. 한눈에 보아도 기도가 말이 아니었던 것이다.

그래서 화화는 진산에게든 진산을 가르친 곡반괴에게든 어떤 문제가 발생했고, 오의파의 패배는 정해진 귀결이라 생각하며 깊은 우려를 떨치지 못했다.

천안전주가 되기 전까지 화화는 솔직히 오의파에서 내세우는 공수정심, 재물을 가지지 않아야 바른 마음을 가질 수 있다는 논리를 이해하지 못했었다.

보여지는 것, 느껴지는 것 그대로가 전부라고 보았다. 보아서 화려하고, 느껴서도 편리한 정의파에 화화의 마음은 더 기울어져 있었다.

하지만 전주가 된 뒤부터, 개방의 중책을 맡아 주변을 객관적으로 살피는 안목을 키우면서부터 공수정심에 대해 조금씩 이해하기 시작했다.

가지면 더 가지고 싶고, 예뻐지면 더 예뻐지고 싶은 사람의 한없는 탐욕에 대해 깨닫기 시작했다.

자신이 하고 다니는 외양을 보고 화화가 정의파에 더 기울어져 있다고 생각하는 사람들이 많았지만, 사실 화화는 공수정심을 내세우는 오의파에 언제부턴가 마음이 가 있었다.

그래서 이번 오정대연도 마음속으로는 오의파를 응원하고 있었던 것이다. 진산을 응원하고 있었던 것이다.

어쨌든 자신의 우려와는 조금 나은 결론, 무승부로 오정대연은 귀결 지어졌다.

그리고 다시 혼수에 빠져 버린 방주의 전언에 의해 청루취옥배를 찾아오는 자를 적통 후개로 인정하기로 결론이 났다.

이제 양 파는 파벌을 총동원해 청루취옥배를 찾는 데 온 힘을 기울일 것이다.

사해팔방에서 비럭질을 하며 살아가는 오의파의 넓은 발도 무시할 수 없지만, 중원 곳곳에 다져 놓은 넓은 상권과 정보력을 살 수 있는 재정적 능력을 가진 정의파도 호락호락하지는 않을 것이다.

하지만 자신은 천안전주가 되면서 방주에게 언약했던 대로 이번 일에도 중립을 지키기로 마음먹었다.

며칠 전, 이곳에서 자신에게 소림의 수심을 털어놓았던 일각은 오늘 있었던 유월 초하룻날의 오정대연은 무승부이며, 홍 방주의 전언에 따라 청루취옥배를 먼저 취해오는 자를 개방의 적통 후개로 한다는 오정대연 참관인으로서의 명확한 답을 두고 해질 무렵에 개방을 떠났다.

마중을 나섰던 때와 마찬가지로 일각을 배중하며 화화는 만자혈인장을 훔쳐 간 신월비인에 대한 추적에 천안전이 나서겠다는 언질을 주었다.

방주가 혼수에 들지 않았다면 당연히 그렇게 하라고 했을 것이기 때문이었다.

하지만 지금 화화의 수심은 자신의 뜻과 반하여 한 가지에 집중되어 있었다.

백죽대에서 용사비와 함께 떨어졌던 진산의 안전이었다.

드러내 놓고 상세히 살펴볼 순 없었지만 오의파의 장로들에 의해 들려가는 진산의 상세가 상당히 심각하다는 것을 알 수 있었다.

화화는 축 늘어진 몸에 흰 동자만 보이던 진산의 동공에서 백죽대에서 추락하는 것 그 이상의 어떤 충격을 받았다는 것을 직감했다.

　진산이 온전하지 못하다면, 후개가 되어야 할 당사자가 온
전하지 못하다면 청루취옥배를 먼저 찾은들 적통 후개가 무
슨 의미가 있겠는가.

　진산은 지금 의개 포일비가 운영하는 의전에서 치료를 받
고 있을 것이다.

　궁금해도 그 자리에 가보지 못하는 자신의 처지도 참 묘하
다는 생각을 하며 화화는 한가닥 쓴웃음을 지었다.

　바로 그때, 피잉! 파공음과 함께 어떤 물체가 화화 자신을
향해 쏘아져 오는 것을 느꼈다.

　파앗!

　화화가 반사적으로 손을 뻗어 그 물체를 낚아챘다.

　손 안에 잡힌 감촉으로 무기가 아니라는 것을 느끼며 화화
는 반사적으로 그 물체가 쏘아져 온 곳을 쏘아보았다.

　거기, 정원에서 제일 큰 거목, 잎이 무성한 느티나무 가지
에 한 사람이 달을 등지고 앉아 있었다. 물체는 당연히 그 사
내가 일부러 화화에게 쏘아 보낸 것일 터이다.

　"껴봐. 너한테 잘 어울릴 거야."

　그 사내에게서 말이 들려 나오기 전에 화화는 이미 그가 용
사비라는 것을 알았다.

　"……?"

　최소한 자신을 공격할 의도를 가진 사람이 아니라는 것이

확인되자 화화는 손에 잡혀져 있던 물건에 의문이 갔다.

화화가 손을 펼치자 쥐고 있던 물건이 모습을 드러냈다.

"아!"

화화의 입에서 가벼운 탄성이 새어 나왔다.

그것은 백금으로 만들어진 반지였는데, 반지의 앞머리에 달린 장식이 너무나도 아름다웠다. 비취빛 자운석으로 여덟 개의 꽃잎이 만들어져 있었고, 그 가운데 꽃술처럼 박혀 있는 것이 천하제일의 보석으로 알려져 있는 금강석이었데 은은한 달빛 아래서도 샛별처럼 황홀한 빛을 내며 화화의 마음을 현혹시키고 있었다.

화화가 홀린 듯 여자들이 주로 반지를 끼는 손가락, 왼손의 무명지에 그 반지를 끼었다.

"예뻐!"

반지가 끼워진 왼손을 펼쳐서 자신의 신체 일부분이 된 반지를 보며 화화의 얼굴이 환하게 들떴다.

"부용쌍비 화화도 천상 여자군. 네가 원하면 그런 반지로 산을 만들어줄 수도 있어."

다시 용사비의 말이 들려왔을 때에야 화화는 금강석 반지에서 눈을 뗄 수 있었다.

"……!"

그리고 반지에 홀려 깜빡 잊고 있던 사실 하나를 깨달으며 멈칫 미간을 찌푸렸다.

특별한 일이 없는 한 언제 어느 때고 자신의 주변엔 추신사혼 네 명 중 두 명이 교대로 자신의 주위를 지키고 있는 것이 상례였다.

천안전주인 자신을 호위하는 것이 첫 번째 임무였지만, 화화의 명령을 하달받아 혈개들에게 전하고 혈개들에게서 올라오는 특별한 급전을 화화에게 전하는 일을 그들이 맡고 있었다.

그리고 그 누구라 해도, 설사 방주라 해도 이들의 통고 없이 화화에게 접근하는 것은 있을 수 없는 일이었다.

"일혼! 삼혼!"

아까 자신이 들어올 때 그들이 자신을 호위하기 위해 들어가 있었던 정원 한쪽의 숲을 향해 화화가 날카롭게 소리쳤다.

"그 숲에 있던 애들이 일혼, 삼혼이야? 걔들은 내가 잠깐 잠재웠어."

대답은 숲에서가 아니라 반대편 나뭇가지에 앉아 있는 용사비에게서 들려왔다.

"네가… 왜……?"

화화가 어이없는 얼굴로 용사비를 바라보는 사이, 휘리릭! 한 마리 새처럼 용사비가 화화의 앞으로 날아내려 왔다.

"청춘남녀가 분위기 잡기 딱 좋은 밤, 딱 좋은 곳이야, 이곳은."

화화의 앞으로 날아내려 온 용사비가 묘한 미소를 지으며 주위를 둘러보았다. 그리곤 빙긋이 웃음 지은 얼굴로 화화를 정시하며 말을 이었다.

"너를 안 게 십 년 전이지만 너와 단둘이 있어본 적은 한 번도 없었어. 오늘 너와 단둘이 있고 싶어서, 단둘이 하고픈 말이 있어서 그랬어. 한 놈은 고신사무에게서 배운 귀변팔법으로 뒤쪽에서 다가서니까 전혀 눈치를 못 채더군. 그래서 손쉽게 수혈(睡穴)을 짚었지. 그런데 한 놈은 가까이 다가서니까 내 존재를 알아채고 금오섭혼지(金烏涉魂指)로 반격을 해오더군. 덕분에 놈은 손가락 두 개가 부러진 뒤에 수혈을 짚었어. 진짜 두 놈 다 수혈만 짚었으니까 한 시진만 지나면 말끔하게 깨어날 거야."

금오섭혼지는 당랑권의 일종으로 사대추신개 중에서도 일혼이 주로 쓰는 권법이었다.

"용건이 뭐야?"

일혼과 삼혼이 용사비의 손에 수혈을 제압당한 걸 안 화화의 눈이 경계심으로 빛났다.

둘 다 개방의 뒷날을 감당해야 할 쟁쟁한 후기지수들이었지만 두 사람은 그간 가깝게 지내지 못했다.

두 사람이 처음 본 것은 화화가 여덟 살 때였다. 보통 버려진 아이들을 거지들이 주워 키우고 무공을 가르치는 기린원에서 후개 후보를 뽑는 상례를 뿌리치고 정의파는 그동안의 패배를 만회하고자 외부에서 근골이 우수한 인재, 용사비를 들여왔다.

정주의 시장에서 부모를 잃고 구걸을 하며 살아가는 아이를 데려왔다고는 했지만 명망있는 어느 무가의 자손이라는 풍문도 있었다.

그때 진대목의 손에 끌려 개방으로 들어오던 용사비를 화화는 잊지 않고 있었다. 그가 들어온 며칠 후에 그녀와 제일 친하던 진산이 또 곡반괴의 손에 이끌려 개방을 떠났으므로. 그래서 화화의 뇌리에는 진산을 개방에서 떠나게 한 아이, 자기 곁에서 떠나게 한 아이라는 좋지 않은 의미로 남아 있었다.

개방에서 함께 자라며 종종 용사비가 또래인 화화에게 친밀감을 표현하려 했지만 화화가 용사비의 우의를 받아들이지 않았다. 정말 용사비의 말대로 화화와 용사비는 처음으로 지금 단둘만의 시간을 갖는 것이었다.

"걔들을 그렇게 한 건 절대 다른 의도가 있었던 게 아니니까 나쁘게 생각 마, 화화."

화화의 심기를 건드리고 싶지 않다는 듯 용사비가 애써 웃음 짓는 얼굴로 손을 흔들었다.

"글쎄, 단둘이 하고 싶은 얘기가 뭐냐고?"

화화가 더 냉랭해진 표정으로 다그쳐 물었다.

"이번 오정대연이 무승부로 끝나고 청루취옥배를 먼저 찾아오는 쪽 후개가 정통 후개가 되기로 한 거 너도 알지?"

"알아."

"그게 말이 된다고 생각해?"

"방주님의 뜻이고, 이미 양 파의 장로들끼리 그렇게 하기로 합의를 봤잖아."

"그래, 황당하고 어이없고 실망스런 귀결이지만 받아들일 수밖에 없는 규약이 되고 말았다는 건 나도 인정해. 그리고 세상이 두 쪽이 나는 한이 있어도 청루취옥배는 내가 먼저 찾아낼 거야."

용사비가 결연한 얼굴로 두 주먹을 불끈 쥐었다.

"발분 노력해. 진산보다 네가 먼저 그걸 찾으면 당연히 네 뜻대로 되는 거니까."

당연한 얘기라는 듯 냉랭함이 가시지 않는 얼굴로 화화가 시선을 다른 데로 돌리며 말했다.

"……."

그런 자신에게 무심한 화화의 모습을 보는 용사비의 얼굴이 가늘게 떨렸다.

"나를 봐, 화화."

속에서 일어나는 격동을 참으며 가라앉은 어조로 용사비가 화화를 불렀다.

딴 데를 보던 화화가 시선을 용사비에게로 돌리자, 돌연 용사비가 화화의 한 손을 잡았다.

"함께 가자, 화화."

화화의 손을 잡은 용사비가 화화의 얼굴을 정시하며 힘주어 말했다.

"함께 가는 거야! 저런 더러운 오의파는 버리고 화려하고 빛나고 멋진 우리들의 개방을 만드는 거야! 세상에서 제일 화려한 옷, 빛나는 장신구는 네가 다 가지는 거야! 천안전을 가동해서 청루취옥배의 행방을 찾아줘! 너와 천안전이 우리 정의파와 함께 힘써주면 승부는 간단히……!"

"놔!"

용사비의 말이 다 끝나기도 전에 자신의 손을 잡고 있던 용사비의 손을 화화가 털어버렸다.

"내가 천안전주가 되면서 난 방주님께 구배(九拜)를 올리며 약속했어. 분란이 일어나는 어떤 일에 대해서도 두 문파의 어떤 편에도 서지 않고 천안전은 중립을 지키기로. 난 네 편도, 진산 편도, 정의파의 편도, 오의파의 편도 들어주지 않아."

화화가 차갑게 말하며 몸을 돌렸다.

"이, 이봐."

몸을 돌려 일혼과 삼혼이 잠들어 있을 숲을 향해 가는 화화의 등 뒤에서 전혀 용사비답지 않은 떨리는 음성이 화화에게 들려왔다.

"남자로서… 남자로서… 부탁해도 안 되겠니?"

사람에게서 가장 살 떨리는 순간, 자신이 품고 있는 연정을

고백하는 순간의 감정을 숨기지 못하며 천하의 용사비의 음
성이 가늘게 떨리고 있었다.

"……."

믿을 수 없다는 듯 가던 걸음을 멈추고 화화가 가늘게 떨고
있는 용사비를 바라보았다.

하지만 이내 피식, 그녀의 얼굴에 한가닥 비웃음이 돋아났
다.

"그거였니? 이 반지의 의미가?"

손가락에 끼워져 있는 반지를 들어 보이며 화화가 묻자 용
사비가 고개를 끄덕였다.

"호호호호호호!"

화화의 낭랑한 웃음소리가 밤하늘에 울려 퍼졌다.

그리고 화화의 왼손 무명지에 끼워져 있는 손가락으로 화
화의 내공이 모아져 갔다.

째애앵!

화화가 손가락으로 모은 공력의 힘에 의해 끼고 있던 반지
가 쇳소리를 내며 두 동강이 나 손가락에서 튕겨져 용사비의
발 앞으로 날아가 떨어졌다.

아직 손가락에 남아 있는 반지의 잔재물을 떨어내기라도
하듯 오른손으로 왼손 무명지를 훑으며 화화가 용사비를 노
려보며 차갑게 말했다.

"잘 들어둬, 용사비. 난 사랑 놀음 따위에 팔려 천안전주의

직책을 소홀히 하고픈 마음이 추호도 없어."

너무나 차갑고 단호한 말이었다. 그리고 이어서 들려온 화화의 말에 용사비는 한 번 더 몸을 떨어야 했다.

"그리고 무엇보다도 중요한 건 넌… 내 취향이 아니라는 거야."

"……."

냉정한 한마디를 남기고 냉랭한 뒷모습의 화화가 숲 속으로 사라지도록 용사비는 몸을 떨고 서 있었다.

개방 정의파의 후개 후보로서 정책에 대한 제안도, 열여덟 뜨거운 사내로서의 연정의 고백도 다 퇴짜를 맞은 것이었다.

"너… 너… 언제고 정말… 오늘의 일을 땅을 치고 후회하게 될 거야!"

붉게 달아오른 용사비의 입에서 뿌드득, 이가 갈리는 소리와 함께 씹어뱉듯 튀어나온 말이었다.

第九章

독개(毒丐) 요동

◉ 독개(毒丐) 요동 ◉

"밥 줘… 영감."

개봉 시내를 지나는 동안 짚어놓았던 유옥의 아혈을 풀어 주고 난 뒤 개봉에서 삼수(三水) 쪽으로 넘어가는 외진 고개 화동령(和同嶺)을 넘으면서 호연패와 팽충은 백 번을 넘게 그 소리를 들어야 했다.

"얼른 밥 줘. 히이……."

힘없이 풀어진 눈에 입에서는 개침을 주르륵 흘리며 유옥 이 이미 이것저것을 많이 먹어서 불룩한 자신의 배를 만지며 히죽이 웃는 얼굴로 또 채근을 해댔다.

"이런, 썅! 밥 다섯 그릇에 찐 감자 한 바가지를 다 까 처먹

은 게 언젠데 자꾸 밥, 밥이야! 배때기에 거지가 들어앉았나,
이 자식이!"

팽충이 더는 못 참겠다는 듯 유옥이 타고 있는, 개방에 들
어올 때 유옥을 태우고 들어왔던 개가 끄는 마차를 발을 들어
걷어차며 꽥! 소리를 질렀다.

과연 취구환의 효험은 대단했다.

취구환의 효력에 포일비의 제침술이 보태지자 마디마디가
탈골되었던 양팔이 제자리로 돌아왔고, 사흘이 지나자 유옥
은 정신을 차렸다.

오매불망 유옥의 곁에서 유옥이 정신을 차리기만을 기다
리던 세 장로는 기뻐서 어쩔 줄을 몰랐다.

하지만 정신을 차리고 주위를 두리번거리던 유옥의 입에
서 대뜸 나온 말은 지금 너무 너무 많이 들어서 지겹고도 지
겨운 말, '밥 줘'였다.

정말 걸신이라도 들린 듯 유옥은 먹는 것에 집착했다.

그 '밥 줘'라는 소리가 지겨워 가져다 바치는 모든 것들을
먹어치웠다.

정신을 차린 첫날 먹어치운 것이 밥 열여섯 공기에 찐 감자
세 바가지였고 그 다음날도, 그 다음날도 식성은 줄지 않고
'밥 줘'라는 말도 입에서 떠나지 않았다.

포일비가 그런 유옥에 대해서 진단한 말을 빌리자면, 유옥
은 용사비에게서 발경 공격을 받았을 때 뇌에도 충격을 받아

머리가 이상해졌고, 뇌에 일어난 문제는 취구환으로도 치료가 되지 않은 듯하다는 거였다. 먹고 싸고 잠자고 하는 일련의 신체적인 욕구는 뇌에서 관장하는데, 유옥은 그중에서 먹는 것을 통제하는 뇌의 어떤 부분이 상처를 받은 것 같다는 거였다. 배가 차면 뇌에서 포만감을 느껴서 음식을 먹고픈 욕구를 제어하게 되는데, 유옥은 바로 그 먹는 욕구를 조절하는 어떤 부분이 잘못된 것 같다는 거였다. 그래서 먹어도 먹어도 포만감이 느껴지지 않는 상태라 자꾸만 먹을 걸 요구한다는 거였다.

그런 유옥의 상태를 나아지게 해보려고 포일비는 그 후로도 며칠을 더 이상 용을 썼지만 의전의 식량이 유옥에 의해 축이 나자 자신으로서는 더 어찌할 수 없다고 고개를 저었다.

그리고 오의파의 다섯 장로 중 한 명인 독개(毒丐) 요동을 찾아가 보길 권했다.

요동은 개방도로서는 드물게도 독을 다루는 데 능숙했다.

그래서 일찍이 독개(毒丐)라는 별호를 얻은 요동은 개방의 다른 무공에도 특출해 그의 나이 쉰다섯이 되던 해에 개방의 십대장로가 되었다.

하지만 어찌 된 일인지 오 년 전부터 개방을 떠나 섬서성(陝西省) 외곽의 갈마산(蝎魔山)에 머물고 있었다.

방주가 측근을 보내 방 내로 들어오길 청해도, 친구들인 오의파의 장로들이 불러도 그는 끝내 개방으로 돌아오지 않았다.

이번 오정대연에도 힘이 되어주기를 바라며 포일비가 사람을 보냈지만 그는 끝내 오지 않았다.

포일비의 말을 또 빌리자면 독을 다루는 것은 굉장히 위험한 것이기 때문에 독을 제대로 다루자면 독과 반대되는 개념, 의(醫)에도 상당히 능통해져야 한다는 거였고, 더불어 요동은 상당히 차원 높은 의술을 지니고 있다는 거였다. 확신할 수 없다는 전제하에 어쩌면 자신보다 더 뛰어난 의술을 보유하고 있을 수도 있고, 자신이 해결할 수 없는 유옥의 문제를 고쳐 줄 수도 있다는 거였다.

청루취옥배의 일은 포일비에게 맡겨두고 별수없이 두 사람은 '밥 줘' 소리만을 연발하는 유옥을 개가 끄는 마차에 싣고 요동을 찾아나서는 수밖에 없었다.

청루취옥배를 찾는 일이 급선무이긴 하였으나 이미 오십 년 전 능지호와 함께 청루취옥배가 사라졌을 때 전 개방도들이 총동원되어서도 찾지 못한 청루취옥배를 오십 년이나 지난 지금 다시 찾는다고 뒤적여 봐야 빠른 성과가 있으리란 보장도 없었고, 그걸 찾는다 한들 바보가 되어 있는 유옥을 적통 후개 자리에 앉힐 수는 없는 것이었기 때문이다.

"밥 줘. 배고파."

또다시 유옥의 입에서 그 소리가 들려오자 더 이상 참지 못하고 팽충이 콱! 마차 바퀴를 신경질적으로 걸어찼다.

"에이, 썅! 정말 저놈의 소리 더 이상 못 들어주겠어! 저 자식, 다시 아혈을 눌러 버려야겠어!"

"참게, 참아. 혈을 자꾸 누르면 저 아이의 몸에 또 어떤 이상이 발생할지 모르는 일이잖아."

개봉의 시내를 지나쳐 오면서 사람들의 시선과 귀를 의식해 유옥이 입을 놀리지 못하도록 눌러두었던 유옥의 아혈을 다시 눌러 버리겠다며 마차에 뛰어오르려고 하는 팽충을 호연패가 팔뚝을 잡으며 말렸다.

"밥 줘… 히이……."

두 사람의 수심을 아는지 모르는지 여전히 풀어진 눈으로 히죽이 웃으며 말하는 유옥의 입가에 개침 한 가닥이 주르륵 흘러내렸다.

섬서성의 서북쪽에 자리하고 있는 갈마산은 참으로 특이한 산이었다.

산의 한쪽에 자리하고 있는 뜨거운 온천의 영향 때문이었는지 산은 다른 곳보다 덥고 습했다. 그래서 그런지 산림이 우거지고, 드물게도 운남의 밀림 지역에서나 볼 수 있는 전갈이 서식했다. 전갈뿐만이 아니라 독충이라든지 독사라든지 독초 등의 갖가지 독물들이 우글거려서 사람들에겐 일명 독산(毒山)으로도 불리며 기피의 대상이 되었다.

그래서 갈마산에선 가끔 독물들에 대한 지식이 해박하고 간이 큰 약초꾼들이 망태와 호미를 들고 산을 찾는 일 말고는 사람의 인적이라곤 찾아볼 수 없었다.

오늘도 산아래 모악골에 사는 장구와 마삼이라는 두 젊은 약초꾼이 독물에 대한 대비를 단단히 하고 갈마산에 올랐다.

갈마산은 독물 때문에 사람들의 왕래가 적어 갖가지 약초가 많았으므로 약초꾼으로서는 위험을 무릅쓰고 덤벼볼 만한 가치가 있었던 것이다.

여름인 데도 독초에 피부가 닿지 않도록 팔다리를 다 덮는 마복을 입었고, 벌을 쫓을 수 있는 용뇌향을 허리에 찼으며, 독사나 전갈에 물리지 않도록 쇠가죽으로 된 각반을 발목에 단단히 둘렀다.

그렇게 대비를 단단히 하고 기다란 지팡이로 수풀을 뒤지던 마삼이 먼저 소리를 쳤다.

"마황이다!"

마삼의 고함 소리를 들은 장구가 후닥닥 마삼 쪽으로 달려갔다.

과연 마삼의 앞에는 귀하디귀한 마황이 숲 가득 널려 있었다.

마황은 줄기와 뿌리가 두통이나 오한의 약재로 쓰이는 값나가는 귀한 약초였다.

"이야! 정말 마황밭이네, 밭!"

"오늘은 이것만 다 거두어도 망태가 차겠는걸!"

두 사람이 좋아라 망태를 내려놓고 마황을 캐기 시작했다.

"이건 장구 네놈이 가랑이에 차고 있는 것보다도 더 크겠다. 히히."

"이건 니네 집 마구간에 있는 놈 가랑이에 있는 것보다도 크다, 야. 히히."

두 사람이 팔뚝처럼 굵은 마황을 호미로 캐내며 신이 나 히히덕거렸다.

정말 드물게도 마황은 밭을 이루고 있었고, 캐는 것마다 십 몇 년씩은 묵은 양 알이 굵었다.

"장구야, 그런데 이 갈마산에 이상한 사람이 살고 있다던데 얘기 못 들었어? 정말 이런 독물들이 우글거리는 산에 사는 사람도 있을까?"

마황을 캐는 데 정신이 팔려 있던 마삼이 생각이 난 듯 밀림이 울창한 주위를 둘러보며 장구에게 물었다.

"글쎄, 나도 얘기는 들었는데… 본 적은 없어."

장구가 고개를 저었다.

"윗마을에 사는 말복이 얼마 전에 이 산에 왔다가 그 괴인을 대면했는데, 숯검댕이처럼 시커먼 게 사람이 아니라 숫제 악귀의 형상을 하고 있더래. 호미고 망태고 다 집어 던지고 혼비백산해서 튀어 내려왔다던데."

말하는 마삼의 얼굴에 은근히 두려움이 깃들었다.

"히히, 그래봐야 사람이고, 사람을 해치는 것도 아닌데 뭘 그래. 말복이 그 자식이 원래 겁이 많잖아. 그 자식하고 봉래

산에 약초 캐러 같이 간 적 있었는데 숲에서 부스럭거리는 여우새끼 한 마리를 보고도 질겁을 하고 도망을 가더라니까."

"맞아. 그 자식이 좀 겁이 많긴 해."

별일 아니라는 듯 웃는 얼굴로 말복의 전력을 이야기하자 장구도 고개를 끄덕이며 마황을 캐는 데 열중했다.

"히익!"

그때, 열심히 마황을 캐던 마삼이 뭐에 쏘이기라도 한 듯 비명을 토하며 황급히 뒤로 물러났다.

그 마삼의 발 앞, 잎이 무성한 마황 사이로 먹물처럼 시커 먼 팔뚝만 한 뱀 한 마리가 스르르 기어나왔다. 묵린사였다.

일반적으로 독사와 독사가 아닌 뱀을 구별하는 법이 있는데, 인기척을 느끼면 잽싸게 도망가는 뱀은 독사가 아닌 뱀이었고, 굼뜨게 움직이거나 똬리를 틀고 있는 뱀은 독사라고 생각하면 된다. 특히 도망가기는커녕 혀를 날름거리며 다가오거나 공격을 해오는 뱀이 있는데, 그런 뱀일수록 독성이 강한 뱀일 확률이 높다. 그만큼 자기가 가지고 있는 독을 믿고 두려움이 없는 것이다. 묵린사 역시 치명적인 독을 가진, 운남의 밀림에서나 볼 수 있는 독사였는데 드물게도 서북 지방인 이곳 갈마산에 모습을 나타낸 것이다.

"장구야! 물러나! 물리면 세 호흡을 넘기지 못하고 죽는다는 묵린사야!"

마삼이 몇 걸음 더 물러나며 소리를 치자 장구도 호미와 망태를 들고 겁먹은 얼굴로 마황밭에서 물러났다.

"여기 있는 마황이 아깝긴 하지만 다른 곳으로 가야겠다! 이놈의 묵린사는 한 마리가 다니는 법이 없고 꼭 떼로 움직이니까 이 주변에 다른 묵린사들이 있을 위험이 있어!"

"그래! 딴 데로 가자! 나도 묵린사에 물리고픈 생각은 없으니까!"

겁먹은 얼굴이 된 두 사람이 어깨에 망태를 단단히 메며 몸을 돌렸다. 아무리 남은 마황이 아까워도 목숨과 바꿀 수는 없었다.

"히익! 또 있어!"

"여, 여기도!"

몸을 돌려 마황밭을 나가려던 두 사람이 기겁을 하며 뒷걸음을 쳤다. 두 사람의 앞으로 아까 보았던 것보다 훨씬 더 큰 몇 마리의 묵린사가 똬리를 틀고 두 사람을 보며 혀를 날름대고 있었다.

"이거 큰일 났다!"

"묵린사들이 떼로 몰려왔나 봐!"

잔뜩 겁을 먹은 두 사람이 지팡이를 꼬나 들었다.

바로 그때,

삐이익!

어디선가 이상한 휘파람 소리가 들려왔다.

뱀을 경계하고 있던 두 사람이 휘파람 소리가 들려온 쪽으로 고개를 돌리자 거기 갈참나무 숲 앞에 휘파람을 불고 있는 한 사람이 보였다.

오른쪽 어깨에 비스듬히 듬성듬성 구멍이 난 흑표 가죽 한 장을 아무렇게나 두르고 있었는데, 그 가죽 밖으로 드러난 몸은 묵린사와 비슷한 검은색이었다. 아무렇게나 헝클어진 채 늘어져 있는 백발과 백염이 나이가 들 만큼 든 노인임을 짐작케 했는데, 그 머리카락 아래로 붉게 빛나는 두 눈은 검은 피부로 인해 더 무섭게 빛나고 있었다. 말복이 본 적이 있다는 바로 그 검은 괴인이었다.

삐이이익!

괴인은 그 자리에 석상처럼 서서 계속 끊임없이 휘파람을 불어댔고, 갑자기 마삼과 장구의 주위에 있던 뱀들이 스르르 괴인을 향해 기어가기 시작했다.

삐이이익!

휘파람 소리가 계속되자 그 휘파람 소리에 홀린 듯 마황밭에 몸을 감추고 있던 묵린사 수십 마리가 노인의 주위로 기어갔다.

뱀들이 다가오자 괴인은 맨 선두의 뱀을 향해 아무렇지도 않게 손을 내뻗었다.

그 뱀의 목을 낚아채자마자 괴인은 목이 잡혀 자신의 손목을 몸통으로 휘감는 뱀의 머리를 자신의 입으로 가져갔다.

그리고 혀를 날름거리는 뱀의 머리를 통째로 자신의 입에

밀어 넣었다.

우드득!

뱀의 목뼈가 아작이 나는 소리를 내며 괴인이 뱀의 머리통을 물어뜯었다.

우적! 우적!

괴인은 뱀의 머리통만을 목적으로 한 듯 머리통을 우적대고 씹으며 자신의 머리통을 잃고 꿈틀대는 뱀의 몸통을 휙, 아무렇게나 숲 속으로 버렸다.

우드득! 우적!

뱀의 머리통을 씹어대는 괴인의 눈이 휘황하게 더 붉게 빛났고, 입가로는 뱀의 붉은 피가 흘러내렸다.

"으아아아!"

"사람 살려!"

흉을 봤던 말복이 했던 대로 두 사람은 메고 있던 망태와 호미를 내던지고 비명을 지르며 산 아래로 튀어 달아났다.

한 마리 뱀의 머리통을 다 씹어 먹은 괴인은 자신을 향해 나 잡아잡수라는 듯 다가온 다른 뱀을 향해 또 손을 뻗었고, 그 뱀을 낚아채선 또 아까처럼 머리통만 물어뜯어선 맛나게 그 머리통을 우드득우드득 씹어 먹었다.

그러고도 얼마 동안 괴인의 뱀에 대한 살생은 계속되었고, 그 자리에서 괴인의 휘파람 소리에 홀려서 모여들었던 스물 네 마리 묵린사의 머리통이 괴인의 뱃속으로 사라진 뒤에야 괴인의 살생은 끝을 맺었다.

"크크크크! 이제… 다 끝났어! 끝났다고!"

피에 젖은 입술을 닦으며 스산한 웃음과 함께 괴인이 내용을 알 수 없는 말을 중얼거렸다.

이내 괴인은 몸을 돌려 숲 속으로 사라졌고, 괴인이 사라진 자리엔 목이 잘려 나간 뱀의 몸통과 마삼과 장구가 버리고 간 망태와 호미만 남았다.

호연패와 팽충, 개들이 끄는 마차에 타고 있는 유옥이 갈마산에 도착한 것은 그로부터 사흘 뒤였다.

"밥 좀 줘. 히… 배고파."

유옥의 밥 타령은 오는 내내 계속되었고, 갈마산에 도착해서도 마찬가지였다.

갈마산에 가는 여정을 정확히 계산하여 식량을 준비했고, 유옥의 밥 타령에 질려서 때가 아님에도 한 번씩 유옥에게 먹을 걸 주다 보니 식량은 생각했던 것보다 빨리 바닥이 났다.

그래서 별수없이 어제는 팽충이 아끼는 마차를 끄는 열두 마리의 개 중에서 한 마리를 구워 먹었다.

"먹을 게 바닥이 났다고 했잖아! 나도 배고파 죽겠다, 임마!"

팽충이 신경질을 내며 유옥이 타고 있는 마차를 걷어찼다.

때맞추어 호연패의 배가 먹을 것을 넣어달라고 꼬르륵 소리를 냈다.

"안 되겠네. 아무래도 개 한 마리 더 잡아야 할 듯하이."

호연패가 잔뜩 허기진 표정으로 입맛을 다시며 마차를 끌고 있는 열한 마리의 개를 바라보았다. 어제 구워 먹었던 견육의 맛을 잊지 않고 있는 모양이었다.

"어허, 무슨 소린가? 이놈들을 마차끌이로 쓸려고 내가 얼마나 공을 들여 훈련을 시켰는데. 어제 한 마리 없앤 것도 배가 아파 죽겠구먼."

말도 안 된다는 듯 팽충이 완강하게 고개를 저었다.

"허어, 팽 장로가 언제부터 견공들 생각을 그렇게 했나? 부려먹을 것은 다 부려먹으면서 제때에 밥을 주기를 하나, 여차하면 기분 풀이로 구타를 일삼고, 꼬리가 튼실한 놈이 눈에 띄면 무기로 삼겠다고 냉큼 꼬리를 잘라 병신으로 만들고. 쯧쯧, 자네한테 잡혀 사느니 한세상 일찍 뜨는 것이 저 개들한텐 더없는 복록이 될 걸세."

팽충은 견미편(犬尾鞭)이라 불리는 개의 꼬리를 무기로 썼는데, 지금도 그의 애병 견미편은 그의 허리에 둘러져 있었다. 그 견미편을 흘겨보며 호연패가 혀를 찼다.

"그 얘기를 하자면 자넨 정말 할 말이 없을 걸세. 자네가 무기로 쓰는 그 구골대 때문에 작살난 개들이 대체 얼마던가? 세상에, 개의 정강이뼈만큼 야문 것이 없거늘 툭하면 부러뜨려서 새 구골대를 장만하겠다고 내가 키우던 개들을 잡은 것도 열서너 번은 되는 것 같으이."

"그래도 난 자네보다는 개를 덜 죽였어."

"많이 죽이고 안 죽이고의 문제보다 중요한 것은 개를 어떻게 생각하느냐 하는 거야. 사실 우리가 개만도 못한 놈, 이딴 소리를 잘하는데 사실 알고 보면 개만 한 종자도 없어. 한번 주인은 영원한 주인으로 섬기지, 툭하면 뒤통수를 치는 인간 종자들처럼 술수를 부리길 하나 배신을 때리길 하나. 물론 난 필요에 의해서 개들을 부리고 죽이기도 하네만, 기본적으로 개들을 소중히 생각하는 마음은 가지고 있다네. 내가 견개란 별호를 달가워하는 것도 바로 개를 업신여기지 않는 마음이 내 가슴에 자리 잡고 있기 때문인 거고."

개를 두고 논박을 벌이던 두 사람은 곧이어 들려온 유옥의 말에 기가 막혔다.

"히이… 개 맛있다. 먹고 싶다."

어제 구웠던 개의 거의 반은 유옥이 걸신들린 듯 먹어치웠다. 그새 개고기 맛을 안 모양이었다.

개가 늙으면 반 사람이 된다고 한다. 사람의 말귀도 반 이상 알아듣는다.

마차를 끄는 개들 중 제일 나이가 많은 우두머리 개 몽몽은 곧 가까이 있는 나무에 밧줄로 목이 매여지고 질긴 근육이 나긋나긋해지도록 몽둥이찜질을 당한 후에 불에 그슬려질 동료 개 중 한 마리를 생각하며 주르르 눈물을 흘렸다.

그리고 두 시진 후, 몽몽의 예상대로 마차를 끌던 개 중 한 마리가 불에 그슬려졌다.

팽충이 산등의 칡이나 캐 먹으면서 허기를 면하자고 버텨 보았지만 호연패가 개를 그슬려야 하는 새로운 이유를 제시 하자 더 버틸 수가 없게 되었다.

그 개를 그슬려야만 하는 이유는 개를 그슬리는 것이 이 갈 마산 중 어딘가에 있을 요동을 만날 수 있는 가장 빠른 길이 라는 것이었다.

독개 요동도 다른 개방도들과 마찬가지로 견육이라면 껌 벅 죽는 사람 중의 하나였고, 개를 그슬리는 냄새를 피우면 얼마 안 있어서 코를 벌름거리며 나타날 거라는 거였다.

나무에 매달려져 늘씬하게 두들겨 맞은 뒤에 그슬려지고 있는 동료를 보며 몽몽을 비롯한 개들이 우오오오! 목을 빼고 구슬피 울었다.

"닥쳐! 당장 그 아가리들을 닫지 않으면 한 놈도 남김없이 이 자리에서 다 그슬려 버릴 거다!"

팽충이 호통을 치자 개들이 무슨 일이 있었느냐는 듯 찍하 고 입을 닫았다.

"어떻게 된 건가, 호 장로? 벌써 한 시진 가까이 개를 그슬 렸는데 요동은 코빼기도 안 보이잖아. 개를 그슬리기만 하면 즉각 코를 벌름거리며 나타날 거라고 했지 않나?"

꼬르륵 소리가 나는 자신의 배를 움켜쥐며 팽충이 우거지상으로 호연패에게 말했다.

"거참, 개 그슬리는 냄새를 맡고 코빼기를 내밀지 않을 인간이 아닌데……. 그새 이 산중을 떠났나?"

호연패가 역시 꼬르륵 소리가 나는 자신의 배를 손으로 쓸며 주위의 수목으로 울창한 숲을 둘러보았다.

"개고기… 맛있다. 쩝쩝."

한쪽에 앉은 유옥은 개 다리 하나를 뜯고 있었다. 아니, 처음에 먹을 때는 쫄깃한 살이 두둑이 붙어 있는 개 다리였으나 지금은 살은 다 발라먹고 커다란 뼈다귀만 들고 빨아대고 있었다.

"개고기 맛있다. 더 줘. 히……."

유옥이 성이 안 차는 얼굴로 뼈다귀를 핥으며 팽충의 눈치를 살폈다.

"그래, 더 먹어라."

호연패가 그슬려지고 있는 개의 앞다리 하나를 찢어서 유옥에게 던졌다.

개 다리를 받자마자 걸신 유옥이 허겁지겁 개 다리를 뜯어댔다.

"어휴! 정말 걸신이다, 걸신이야. 지금 봐선 전혀 장래성이 안 보이는데 어쩜 좋아."

그걸 보며 팽충이 한숨을 쉬며 울상을 지었다.

"우리도 그만 먹자구. 요동을 기다리다가 다 타겠어."

"그러세. 정말 배가 고파 더는 못 견디겠구먼. 다 먹을 때까지도 안 나타나면 한 마리 더 그슬리지, 뭐."

"그건 안 돼, 이 사람아!"

옥신각신하며 두 사람도 두 개밖에 남지 않은 개 다리 하나씩을 뜯어 들었다.

바로 그때, 우우우웅! 주위에서 쉽게 듣기 힘든 진동 소리가 두 사람의 귀에 들려왔다.

"이게 뭔 소리……?"

멈칫 놀란 호연패가 시선을 들자 세 사람이 있는 주위로 새까맣게 날아들고 있는 벌이 보였다. 손가락 한 마디 정도는 됨 직한 왕벌들이었는데 드물게도 먹물처럼 검은색을 띠고 있었다.

"이, 이런! 이것들은 육식을 하는 흑마봉(黑魔蜂)이라는 벌이야! 침에 맹독을 가지고 있어서 한 방이라도 쏘이면 골로 갈 수 있어!"

몰려들고 있는 벌에 대한 내력을 알고 있는 호연패가 자리에서 벌떡 일어나며 소리쳤다.

"이런, 제기랄! 괜히 고기 냄새를 피워 귀찮은 불청객들만 청했구먼! 저것들을 어떻게 해!"

우우우웅!

어느새 새까맣게 몰려든 흑마봉의 날갯짓 소리가 허공을

진동시키고 있었다.

"이것들 쫓으려면 공력깨나 낭비해야 할 것 같군."

"특히 저놈이 쏘이지 않게 해야 돼!"

고오오오!

두 사람이 몰려드는 벌들에게 장풍을 이용하려는 듯 두 손으로 공력을 모아갔다. 두 사람의 가슴 앞으로 세워 든 손에 휘황한 빛과 함께 둥근 달 같은 기운이 모이는 것이 보였다. 개방의 가전무공 중 항룡십팔장 가운데서도 뜨거운 기운이 강하게 담겨 있는 항룡배열장(抗龍背熱掌)을 시전하기 위해서였다.

바로 그 순간, 우우우웅! 주위를 진동시키고 있는 흑마봉들의 날갯짓 소리를 뚫고 어디선가 삐이이이! 하고 심장을 뚫는 것 같은 날카로운 휘파람 소리가 들려왔다.

두 사람이 멈칫 휘파람 소리가 들려온 쪽으로 시선을 돌리자 거기 수풀 가운데 우뚝 돌출되어 있는 커다란 바위 위에 휘파람의 주인공이 서 있었다.

숯처럼 검은 피부에 붉은 눈빛의, 장구와 마삼이 보고 놀라서 망태를 버리고 도망갔던 바로 그 괴인이었다.

"요동이야!"

그 괴인을 보며 팽충이 소리쳤다. 반가움과 놀라움이 함께 담긴 목소리였다. 오 년 전 개방을 떠날 때보다 그의 피부는 훨씬 더 검게 변해 있었기 때문이다.

삐이이이!

괴인 독개 요동의 휘파람 소리가 계속되자 세 사람의 주위에서 윙윙거리던 흑마봉들이 어느 순간 요동 쪽으로 몰려가기 시작했다. 뱀을 부르던 때와 마찬가지로 그 휘파람 소리에는 벌을 부르는 어떤 기운이 서려 있는 모양이었다.

삐이이이!

요동이 계속 휘파람을 불어대자 세 사람의 주위에서 웅웅대던 벌들은 모두 요동의 주위로 몰려갔다.

그러다 한두 마리가 요동의 몸에 달라붙는가 싶더니 이내 주위에서 웅웅대던 벌들이 새까맣게 요동에게 달라붙었다.

"저, 저거, 괜찮은 거야?"

그걸 보며 팽충이 황망히 소리쳤다.

"독물을 다루는 데는 일가견이 있는 사람이니까 다 생각이 있을 걸세."

하지만 호연패는 흥미로운 얼굴로 그 모습을 지켜보고 있었다.

개방도로선 드물게 요동은 젊은 시절부터 독공(毒功)을 익혔고, 독에 대한 내성을 키우고 체내의 독성(毒性)을 키우기 위해 일부러 독을 많이 먹었다. 그렇게 체내에 키워진 독성은 요동이 독공을 발휘하는 데에 바탕이 되었다. 장풍에 공력이 바탕이 되듯이. 체내에 함유한 독성이 커질수록 요동의 피부가 검게 변해갔는데, 오 년 전 개방을 떠날 때보다 요동의 피부는 훨씬 더 검게 변해 있었다. 그것으로 독물들이 특히 많은 이곳 갈마산에서 독물들을 섭취하며 훨씬 더 높은 수준으로 독성을 키웠다는 것을 호연패는 알 수 있었다.

웅웅대던 벌들이 모두 요동에게 모두 달라붙자 요동의 모습은 벌들에게 싸여서 아예 보이지도 않았다.

바로 그 순간,

우우우웅!

벌들에게 싸여 있던 요동에게서 벌들의 날개가 일으키는 진동과는 다른 미묘한 파장이 일어났다.

그 미묘한 파장은 요동을 덮고 있던 흑마봉 전체에게로 번져 갔고, 그 파장이 끝나자 후두두둑! 요동에게 붙어 있던 벌들이 껍질이 벗겨지듯 한꺼번에 요동의 발아래로 시체가 되어 떨어져 내렸다.

"과연 독개 요동이군! 가공할 독성진기(毒性眞氣)로 몸에 붙어 있던 벌들을 단숨에 몰살시켰어!"

그것을 보며 호연패가 놀라 소리쳤다. 요동은 체내의 강력한 독 기운이 담긴 공력을 전신의 기공을 통해 발출해 그 기운으로 벌 떼를 몰살시켜 버린 것이었다.

"어쩐 일로 여길 왔나?"

자신의 몸에 붙어 있던 벌 떼의 시체가 주위로 수북히 쌓인 가운데에 우뚝 선 요동이 스산하게 입을 열었다.

갈마산에 밤이 왔다.

우오오오!

어디선가 스산한 늑대의 울음소리가 들려왔다.

갈마산의 골짜기 안에 요동이 기거하는 움막이 있었는데, 그 움막의 작은 마당에 또 한 마리의 개가 구워지고 있었다. 그 한쪽에 유옥이 침을 흘리며 '개고기, 빨리 먹자'를 연발하고 있었고, 마당의 더 구석엔 유옥을 태우고 온 마차와 몽몽을 비롯한 열 마리의 개가 동료의 죽음에 눈물을 흘리고 있었다.

"크크크크크크! 그거 정말 재밌구먼 그래. 그렇게 해서 졸지에 저 덜떨어진 놈이 오의문의 후개가 됐단 말이지?"

개가 구워지는 동안 호연패에게서 유옥에 관한 전모를 다 들은 요동이 한쪽에 앉아서 풀어진 눈으로 개고기를 보고 침을 삼키고 있는 유옥을 보며 스산한 웃음을 지었다.

"그렇게 웃을 일이 아닐세. 우리도 인정하기 싫지만 저놈에게 오의문의 흥망이 달려 있네. 어디 이게 오의문의 흥망뿐이겠나. 개방의 미래가 달려 있는 일이지. 정의파에서 적통 후개가 나오면 개방의 미래가 어찌 되는지는 자네도 잘 알지 않나. 저놈이 저래 봬도 재목은 괜찮은 놈이라네. 얼른 제정신이 들게 해서 무공도 더 가르치고, 청루취옥배도 찾아서 우리 오의파가 개방의 적통을 이어가야지."

"맞아. 도와주게나, 요동."

요동의 비위를 맞추려고 또 한 마리의 개를 잡은 팽충과 호연패가 울상이 된 얼굴로 통사정을 했다.

"글쎄, 내가 의료에 대한 재주가 아주 없는 건 아니네만 의개 포일비가 손을 든 상태라면 내가 용써봐도 별 볼일 없을 같네. 그리고 솔직히 여기까지 불원만리 먼 길을 일부러 찾아온 자네들한테는 좀 섭섭하겠으나, 난 지금 저 애한테 신경쓸 경황이 아니라네."

요동이 눈에 힘을 주며 완고하고도 단호한 얼굴로 말했다. 눈에 잔뜩 힘을 주니 그의 붉은 눈에서 횃불 같은 휘황한 붉은 기운이 번져 나왔다.

"무슨 다른 중요한 일이 있나 보군."

요동의 얼굴에서 심상치 않은 낌새를 느끼며 호연패가 물었다.

"이건 순전히 내 개인적인 일이네만… 이 갈마산에서 절치부심 오 년을 벼러온 어떤 일이 있다네. 난 사흘 후에 오 년을 벼러온 그 대사를 치른다네. 그러니 내가 지금 저 애한테 신경 쓸 겨를이 있겠나. 난 내일 일찍 그 대사(大事)를 치르러 여길 떠나야 한다네."

자신의 의지를 발현하듯 두 눈에서 붉은 기운을 더 휘황히 번져내며 요동이 말을 이었다. 원래가 고집이 강했던 요동이다. 그 요동이 오 년을 벼러온 일이라면 누구도 그를 어쩌지 못할 것이다.

"글쎄, 저놈을 치료하는 건 차치하고 대체 무슨 사연인지 나 좀 들어보세. 궁금해서 견딜 수가 없구먼. 자, 이거 뜯으면서 좀 말해주이."

"여기 죽엽청도 한잔하고."

과묵한 요동의 입을 열게 하려고 팽충이 구워지고 있던 개의 다리 하나를 뜯어 요동에게 내밀고, 호연패는 호리병에 들어 있던 죽엽청을 한 잔 건넸다.

"술은 사양하겠네."

팽충이 내민 개 다리만 받고 호연패가 내민 죽엽청에는 손을 저었다. 술로 마음을 흐트러뜨리지 않겠다는 의지의 표현이었다.

"그러고 보니 내가 좀 입이 무거워 같은 개방의 장로이면서도 내 일신 내력에 관해서도 자네들에게 얘기해 주지 못했었군."

그걸 시작으로 요동의 긴 이야기가 이어졌다. 간간이 개 다리를 뜯으면서.

"사실 난 원래 개방에 입문하기 전에 귀주에 있는 천독문(千毒門)이라는 작은 문파에 몸담고 있었네. 이름에서도 알 수 있듯이 독을 주로 다루는 문파였지. 그 문파에 같은 시기, 같은 나이에 입문한 지천제라는 친구가 있었다네. 독술도 무공도 뛰어난 친구였지. 우리 두 사람이 스무 살이 되던 해에 천독문은 후계자 문제를 두고 심각한 내부 분란이 일어났고, 거기에 환멸을 느낀 나와 지천제는 천독문에서 나와 각기 개방과 당문으로 들어갔네."

"맞아. 난 자네가 들어오던 그 무렵에 일결제자가 되었던 땐데… 백의개로 입문하던 자네 생각이 나네그려."

"개방에 들어오자마자 남다른 독술을 자랑했던 것은 그런 전력이 있기 때문이었군."

팽충과 호연패가 호기심 어린 얼굴로 입맛을 다시며 맞장구를 쳤다.

"자네들뿐만 아니라 누구도 모르는 일이네만, 지천제와 난 그 후로도 오 년에 한 번씩 개방과 당문 사이에 있는 낭태산(浪太山)에서 만나 제독 대련을 벌였네."

"제독 대련?"

"어떻게 대련을 한다는 건가? 독술을 겨루는 거라는 건 알겠네만."

요동의 이어지는 말에 두 사람이 이해가 안 된다는 표정을 지었다. 두 사람의 의문을 풀어주는 요동의 말이 계속 이어졌다.

"귀주의 묘족들이 키우는 가축 중에 백왕돈(白王豚)이라 불리는 돼지가 있네. 이름에서 알 수 있듯이 털의 빛깔이 백설처럼 흰색인데, 그 종자는 특이하게도 태어날 때부터 만독(萬毒)에 대한 엄청난 면역성을 가지고 있다네. 그래서 웬만한 독에는 끄떡도 없지. 우린 제독 대련을 할 때마다 같은 크기의 백왕돈을 구해서 서로가 제련한 독을 먹였네."

"흐음, 알 만하군. 그래서 그 돼지가 먼저 죽는 쪽이 승리한다?'

"그렇네. 오 년에 한 번씩 수십 년 동안 그 방법으로 여덟 번에 걸쳐 제독 대련을 했네만 공교롭게도 우린 누구도 우위를 점할 수 없었네. 독을 먹인 백왕돈이 누가 우위라고 딱히 말할 수 없게 거의 같은 시간대에 동시에 뻗어버렸거든."

"두 사람의 제독술이 워낙 팽팽했나 보군."

"그러게."

요동의 흥미로운 이야기가 이어지자 두 사람이 더 혹한 얼굴이 되어 요동의 이야기에 귀를 기울였다.

"그런데… 가장 최근에 있었던… 오 년 전의 제독 대련에선……."

그때, 이야기를 잇던 요동의 두 눈에 다시 붉은 기운이 더해지며 휘황한 붉은빛이 번져 나왔다. 부르르 몸이 떨리며 얼굴에는 비분강개한 표정이 역력히 배어 나왔다.

"내가 그놈에게 졌네. 지천제, 그자의 독을 먹은 백왕돈이 먼저 죽었네. 그것도 일각씩이나."

요동이 입술을 지그시 물며 고개를 떨구었다. 자존심이 강한 요동에게서 좀처럼 볼 수 없는 모습이었다.

"그건 개인적으로는 나, 요동의 패배였지만 넓게 보면 개방이 당문에게 패했다는 의미도 되기 때문에 그 일 후엔 더 이상 개방에 남아 있을 수가 없었네. 그 사실을 아는 사람은 없었지만 자책감에 개방 안에서는 고개를 들고 다닐 수가 없더군."

고개를 떨군 채 말하던 요동이 고개를 들었다. 다시 의지가 담긴 붉은 눈이 빛나기 시작했다.

"그 후 난 독물들이 득실거리는 이 갈마산에 들어왔네. 이 산에서 독물을 먹으며 독성을 키우고, 또 독물들을 이용해 독단을 제련해 왔네. 오 년 후에 다시 있을 제독 대련을 위해 말일세. 사흘 후인 유월 보름날이 바로 지천제와 낭태산에서 제독 대련을 약속한 바로 그날이라네."

"그럼 이번엔 그자를 이길 만한 엄청난 독을 제련했겠군."

그의 강단있는 성격을 잘 알고 있는 호연패가 기대에 찬 얼굴로 물었다.

"지난 오 년간 이 산속의 수많은 독물과 독초를 채집하고 연구하여 마침내 한 개의 독단(毒丹)을 만들었네. 장장 천 가지에 달하는 독물과 독초의 독을 절묘하게 배합하고 숙성하여 만든 것이지. 이름하여 천독마령신환(千毒魔靈神丸)이라네."

천독마령신환을 말할 때 요동의 두 눈은 가장 휘황하게 빛났다. 오 년에 걸친 의지가 만들어낸 결정체, 자존심 하나로 인생을 살아가는 요동에게 천독마령신환은 그의 목숨과도 같은 것이리라.

"천독마령신환이라……. 이름만 들어도 오싹해지는군. 그래, 그거면 충분히 지천제를 이길 것 같은가? 그자 역시 준비를 많이 했을 텐데."

으스스 몸을 떠는 시늉을 하며 팽충이 물었다.

"저번 제독 대련 때 지천제가 백왕돈을 골로 가게 하는 데 삼각(三刻) 정도의 시간이 걸렸네. 나는 그보다 일각(一刻)의 시간이 더 걸려서야 백왕돈을 죽일 수 있었지. 하지만 자신하건대 이번에 내가 만든 천독마령신환이라면 백왕돈을 일각이면 충분히 골로 보낼 수 있을 걸세. 크크크크!"

스산한 웃음소리를 입술 사이로 토하며 요동이 자신 어린 얼굴로 주먹을 불끈 쥐었다.

"일각 만에 말인가?"

믿기지 않는 얼굴로 팽충이 물었다. 오 년 전에 삼각이나 걸린 것을 그때의 삼분지 일밖에 되지 않는 일각 만에 백왕돈을 죽일 수 있는 독단이라니!

"그래, 일각! 내 천독마령신환은 백왕돈을 골로 보내는 데 절대로 일각 이상의 시간을 소비하지 않을 걸세. 크크크!"

다시 요동이 스산한 웃음을 토하며 자신에 찬 얼굴로 말했다.

"어떤가, 자네들? 예까지 왔는데 그 천독마령신환의 선연한 자태를 보고 싶지 않나? 크기는 콩알만 하네만 서늘한 푸른빛이 감도는 게 보기만 해도 모골이 송연해질 걸세."

간간이 뜯던 개 다리를 내려놓으며 요동이 자리에서 일어났다. 자기가 만든 소중하고 자랑스런 물건은 남에게 자랑하고 싶은 것은 사람의 본성이다. 오 년 동안 온 힘을 기울여 만든 독단이지만 사흘 후면 한 마리 백왕돈의 입속으로 사라질 물건이다. 지금이 아니면 누구에게도 자랑할 기회가 없을 것이다.

"따라오게."

두 사람이 당연히 미치도록 보고 싶을 것이라 단정하며 요동이 초옥 쪽으로 몸을 돌렸다. 기대에 찬 얼굴의 두 사람이 침을 꿀꺽 삼키며 요동의 뒤를 따랐다.

하지만 두 사람은 요동의 흥미로운 이야기에 팔려 한쪽에 쭈그리고 앉아 조금 전까지 개고기를 달라고 보채던 유옥이 자리에 없다는 사실을 잊고 있었다.

세 사람이 초옥의 엉성한 문을 열고 방으로 들어섰을 때 유옥은 거기에 있었다. 세 사람이 이야기를 나누는 동안 서늘해진 밤바람을 피해 방 안으로 기어들어 간 모양이었다.

"히이… 맛있다."

초저녁에 요동이 미리 밝혀놓은 기름불 아래 탁자에 앉아 막 뭔가를 먹은 뒤인 듯 팔뚝으로 입술을 닦으며 히죽이 웃고 있었다. 탁자에는 하늘을 날고 있는 학이 그려진 작은 청자옥병 하나가 뚜껑이 열린 채 뒹굴고 있었다.

"어이구, 저 못 말리는 걸신! 그새 여기 들어와서 또 뭘 훔쳐 먹은 모양일세그려."

그런 유옥을 보며 팽충이 혀를 찼다.

"……!"

그때, 탁자 위에 뒹굴고 있는 옥병을 발견한 요동이 눈을 크게 부릅떴다.

후닥닥, 요동이 옥병을 향해 달려갔다.

탁자 위에서 뒹굴고 있는 옥병을 집어 드는 요동의 손이 부들부들 떨렸다.

요동이 옥병을 잡고 거꾸로 흔들었다. 안에 있는 물건을 밖으로 나오게 하려는 행위였다. 그러나 안에서는 아무것도 나오지 않았다.

"너… 너… 이 안에 있던 거 어쨌냐?"

옥병을 거꾸로 잡고 흔들던 자세로 입맛을 다시고 있는 유옥을 보며 황망히 물었다.

"히이… 내가 먹었어."

맛있는 걸 먹기라도 한 듯 혀로 입술을 핥으며 유옥이 히죽이 웃었다.

"머… 먹었다구?"

요동의 검은 얼굴이 파르르 떨리며 하얗게 질렸다.

"저, 정말 이 안에 있는 걸 네놈이 먹었냐?"

덜덜덜 떨리는 손으로 유옥의 얼굴을 가리키며 요동이 다시 물었다.

"응. 맛있더라. 히이."

유옥이 히죽이 웃으며 고개를 끄덕였다.

"……."

하얗게 경직된 얼굴로, 한편으론 믿을 수 없다는 얼굴로 요동이 몸을 덜덜 떨며 빈 옥병과 유옥을 번갈아 보았다.

요동이 덜덜 떨리는 손을 뻗어 유옥의 멱살을 불끈 잡았다.

"너… 분명히 말해야 한다! 여기 들어 있던 게 굉장히 중요한 거거든! 너 정말 여기 옥병에 들어 있는 걸 먹었어? 콩알만 한 파란 환단인데……!"

그리고 다시 떨리는 목소리로, 애써 침착하려 애쓰는 모습으로 유옥의 얼굴을 들여다보며 물었다.

"응. 맞아, 콩알. 무지 맛났어. 히이."

유옥이 히죽이 웃으며 고개를 끄덕였다. 이제 누가 보아도 유옥이 옥병 안에 들어 있는 어떤 것을 먹은 것은 자명해졌다.

"으으으으! 이, 이런 우라질 놈이!"

요동이 유옥의 멱살을 잡은 채 부들부들 떨었다.

"으아아! 이 우라질 놈아! 그걸 처먹으면 어떡해!"

요동이 미친 듯 고함을 내지르며 멱살을 잡고 있던 유옥을 사정없이 내던졌다.

콰장창!

내던져진 유옥이 초옥의 허술한 문짝에 맞으며 문짝이 박살나고 유옥은 문밖 마당으로 나가떨어졌다.

"으으으으! 이걸 어쩨! 이걸 어쩌면 좋아!"

몸을 부들부들 떨며 요동이 머리를 싸 쥐고 주저앉았다.

"아니, 왜 그러나?"

"옥병 안에 있었던 게 뭔데?"

그런 요동을 보며 호연패와 팽충이 황망히 물었다.

"으으! 그, 그게 바로 아까 내가 말한 천독마령신환이란 말일세, 천독마령신환! 으으으!"

"헉!"

"저, 저놈이 먹은 게 그 엄청난 독단이라고?"

요동이 몸을 떨며 말하자 이번엔 팽충과 호연패가 사색이 되었다.

밤새 사흘 후에 있을 제독 대련을 두고 고민하던 요동은 아침이 되자 머리를 싸매고 드러누웠다.

독술을 인정받아 개방의 장로라는 높은 직위에까지 오를 수 있었고, 독에 대한 자부심과 자존심 하나로 평생을 살아왔다고 해도 과언이 아닌 요동이었다.

사람에게는 누구나 존재의 이유라는 것이 있다. 그의 인생의 중심인 것이 있다.

요동에게는 독이 인생의 중심이었고, 존재의 이유였다. 오 년 전 제독 대련에서 지천제에게 패한 일은 한순간에 요동의 중심, 자부심을 무너뜨렸다.

다시 지천제를 이기는 것만이 무너진 자신을 일으켜 세울 수 있는 유일한 방법이었고, 정말 절치부심 이 험악한 갈마산에 들어와 이를 갈며 만든 물건이 천독마령신환이었다.

오 년 세월의 한과 인내와 노력이 들어가 있는 물건이었다.

그리고 사흘 후면 천독마령신환으로 지천제를 무너뜨리고 잃었던 자부심을 되찾을 마음으로 들떠 있던 요동이었다.

이제 이틀 남은 시간 안에 다시 독단을 만들 수는 없었다. 죽어도 인정하기 싫었지만 이틀 후 낭태산에서 있을 제독 대련은 자신의 기권패로 귀결 지어질 수밖에 없게 되고 말았다.

이제 다시는 지천제를 볼 낯도 없었다. 다시 자신의 존재의 이유, 자부심을 찾아야 할 일이 너무 까마득하게 느껴지는 요동이었다.

하지만 어떻게 된 일인지 천독마령신환을 먹은 유옥은 아무 일이 없었다.

호연패와 팽충이 오의파, 아니, 개방의 미래가 걸려 있는 유옥이 걱정되어 유심히 밤을 지새며 살폈지만 코를 푸르릉거리며 밤새 달게 잠을 쳐 잘 뿐이었다.

그리고 이른 아침에 눈을 뜨더니 눈만 뜨면 하는 그 소리, '밥 줘'를 연발했다.

팽충이 요동의 눈치를 보며 바랑 속에 감춰두고 아끼던 쌀을 꺼내 흰죽을 쑤어왔지만 요동은 거들떠도 보지 않고 보기에도 안쓰러울 정도로 끙끙 소리를 내가며 앓아댔다.

"이거 정말 미안해서 어떡하나?"

"애가 맛이 간 뒤로 먹는 것을 더럽게 밝히긴 했지만 그것까지 먹어치울 줄 누가 알았겠나."

호연패와 팽충이 곤혹스레 요동을 위로했지만 소용없었다.

유옥은 그 상황에서도 눈치없이 한쪽에서 '밥 줘' 소리를 연발하고 있었다.

"어휴, 저 걸신들린 새끼! 어떻게 그 무시무시한 독단을 처먹었는 데도 뒈지지도 않는 거야?"

속으로는 안도의 숨을 쉬면서도 그런 유옥을 돌아보며 요동의 비위를 맞추느라 팽충이 쌍욕을 해댔다.

"이보게, 요동. 이런 걸 물을 경황이 아닌 건 아네만, 정말 이상하지 않은가. 저놈이 먹은 게 자네가 제독 대련을 대비해 만들었다는 천독마령신환이 분명하다면 하룻밤이 지났는 데도 저놈이 어찌 저리 멀쩡할 수가 있는 건가?"

이해할 수 없는 표정으로 유옥을 흘깃거리며 호연패가 앓고 있는 요동에게 물었다.

"끄응! 저놈이 먹은 건 천독마령신환이 틀림없어. 저놈의 맥혈에서 내가 만든 신환의 약 기운을 분명히 느꼈다고."

말하는 요동의 얼굴이 고통으로 더 찌푸려졌다.

"글쎄, 그렇다면 어떻게 저놈이 저렇게 멀쩡할 수가 있단 말인가? 그게 도무지 이해가 안 돼서 말일세."

팽충도 이해가 안 되는 표정으로 유옥을 보며 곤혹스런 표정을 지었다.

"끄응… 나도 잘 이해가 안 되네만… 저놈이 여기 오기 전에 팽충, 자네가 만든 구양발양환단을 먹였다고 그랬지?"

인상을 찌푸린 채 요동이 생각나는 게 있는 듯 팽충에게 물었다.

"으응. 글쎄, 저놈에게 오정대연의 희망을 걸고… 그렇게 할 수밖에 없는 상황이었다고 하지 않았나."

팽충이 곤혹스런 표정으로 고개를 끄덕였다.

"그리고 취구환도 두 알이나 먹었다고 했지?"

이번엔 요동이 호연패에게 물었다.

"그렇네."

호연패가 틀림없는 일이었으므로 고개를 끄덕였다.

"끄응… 어쩌면… 어쩌면 말일세. 내 생각인데 말일세."

가슴이 끓어오르는 고통을 애써 참으며 요동은 가늘게 뜬 눈으로 유옥을 바라보았다.

"아무리 좋은 약도 잘못 쓰면 독이 되기도 하고, 아무리 해로운 독도 잘 쓰면 약이 되기도 하는 게 의학의 이치라네. 과도한 영약의 기운을 놈의 신체가 감당하지 못하고 뇌로 화가 치밀어 저놈이 저렇게 반편이 된 것 같긴 한데, 두 가지 영약의 기운은 저놈의 몸속에 잠재되어 있는 것 같네. 내가 만든 천독마령신환은 콩알만 한 크기지만 백 마리의 황소를 한꺼번에 죽게 할 수 있는 엄청난 독단이라네. 그냥 정상적인 인간의 신체로는 일각은커녕 셋을 세는 걸 버티기도 힘들지. 그 걸로 봐서 놈의 신체는 범상치 않은 뭔가가 잠재되어 있고, 그 잠재되어 있는 가공한 기운이 천독마령신환의 독성을 중화시켰다고 생각되네. 물론 그 기운은 자네들이 먹인 구양발양환단과 취구환에서 생성된 것이라고 생각되고."

"……."

요동의 얘기가 계속되는 동안에도 '밥 줘' 소리를 연발하고 있는 유옥을 호연패와 팽충이 바라보았다. 두 사람의 눈빛이 새로운 기대로 빛났다.

"끄응! 그리고… 이것도 만약이긴 하네만… 내 천독마령신환을 먹은 것도 저놈에겐 큰 행운으로 돌아올지도 모르겠네."

고통이 견디기 힘든 듯 손으로 자신의 가슴을 누르며 요동이 말했다.

"무슨 말인가?"

"천독마령신환을 먹은 게 행운이라니?"

기대에 찬 표정을 감추며 호연패와 팽충이 다급히 물었다.

"자네들, 극독이독(克毒利毒)이란 말 아는가?"

"……."

모처럼 요동이 두 사람을 보며 질문을 했지만 두 사람은 아무 말도 하지 못했다. 극독이독의 뜻을 모르기 때문이었다.

"끄응, 그렇군. 그게 의학 용어라서 자네들은 잘 이해가 안 될 거야. 극독이독… 풀어서 말하자면, 독을 이기면 독도 몸에 이로운 것이 된다는 말인데… 저놈이 천독마령신환의 독성을 이겨냈으니 그 독성이 놈의 몸에서 이롭게 작용한다면 놈에겐 큰 행운이 될 거라는 거지."

"그, 그게 저놈에게 이롭게 작용한다고?"

"그럼 그 독성이 공력으로 바뀌기라도 한다는 건가?"

요동의 말에 두 사람의 얼굴이 환해졌다. 요동에 대한 미안함은 어디론가 사라지고 없었다.

"끄응, 그렇네. 천독마령신환의 독성이 저놈의 몸에서 공력으로 바뀐다면, 그건 엄청난 것이 될 걸세. 물론 확증적인 것은 아니네만."

힘겹게 말하는 요동의 얼굴이 천독마령신환을 잃은 애통함으로 다시 일그러졌다.

"밥 줘. 씨이… 배고파 죽겠다고!"

자리의 심각성을 아는지 모르는지 유옥이 더 이상 허기를 못 참겠다는 듯 탕탕 주먹으로 탁자를 두드려 댔다.

『진골후개』 2권에 계속…